Lars H. Gustafsson – Wir Väter

Lars H. Gustafsson

Wir Väter

Was Männer an ihren Kindern haben und Kinder von ihren Vätern brauchen

Aus dem Schwedischen von Susanne Dahmann

Kreuz

Die Originalausgabe erschien 1991 unter dem Titel »Barnapappa« bei Norstedts Förlag, Stockholm.

Die Gedanken, Methoden und Anregungen in diesem Buch stellen die Meinung bzw. Erfahrung des Verfassers dar. Sie wurden vom Autor nach bestem Wissen erstellt und mit größtmöglicher Sorgfalt überprüft. Sie bieten keinesfalls Ersatz für kompetenten medizinischen Rat. Jede Leserin, jeder Leser sollte für das eigene Tun und Lassen auch weiterhin selbst verantwortlich sein. Daher erfolgen Angaben in diesem Buch ohne jegliche Gewährleistung oder Garantie des Verlags oder des Autors. Eine Haftung des Verlags oder des Autors für etwaige Personen-, Sach- oder Vermögensschäden ist ausgeschlossen, es sei denn im Falle grober Fahrlässigkeit.

Die Deutsche Bibliothek – CIP-Einheitsaufnahme

Gustafsson, Lars H.:
Wir Väter: was Männer an ihren Kindern haben und Kinder von ihren Vätern brauchen / Lars H. Gustafsson. Aus dem Schwed. von Susanne Dahmann. – 1. Aufl. – Stuttgart: Kreuz Verl., 1993
Einheitssacht.: Barnapappa <dt.>
ISBN 3-7831-1232-X

1. Auflage 1993

Umschlaggestaltung: Jürgen Reichert, Stuttgart
Umschlagfoto: Andy Cox/Bildagentur Toni Stone, München
Satz: Buch-Werkstatt GmbH, Ottobrunn
Druck und Bindung: Kösel, Kempten
ISBN 3 7831 1232 X

Inhalt

Für Agneta, meine Gefährtin im Suchen

Vorwort

Dies ist ein Buch über Kinder. Ich habe versucht, mein bestes Wissen und mein größtes Einfühlungsvermögen darein zu legen, gegründet auf die Erfahrung, die ich als ältester von sieben Geschwistern, als Vater von acht Kindern und als Kinderarzt mit mehr als zwanzig Jahren Praxis gewonnen habe. Trotzdem habe ich, als ich versuchte, das auszudrücken, was ich sagen wollte, festgestellt, daß ich mich noch immer am Anfang meiner Suche befinde.

Ich habe dieses Buch für alle diejenigen geschrieben, die mit Kindern zu tun haben: für Eltern, Großeltern, Kindergärtnerinnen, Lehrer und alle anderen. Manchmal berührt das Buch schwierige Fragen. Ich habe versucht, einfühlsam zu schreiben und in einer Sprache, die alle verstehen.

An eine Gruppe aber habe ich ganz besonders gedacht: alle Väter! Es fing damit an, daß ich eine Reihe von Vorträgen über die Themen dieses Buches hielt. Wie immer, wenn ich Vorträge über Kinder halte, waren mehr als neunzig Prozent der Zuhörer Frauen. Viele von ihnen kamen nach dem Vortrag zu mir und sagten: »Das sollten sich viel mehr Leute mal anhören, zum Beispiel mein Mann. Können Sie nicht für Männer sprechen?«

Nun habe ich wenigstens schon mal geschrieben, und das nicht nur, weil ich darum gebeten wurde, sondern vor allem deswegen, weil ich wirklich meine, daß nun die Zeit für uns Männer gekommen ist, eine neue und größere Verantwortung als Väter zu übernehmen. Wir werden mehr denn je zuvor gebraucht, als die Vertrauten unserer Kinder und als ihre mutigen Fürsprecher.

Die Frauen, die dieses Buch lesen, sollen natürlich willkommen und in die Lesergemeinschaft eingeschlossen sein, denn dieses Buch vermittelt, abgesehen von meinen persönlichen Gedanken, neues und aktuelles Wissen über die Entwicklung des Kindes, über Kinder in Krisen und über Lebensfragen, die Kinder betreffen. Dafür tragen wir alle, die wir mit Kindern leben und arbeiten, eine gemeinsame Verantwortung.

Der schwedische Titel des Buches, *Barnapappa* (»Kindervater«), war für mich immer einleuchtend. Dieses Buch hat ein Vater geschrieben, der an andere Väter gedacht hat, als er es schrieb. Eine der wichtigsten Aussagen des Buches soll sein, daß wir uns als Väter (und als Mütter) bemühen müssen, ein Leben lang unsere Kindlichkeit zu bewahren, damit wir – bei aller Erwachsenheit – unseren Kindern und einander Kinder-Väter und Kinder-Mütter bleiben.

Meine Kinder haben natürlich auf die sprachliche Ähnlichkeit zum Titel der Zeichentrickserie im Fernsehen, »Babapappa« hingewiesen. Das ist keine Absicht, aber es ist sicher auch kein Zufall. Zur Zeit lese ich abends immer Babapappa vor, der in gewisser Weise ein großer, beschützender Vater ist. Nichts Gefährliches kann passieren, wenn er sich um die Kinder kümmert: Pelles Eltern lassen ihn einfach mit Pelle eine Reise um die Welt machen. Gleichzeitig aber ist Babapappa ein großes Kind.

Was mich manchmal an ihm irritiert, ist seine teigige Formlosigkeit. Er kann sich in alles mögliche verwandeln, und am Ende weiß man kaum mehr, wie er eigentlich aussieht. Aber in diesem Dilemma befinden sich auch viele Väter von heute. Wir recken und strecken uns immer mehr, bis wir irgendwann nicht mehr wissen, wer wir eigentlich sind.

Es würde mich freuen, wenn das Buch dem einen oder anderen Vater helfen könnte, ein wenig mehr von den natürlichen Konturen zu entwickeln, wie Babamamma sie hat. Wenn es dazu auch noch allen, die mit Kindern zusammen sind, glückliche Momente des Wiedererkennens oder eines neuentdeckten Mutes, selbst auf ihrem Weg weiterzugehen, vermitteln kann, so würde mich das sehr froh machen.

Ljusåker, im Oktober 1990
Der Autor

Einleitung

»Ihr seid die Bogen, von denen eure Kinder als lebende Pfeile entsandt werden«

Ein Text, der für mich eine große Bedeutung hat, ist das Gedicht von Kahlil Gibran über die Kinder. Manchmal lese ich es für mich, manchmal laut. In den letzten Jahren hat es fast jeden Vortrag eröffnet, den ich gehalten habe:

»Und ein Weib, das ein Kind an der Brust hielt, sagte:
›Rede uns von den Kindern.‹
Und er sprach also:
›Eure Kinder sind nicht *eure* Kinder.
Es sind die Söhne und Töchter von des Lebens Verlangen nach sich selber.
Sie kommen durch euch, doch nicht *von* euch;
Und sind sie auch bei euch, so gehören sie euch doch nicht.
Ihr dürft ihnen eure Liebe geben, doch nicht eure Gedanken,
Denn sie haben ihre eigenen Gedanken.
Ihr dürft ihren Leib behausen, doch nicht ihre Seele,
Denn ihre Seele wohnt im Hause von Morgen, das ihr nicht zu betreten vermögt, selbst nicht in euren Träumen.
Ihr dürft euch bestreben, ihnen gleich zu werden, doch suchet nicht, sie euch gleich zu machen.
Denn das Leben läuft nicht rückwärts, noch verweilet es beim Gestern.
Ihr seid die Bogen, von denen eure Kinder als lebende Pfeile entsandt werden.
Der Schütze sieht das Zeichen auf dem Pfade der Unendlichkeit, und Er biegt euch mit Seiner Macht, auf daß Seine Pfeile schnell und weit fliegen.

Möge das Biegen in der Schützen Hand euch zur Freude gereichen;
Denn gleich wie Er den fliegenden Pfeil liebt, so liebt Er auch den Bogen, der standhaft bleibt.‹«[1]

Die frühen zwanziger Jahre, in denen »Der Prophet« von Gibran herauskam, waren in vieler Hinsicht eine besondere Zeit, nicht zuletzt im Hinblick auf die Überlegungen über Kinder und deren Rechte. Natürlich hatten sich schon viel früher einzelne Schriftsteller dafür eingesetzt, daß Kinder als Individuen mit eigenen Rechten angesehen werden sollten. Am bekanntesten ist wohl Jean Jacques Rousseau, aber auch Ellen Key darf nicht vergessen

[1] Gibran, Der Prophet, a. a. O., S. 16/17
Kahlil Gibran wurde 1883 in dem Dorf Bscherri geboren, das heute zum Libanon gehört. Als er zwölf Jahre alt war, flüchtete er zusammen mit seiner Mutter und drei Geschwistern nach Boston in die USA. Drei Jahre später kehrte er wieder in den Libanon zurück und schloß die Schule an der Madrasat al-Hikmat, der »Schule der Weisheit«, in Beirut ab. In diesen Jahren reiste er zusammen mit seinem Vater durch den Nahen Osten. 1902 verließ er den Libanon endgültig und ließ sich in Boston nieder. Er studierte einige Jahre Kunst in Paris und versuchte sich danach als Maler und Schriftsteller. Seine ersten Bücher schrieb er auf Arabisch, aber die bemerkenswerte Gedichtsammlung »Der Prophet«, in der das Gedicht über die Kinder enthalten ist, erschien 1923 in englischer Sprache in den USA.

Kahlil Gibran hatte einen christlichen Hintergrund. Sein Großvater war Priester in der uralten Maroniten-Kirche im Libanon, einer der ältesten christlichen Gemeinschaften der Welt. Das war für mich immer ein Stein des Anstoßes gewesen, nachdem ich selbst im Libanon die Untaten der Milizverbände, die den Maroniten nahestanden, so zum Beispiel die Massaker in Sabra und Shatila, gesehen hatte. Aber welche Kirche und welche Gemeinschaft ist nicht zu irgendeiner Zeit von Verbrechern verteidigt worden? Und Kahlil Gibran stand außerhalb oder über solchen streng gezogenen gesellschaftlichen Grenzen.

Gibran starb 1931, und seine Asche wurde von New York in den Libanon überführt. Es wird erzählt, daß die religiösen Oberhäupter aller denkbaren Gemeinschaften sich der Prozession anschlossen: Protestanten, Katholiken, Griechisch-Orthodoxe, Muslime und Juden. Und ich habe selbst feststellen können, daß Gibran auch heute noch von Muslimen in Beirut gelesen wird, trotz der Polarisierung und der fortgesetzten Kämpfe des vergangenen Jahrzehnts.

werden, die im Jahre 1900 ihr bemerkenswertes und skandalumwittertes Buch *Das Jahrhundert des Kindes* veröffentlichte.

Dennoch geschah es in den zwanziger Jahren zum ersten Mal, daß man über die Rechte des Kindes sprach. Die progressive Frauenbewegung hatte nach hartem Kampf und großen Widerständen endlich das Wahlrecht für Frauen in einer Reihe von Ländern durchgesetzt. Und in eben dieser Frauenbewegung schlug nun zum ersten Mal die Einsicht Wurzeln, daß auch das Kind seine Rechte bekommen müsse. Eine Gruppe von Frauen in England und Schweden entwarf eine erste Deklaration über die Rechte der Kinder, und diese wurde vom Völkerbund 1924, also ein Jahr nachdem »Der Prophet« veröffentlicht worden war, angenommen.

Man sollte diese zeitlichen Zusammenhänge vielleicht nicht überbewerten. Gibran hat an den Gedichten in »Der Prophet« eine lange Zeit seines Lebens gearbeitet, und es ist wohl kaum wahrscheinlich, daß er sich viel darum kümmerte, was Eglantyne Jebb, Elin Wägner und die anderen europäischen Frauen vorhatten. Eher ging er von den alten östlichen und frühchristlichen Traditionen aus. Das verhindert jedoch nicht den Eindruck, daß gerade zu Anfang der zwanziger Jahre eine Reihe von Texten erschien, die auf eine beeindruckende und heute noch aktuelle Weise das Kind aus der Dunkelheit der Geschichte heraushoben, um es als Mitmenschen und als Vorbild für uns hinzustellen. Es sieht fast so aus, als fiele es uns heute, mehr als sechzig Jahre später, immer noch schwer, mit dieser Entwicklung Schritt zu halten. Dies wird deutlich, wenn wir einmal versuchen zu verstehen, was Gibran wirklich meint, und das ist nur möglich, wenn wir auch die anderen Gedichte in »Der Prophet« lesen.

Unsere Kinder sind nicht unsere Kinder, sagt Gibran. Wessen Kinder sind sie dann? Die Kinder gehören sich selbst, vielleicht gehören sie der Sehnsucht des Lebens oder dem Bogenschützen, der wohl als eine Umschreibung für Gibrans Gott aufgefaßt werden muß, ein Gott, der wahrscheinlich dem der christlichen Traditionen am ähnlichsten ist, aber dennoch über allen konfessionellen Unterschieden steht.

Die Kinder kommen nicht von uns, sondern durch uns. Wir haben lediglich die große Aufgabe erhalten, die Kinder zu lieben und sie ins Leben zu bringen. Aber woher kommen sie dann? Das wissen wir nicht. Sie kommen von irgendwo weit her und tragen in sich die Erfahrung von Generationen, und schon wenn sie geboren werden, sind sie kluge und lebenserfahrene Menschen, ja bei ihrer Geburt in gewisser Weise sogar klüger als wir, denn sie werden ja später geboren und haben daher mehr Erfahrungen sammeln können.

Gibran will verhindern, daß wir versuchen, den Kindern unsere Gedanken aufzudrängen und sie uns gleichzumachen. Das hat keinen Sinn, sagt er, das Leben läuft nicht rückwärts. Aber er gibt uns doch einen Rat: Wir können versuchen, den Kindern ähnlich zu werden. Wir müssen hinschauen und von ihnen lernen in der kurzen Zeit, die wir mit ihnen zusammenleben dürfen. Das ist wichtig für uns, für dieses Leben und für das, was vielleicht danach kommt.

Aber wir als Eltern, haben wir denn überhaupt keine Aufgabe? Natürlich, wir können den Kindern unsere Liebe geben. Und als ob er uns trösten wolle, sagt Gibran, daß wir der »Bogen« sind. Der Bogenschütze dehnt uns, damit seine Pfeile, die Kinder, fliegen können. Ohne den Bogen könnten sie nicht fliegen. Darum liebt der Schütze den standhaften Bogen.

Diese Vorstellung von Kindern und Eltern hat eine große Kraft, und sie ist heutzutage sehr ungewöhnlich, vor allem in unserem Teil der Welt. Das Bild des Kindes in der westlichen Welt ist doch im wesentlichen durch die medizinischen Wissenschaften, die Psychoanalyse und die Erziehungswissenschaft geprägt worden.

Nach unserer gewöhnlichen Denkungsweise ist ein neugeborenes Kind wie ein noch nicht geschriebenes Buch. (Das Kind ist natürlich von einem genetischen Code programmiert, aber unsere Entwicklungsforschung hat oftmals die Tendenz, das zu übersehen.) Das würde bedeuten, daß das Kind am Anfang nichts ist, nicht gut oder schlecht, nicht weise oder klug.

Wir beginnen unsere Elternschaft damit, daß wir den Namen

des Kindes auf den Umschlag des »Buches« schreiben: »Ich taufe dich auf den Namen Johanna Karolin.« Dann öffnen wir das Buch vorsichtig und beginnen mit zitternder Schrift, das erste Kapitel zu schreiben. Wir arbeiten sehr sorgfältig, denn wir haben gelernt, daß es ungeheuer wichtig ist, nichts falsch zu schreiben, vor allem nicht am Anfang. Die ersten Jahre, so haben wir gehört, haben eine entscheidende Bedeutung für die Entwicklung des Kindes; wenn wir da einen Fehler machen, kann das dem Kind sein Leben lang Probleme machen.

Nach und nach kommen dann andere Menschen ins Spiel; auch sie schreiben einen Teil des Buches: Kindergärtnerinnen, Spielkameraden, Lehrer und irgendwann auch Freunde und Arbeitskollegen, Ärzte und Therapeuten.

Typisch für diese Sichtweise ist, daß man das Kind als ein Produkt der Einwirkungen anderer Menschen ansieht. Das Kind wird, was die Eltern aus ihm machen. Zu diesem Thema gibt es natürlich auch Variationen. Manche glauben, daß das, was das Kind formt, der frühe gefühlsmäßige Kontakt mit zuerst dem einen, dann dem anderen Elternteil sei. Andere meinen, das Zusammenspiel zwischen allen Mitgliedern der Familie bilde ein Muster oder ein System, das entscheidend auf die Entwicklung des Kindes wirke. Wieder andere betonen die Erziehung selbst – hat das Kind Probleme, so soll das die Folge falscher Erziehung sein.

Die Vertreter dieser Schulen bekämpfen sich gegenseitig auf eine unbegreiflich harte Art und Weise. Dennoch handelt es sich insgesamt doch nur um Nuancen der vorherrschenden westlichen Sichtweise, Kinder als das Produkt ihrer Eltern zu betrachten – was so weit wie irgend möglich von der Vorstellung Gibrans entfernt liegt.

Unsere Denkungsart erzeugt leicht Schuldgefühle, denn alles steht und fällt mit uns Eltern. Wenn mit dem Kind alles gutgeht, können wir stolz und glücklich sein, wenn es nicht klappt, so ist das unser Fehler. »Was hat das Kind denn für Eltern?« ist oft die erste Frage, die in der Schule auftaucht, wenn ein Kind Schwierigkeiten hat.

Es ist durchaus möglich, daß diese Auffassung aus wissenschaftlicher Sicht eine gewisse Berechtigung hat, wir müssen uns aber darüber im klaren sein, daß sie für die meisten Völker der Erde eher ungewöhnlich, ja geradezu exotisch ist. Was Gibran vertritt, ist die herrschende Ansicht, nicht nur unter den Nomadenkulturen der Erde. Wir finden seine Denkungsart wieder in den Indianerkulturen, bei den Eskimos und auch in den alten Kulturen der Samen.

Unter Gibrans Anleitung können wir unsere Kinder mit größerer Gelassenheit als gewöhnlich betrachten. Wir können denken: »Das ist nun wirklich ein Glück, daß er so ein kluges und lebenserfahrenes Bürschchen ist, wo er mit einem so unzulänglichen Vater wie mir zusammenleben muß.«

Ich glaube deshalb, daß es unseren Kindern guttun wird, wenn wir uns wenigstens Teile des Gibranschen Denkens aneignen können, denn die größte Last der Kinder und Jugendlichen von heute sind sorgenvolle und schuldbeladene Eltern und andere Erwachsene, die nichts anderes tun, als sich über alles und jeden zu sorgen.

Aber werden die Eltern auf diese Weise nicht völlig überflüssig oder fälschlich reduziert? Leben wir nicht in einer Zeit, in der wir gerade wieder auf die Verantwortung der Eltern pochen sollten?

Ich selbst bin sehr stark von Gibrans Gedanken beeinflußt, aber ich fühle mich in meiner Verantwortung in keiner Weise reduziert. Ich habe lediglich das Gefühl, eine etwas andere Rolle zu spielen. Ich glaube nicht länger, daß ich es bin, der meine Kinder zur Weisheit führt, ich glaube nicht, daß es meine wichtigste Aufgabe ist, zu erziehen und ihnen Grenzen zu setzen. Ich betrachte mich vielmehr als einen Lotsen. Meine Kinder sind im Hafen geboren, und meine Aufgabe ist es, sie zum offenen Meer zu geleiten. Ich habe in diesen Gewässern nun schon eine geraume Zeit gelebt und komme ganz gut zurecht. Ich weiß, welche Fahrrinnen einigermaßen sicher sind, bin aber auch schon manches Mal auf Grund gelaufen, so daß ich weiß, wo die Untiefen sind. Ich glaube deshalb, daß ich den Weg hinaus finden werde. Das ist keine leichte Aufgabe, vor allem, wenn Nebel oder Sturm kommen, aber es wird gehen. Plötzlich sind wir auf dem offenen Meer. Und das Meer – das kennen meine Kinder genauso gut wie ich, vielleicht sogar besser. Wenn sie in Richtung Horizont davonfahren, werde ich sie mit dem Blick und mit dem Radar beobachten – vielleicht folge ich ihnen irgendwann einmal.

Diese Sichtweise erscheint mir keinesfalls mystisch, sondern vielmehr sehr erdverbunden. Und dazu auch noch ausgesprochen spannend.

I.

Die Entwicklung des Kindes

1. Was Kinder von Geburt an können

Erkenntnisse der Neugeborenenforschung

Es ist ein Montagmorgen im Februar, ich fahre mit dem Fahrstuhl zur Säuglingsabteilung des Krankenhauses hinauf. Eine Weile stehe ich im Treppenhaus und schaue zum Fenster hinaus. Die Sonne ist gerade aufgegangen, und der Berg gegenüber mit der alten Sprungschanze ruht im fahlen Morgenlicht.

Drinnen in der Säuglingsabteilung ist alles für die Visite vorbereitet. Die Neugeborenen liegen in einer langen Reihe in ihren Betten aus Plexiglas, die Mütter schlendern im Gang auf und ab. Manche haben gerade entbunden, andere sind auf dem Weg nach Hause.

Ich habe für jedes Kind nur ein paar Minuten, dennoch versuche ich, jede Untersuchung zu einer persönlichen Begegnung zu machen. Neugeborene Kinder üben von jeher eine große Faszination auf mich aus. Was für eine ungeheure Präsenz sie ausstrahlen!

Ein kleines Mädchen ist gerade vor mir auf den Tisch gelegt worden. Sie schreit – vielleicht ist sie zu schnell ausgezogen worden, als sie gerade so schön schlief. Ich spreche mit ihr, halte sie in meinen Händen und wiege sie langsam auf und ab. Sie schaut auf, schweigt und sieht mich mit großen Augen an. »Guten Morgen«, sage ich, »habe ich dich gestört? Ich heiße Lars, wie heißt du?«

»Sie hat noch keinen Namen bekommen«, sagt die Mutter, die neben mir steht, »vielleicht wird sie Evelina heißen.«

»Guten Morgen, Evelina, was denkst du gerade? Du siehst sehr nachdenklich aus. Paß auf, ich werde dich bloß untersuchen. Nichts wird weh tun.«

Ich lege sie langsam auf den Tisch zurück, vorsichtig, vorsichtig, ja, siehst du, so geht es gut. Willkommen erst einmal, willkommen hier im Licht. Was für ein Erlebnis das sein muß, herauszukommen!

Ich denke an alles, was wir heute über Ungeborene und Neugeborene wissen. Evelina schaut und denkt nach, sie richtet ihren Blick auf mein Gesicht, ja, sie sucht geradezu den Blickkontakt. Vielleicht erkennt sie jetzt schon das Gesicht der Mutter wieder. Auf jeden Fall kann sie schon den Geruch der Mutter erkennen und kann die Milch ihrer Brust von der anderer Mütter am Geschmack unterscheiden.

Sie kann auch die Stimme der Mutter von allen anderen Stimmen unterscheiden. Aber das hat sie ja nun auch monatelang geübt. Die Stimme der Mutter kann man im Bauch gut hören.

Alle Wissenschaftler, die über die Fähigkeiten von Neugeborenen forschen, haben derzeit frischen Wind in den Segeln, denn man stößt fast jede Woche auf neue Erkenntnisse. Alle scheinen auf das gleiche hinzudeuten: Die Kinder können sehr viel mehr, als wir glaubten. Sie sind in Wahrheit längst keine unbeschriebenen Blätter mehr, wenn sie geboren werden. Wir wissen inzwischen, daß sie Schmerzen empfinden und daß alles, was sie erleben, in ihren Gehirnen gespeichert bleibt, wenngleich die Erinnerungen aus der vorsprachlichen Phase sehr tief liegen. Wir sind heute vorsichtiger, wenn wir Blutproben nehmen müssen. Wir tun das nur noch, wenn es nötig ist, sonst nicht mehr. Heute zum Beispiel nehmen wir einem Kind Blut ab, das Gelbsucht hat, bei allen anderen lassen wir es bleiben.

Die neuen wissenschaftlichen Erkenntnisse haben dazu geführt, daß die Routine auf der Entbindungsstation und in der Neugeborenenabteilung sich verändert hat. Ich denke da an die Kaiserschnitte, die ich in den sechziger Jahren während meiner Assistentenzeit in Uppsala erlebte. Die Mütter standen gewöhnlich unter Vollnarkose, die Väter saßen in irgendeinem Aufenthaltsraum. Die Umgangssprache im Operationssaal war manchmal herzlich, aber manchmal auch sehr rauh. Bei einer Mutter, die ich kennenlernte, hatte die Betäubung schlecht gewirkt. Sie war zeitweise bei Bewußtsein gewesen, ohne daß jemand dies gemerkt hatte. Sie hatte Schmerzen gehabt, aber als viel schlimmer hatte sie das empfunden, was man über sie und ihr Kind gesagt hatte.

Heutzutage sind die Mütter meistens wach. Ich denke zum Beispiel an einen Kaiserschnitt, den ich kürzlich in unserer Klinik miterlebt habe. Die Mutter war wach, hatte eine Rückenmarksbetäubung, der Vater saß neben ihr und hielt ihre Hand. Der Arzt war ein pensionierter Chefarzt aus Südschweden. Alles war leise und ruhig, als er mit dem Eingriff begann. Als er zur Gebärmutter kam, sagte er: »Nun wird es Zeit für die Entbindung.« Die Stimmen wurden gedämpfter, das Licht wurde etwas verdunkelt, nur die Operationslampe brannte. So schnitt er in die Gebärmutter und hob den Kopf des Kindes heraus. Er hielt den Kopf, beugte sich nach vorn und sagte: »Hallo, hallo.«

Dann hob er das Kind heraus und übergab es der Hebamme. Die wollte ihm zunächst den Schleim aus dem Mund saugen, sah aber dann, daß das nicht nötig war. Das Kind schrie laut und kräftig, und alles war so, wie es sein sollte. Die Hebamme trug das Kind um den Tisch herum und legte es auf den Bauch der Mutter. Da lag es und krabbelte ein wenig herum, bis der Vater und ich es zu einer ersten Untersuchung aus dem Zimmer trugen. Lange stand der Vater über das Kind gebeugt, gerade so, als ob die beiden nicht den Blick voneinander lösen könnten. Dann trug er das Kind hinüber zur Säuglingsstation und wartete mit ihm dort auf die Rückkehr der Mutter.

In mancher Hinsicht kann das neugeborene Kind mehr als wir. In seinem Buch »Der ungeborene Mensch« berichtet Hugo Lagercrantz von Neugeborenen in England, die zwei verschiedene indische Dialekte voneinander unterscheiden konnten. Als der Versuch bei denselben Kindern nach einem Jahr wiederholt wurde, war diese Fähigkeit verschwunden.

Vielleicht werden wir mit einem Gefühl für alle Sprachen geboren, aber entdecken bald, daß in unserer Umgebung meist doch nur eine Sprache gesprochen wird. Dann verschließen wir das Zimmer im Gehirn, das für andere Sprachen gedacht war – jedenfalls bis auf weiteres. Oder besser: Wir benutzen es für etwas anderes. Das funktioniert dann wie ein großes, neugebautes Bürohaus: Das Zimmer war für bestimmte Funktionen gedacht, aber schon beim Einzug hatten sich die Umstände verändert, und es mußte umdisponiert werden.

Die Neugeborenenforschung hat dazu beigetragen, daß wir heute die Entwicklung der Kinder mit anderen Augen sehen. Früher meinten wir, daß das Kind sich von etwas Unreifem und Primitivem zu etwas Gereiftem und Verfeinertem entwikkelte. Heute erkennen wir, daß das nur auf ganz bestimmte Funktionen zutrifft. In anderer Hinsicht werden wir vom ersten Tag an immer unfähiger, unsere Fähigkeiten schrumpfen. Vielleicht ist es besser, die Entwicklung als eine allmähliche Anpassung an die Anforderungen der Situation zu betrachten. Die motorische Entwicklung ist ein gutes Beispiel dafür, wie widersprüchlich die Wirklichkeit ist. Wir beschreiben das oft auf eine grob vereinfachende Weise. Das Neugeborene hat ein »primitives« Bewegungsmuster. Es bereitet ihm Schwierigkeiten, bestimmte Muskelgruppen selektiv zu bewegen. Wenn es reagiert, benutzt es dazu den ganzen Körper. Ein typisches Zeichen für die Gesundheit eines neugeborenen Kindes ist, daß es folgendermaßen reagiert, wenn es das Gesicht eines Menschen zu sehen bekommt: Es strampelt und schlägt mit Armen und Beinen um sich und versucht dabei, Laute von sich zu geben. Wenn es einige Monate später seine ersten Versuche macht, nach etwas mit der Hand zu greifen, dann kommt nicht nur der ganze Arm mit, sondern auch der andere Arm, und sogar die Beine bewegen sich.

Nach und nach lernt das Kind, besser zu steuern, und bewegt zunächst einen Arm unabhängig, dann den Unterarm und schließlich die Hand. Es nimmt nun Dinge mit der Daumenseite der Hand, und wenn es ein Jahr alt ist, ist der sogenannte Pinzettengriff fertig entwickelt. Diesen Prozeß sehen wir gern als eine ausschließlich positive Entwicklung zugunsten des Menschen an. Aber er hat auch eine Kehrseite, die wir weniger beachten: die Aufspaltung der natürlichen Verbindung zwischen Körper und Seele. Kann es nicht in vieler Hinsicht eine

Stärke und ein Zeichen für große geistige Reife sein, mit dem ganzen Körper reagieren zu können, wenn man glücklich oder traurig ist? Die Arbeit mit Kindern und Erwachsenen, die unter tiefgehenden psychosomatischen Störungen leiden, hat oft zum Ziel, den Menschen auf eine zentrierte und in sich verbundene Weise reagieren zu lassen, so wie das beim Neugeborenen der Fall ist.

Und was passiert mit der Kreativität des Kindes? Entwickelt sie sich oder schrumpft sie zusammen? Als meine Tochter Nora zehn Monate alt war, unternahmen wir zusammen eine Flugreise. Sie saß auf meinem Schoß, und wir kamen zufällig neben dem Leiter eines der bedeutendsten Unternehmen Schwedens zu sitzen. Nora verwendete die knappe Stunde, die der Flug von Oslo nach Stockholm dauerte, darauf, den Inhalt der Tasche am Sitz vor uns genauestens zu untersuchen: Zeitschriften, Sicherheitsvorschriften und die Spucktüte. Sie ging sehr methodisch und intensiv vor, nichts wurde nur oberflächlich angeschaut. Der Herr neben uns legte *The Economist* zur Seite und begann, Nora zu betrachten. Als wir gerade gelandet waren, sagte er: »Ich habe nun ungefähr eine Stunde Ihrer Tochter zugeschaut. Welche Kreativität! Wenn nur meine Führungskräfte ein wenig davon entwickeln könnten. Wo ist nur all die Schaffenskraft hin? Und die Systematik! Was geschieht in der Schule?«

Diese der Entwicklung des Kindes innewohnende Vielfältigkeit überrascht mich jetzt wieder, während ich mit Evelina auf dem Arm hier stehe. Schon jetzt ist sie ein denkendes und empfindendes Wesen mit einer ungeheuren Fähigkeit, Kontakt zu suchen und zu entwickeln. Hoffentlich bewahrt sie sich möglichst viel von dem, was sie schon hat: Ganzheit, Kreativität und die hundert Sprachen.

2. Das Jahr der Nähe

Der Vater ist von Anfang an wichtig

Das erste Jahr zusammen mit einem Kind ist ein ungewöhnlich starkes und entscheidendes Erlebnis, sowohl für das Kind als auch für den Erwachsenen. Es ist das Jahr der Nähe, das Prüfungsjahr, in dem alles passiert. Es ist über dieses Jahr so viel geschrieben worden, daß demjenigen, der an all dem teilhaben will, was in dieser Zeit passiert, leicht schwindlig werden kann. Wenn man als Vater und Mutter ein neugeborenes Kind nach Hause bringt, ist es vielleicht besser, die Bücher zur Seite zu legen und sich statt dessen zu bemühen, ganz nah bei seinem Kind und mit allen Sinnen aufmerksam zu sein.

Auch wenn die Wichtigkeit der Dinge, die in diesem ersten Jahr geschehen, bei verschiedenen Wissenschaftlern sehr unterschiedlich bewertet wird, kann man doch einige grundsätzliche Betrachtungsweisen in unserem Denken über Neugeborene erkennen. Eine davon sieht in dem Kind von Anfang an eine bewußte und aktive Person, die mit ihrem Benehmen und ihrer Gefühlssprache am Zusammenleben der Eltern teilhat. Das Kind hat, wie die Psychologen es ausdrücken, schon von der Geburt an ein entwickeltes Selbst, oder jedenfalls ein Selbst »in der Entwicklung«.

Für Eltern ist das alles nichts Neues. Ich habe im Laufe der Jahre viele Eltern getroffen, die mich davon überzeugen wollten, daß auch die kleinsten Kinder denken, fühlen und absichtlich handeln. Aber in den klassischen Entwicklungstheorien gab es keinen Platz für solche Auffassungen. Dort hielt man Kinder, die jünger waren als zwei Monate, für unbewußt, chaotisch, eingeschlossen in eine »autistische Schale«, und man sprach von »ausgebrütet sein«, sobald das Kind den Eltern als ein selbständigeres Wesen begegnen konnte.

Manchmal schäme ich mich ein wenig für all den Blödsinn, den wir den Eltern erzählt haben. Wenn sie davon gesprochen haben, daß sie einen starken seelischen Kontakt zu ihrem Neugeborenen hätten und daß das Kind sie manchmal angelächelt habe, dann haben wir das »Reflexe« genannt. Und wenn eine Mutter, gerade vom Krankenhaus zurückgekehrt, behauptete, ihr Kind würde sie an Schritt, Stimme oder Aussehen wiedererkennen, dann haben wir milde gelächelt und sie »romantisch« genannt. Nicht genug, daß wir uns getäuscht haben, nein, wir haben die Eltern auch um die Freude gebracht, die eine frohe und vorbehaltlose Bekräftigung mit sich gebracht hätte.

Eine andere Entwicklungstheorie hat mit unserer Auffassung des Begriffes »Symbiose« zu tun. Früher ist das Wort »Symbiose« oft angewandt worden, um das Verhältnis zwischen Mutter und Kind während des ersten Lebensjahres des Kindes zu beschreiben. Der Symbiosebegriff wird in der Botanik gebraucht, um das Verhältnis zweier Pflanzen zueinander zu klassifizieren, die eng zusammenleben und völlig abhängig voneinander sind. In einer echten Symbiose ist also die Abhängigkeit gegenseitig und total – keiner könnte ohne den anderen überleben.

Als Margaret Mahler und andere Entwicklungstheoretiker später begannen, denselben Begriff auf das Verhältnis zwischen Mutter und Kind anzuwenden, gaben sie dem Begriff eine andere Bewertung. Er sollte nun bedeuten, daß das kleine Kind völlig abhängig von der Mutter sei und sich auch als Teil der Mutter begreife, als einen ihrer Körperteile. Erst während des zweiten Lebensjahres könne es beginnen, sich von der Mutter zu unterscheiden und sich als ein eigenständiges Individuum aufzufassen. Selbst Befürworter der Thesen Mahlers kritisierten doch ihren Symbiosebegriff. Natürlich sei das Kind abhängig von der Mutter und könne ohne sie nicht überleben, aber die Mutter sei ja nicht ebenso abhängig von dem Kind, es gebe also keine wirkliche Gegenseitigkeit im Abhängigkeitsverhältnis.

Als schließlich die Neugeborenenforschung in den neunziger Jahren begann, die Auffassung vom Kind als einem passiven, hilflosen und völlig abhängigen Wesen zu verwerfen, um statt dessen die Fähigkeiten und die Aktivität des Neugeborenen zu betonen, da verschwand der Symbiosebegriff endgültig in der Versenkung.

Das ist schade, denn eigentlich ist das Wort »Symbiose« heute, da wir eine neue Einschätzung der Entwicklung des Kindes haben, ein adäquater und wirklichkeitsnaher Begriff, zumindest wenn damit eine gefühlsmäßige Abhängigkeit gemeint ist. Wenn wir das Kind als von Anfang an aktiv agierend in dem Gefühlsverhältnis sehen, das sich zwischen Eltern und Kind bildet, dann ist es leichter zu begreifen, daß es wirklich um eine gegenseitige Abhängigkeit geht. Das Kind ist in dieser ersten Zeit völlig abhängig von den Eltern. Wenn die Eltern nun dem Kind und sich selbst geben können, was beide brauchen, dann wagen sie damit, sich ebenso abhängig von dem Kind zu machen. Und das wäre dann doch eine echte Symbiose.

Nur der, der sich als ein selbständiges Individuum begreift, kann intensiv ein enges Abhängigkeitsverhältnis eingehen. Das gilt zwischen Erwachsenen und das gilt auch zwischen Erwachsenen und Kindern. Dies ist ein wirklich entscheidender Punkt in dem neuen Denkansatz. Früher war man der Ansicht, daß das neugeborene Kind in eine völlige Abhängigkeit von der Mutter hineingerate, weil es noch keine eigene Identität entwickelt habe. Heute sehen wir das Vorhandensein einer eigenen Identität gerade als Voraussetzung dafür an, daß das Kind es wagt, sich gänzlich abhängig zu machen.

In unserem Kulturkreis haben wir Angst davor, abhängig zu sein. Schon das Wort »abhängig« hat für viele einen negativen Klang. Ständig betonen wir die Bedeutung von Selbständigkeit und Integrität und empfinden die Abhängigkeit mehr als Hindernis denn als Fortschritt. Diese Angst bestimmt unsere Freundschafts- und Liebesverhältnisse, und sie kann für viele ein Stein des Anstoßes gerade in der Liebesbeziehung sein, die eine Eltern-Kind-Beziehung beinhaltet. Die Möglichkeit, ein totales gegenseitiges Abhängigkeitsverhältnis mit einem kleinen

Kind einzugehen, wird nicht als Chance gesehen, sondern als Gefahr.

Als Kinderarzt höre ich manchmal, wie junge Eltern diese Abhängigkeit in sehr negativen Worten beschreiben: »Ich fühle mich so eingeschlossen, ich fühle mich total aufgefressen, ich bin so eingesperrt, ich komme zu nichts mehr, ich bin völlig isoliert, ich verliere mich selbst ganz und gar.«

Früher habe ich dann solche Eltern zu ermutigen versucht, wie gewöhnlich am Leben teilzunehmen. Nach meiner Ansicht muß ein Kind kein solches Hindernis bedeuten. »Nehmen Sie das Kind mit«, habe ich gesagt. »Sie können es mit zu Freunden, zu einem Vortrag oder zum Fußballtraining nehmen. Es ist ganz gut, wenn die Erwachsenen sich daran gewöhnen, daß es in dieser Gesellschaft Kinder gibt.«

So denke ich noch immer. Aber inzwischen sehe ich es als wichtiger an, unsichere Eltern zu ermutigen, eine Symbiose einzugehen, die nicht nur für die Entwicklung des Kindes entscheidend ist, sondern auch für ihre eigene. Meine eigenen, spät gewonnenen Erfahrungen, wie es ist, mit kleinen Kindern zu Hause zu sein, haben mir auf die Sprünge geholfen. Ich weiß, wie eingesperrt man sich manchmal vorkommen kann. Man beginnt zu denken, daß alle anderen Leute immer so schnell reden, daß sie immer so klare Ansichten haben, daß sie so viel erlebt haben, so viele Filme und Fernsehsendungen gesehen, so viele interessante Artikel gelesen und so viele andere spannende Leute getroffen haben. Und hier sitze ich mit meinen Kindern.

Aber es geht ja nur um eine verschwindend kurze Zeit in meinem Leben. Ein Jahr, was ist das schon? Wohl kaum ein verlorenes Jahr. Vielleicht ein Urlaubsjahr von Streß und oberflächlichen Zusammenkünften. Aber vor allem: ein Reiseabenteuer, eine Reise durch unbekannte und faszinierende Landschaften zusammen mit einem neuen seltsamen Mitreisenden.

Ein gesundes Selbstwertgefühl ist gerade Voraussetzung dafür, daß man es wagt, ein gegenseitiges Abhängigkeitsverhältnis einzugehen. Man muß sich in seiner eigenen Einsamkeit gut zurechtfinden, um Gemeinschaft wirklich empfinden zu können. Gleichzeitig denke ich, daß die enge gegenseitige Abhängigkeit eine Voraussetzung dafür ist, die eigene Selbständigkeit zu festigen und seelisch und geistig zu wachsen.

Eine dritte moderne Betrachtungsweise des Kindes im ersten Lebensjahr betrifft unsere Rolle als Väter. Nach älteren Theorien war das enge gefühlsmäßige Verhältnis in dieser Zeit, die Symbiose, eine Sache zwischen Mutter und Kind. Die Aufgabe des Vaters war es, den äußeren Rahmen zu garantieren, die stillende Mutter und ihr Kind vor Störungen zu schützen und sie in Zeiten der Ermüdung aufzumuntern.

Der Vater sollte also still vor dem Zimmer der Symbiose warten, um dann bereit zu sein, das Kind in der Phase der Individuation, das heißt der Loslösung von der Mutter, entgegenzunehmen. Einfach gesagt: Wir sollten uns bereithalten, das Kind zu trösten, wenn es keine Muttermilch mehr bekam, um dann mit ihm zu spielen und es zum Autowaschen, zum Fußball, zum Rasenmähen und anderen männlichen Beschäftigungen mitzunehmen.

Diese Einstellung war wohl mehr eine Folge kulturellen Schablonendenkens als wirklichen Wissens um Kinder, und glücklicherweise ist man nunmehr davon abgekommen. Der englische Kinderpsychologe Michael Rutter und andere haben bewiesen, daß ein Kleinkind sehr früh schon die Fähigkeit entwickelt hat, sich gefühlsmäßig an mindestens zwei Menschen eng zu binden. Eine wichtige Entdeckung war auch, daß es nicht immer der Elternteil, der die meiste Zeit mit dem Kind verbringt, sein muß, der auch den engsten seelischen Kontakt zu ihm hat. Wenn wir Väter uns nun also in stärkerem Maße unseren Kleinkindern widmen, aktiv an der Versorgung des Kindes teilnehmen und auch bereit sind, Erziehungsurlaub zu nehmen, dann haben wir dabei die Unterstützung der modernen Kinderpsychologie, und das fühlt sich doch gut an. Früher hatten wir nur unsere eigene Intuition, nach der wir gehen konnten, und die genügte nicht immer, vor allem wenn es mal Wind von vorn gab.

Wenn die Führungskräfte knurren und die Freunde spotten, dann braucht man Entschlossenheit und Kraft, um dennoch sein Erziehungsjahr durchzusetzen. Wenn dann noch die Mutter des Kindes sagt: »Arbeite du ruhig, ich bleibe gern zu Hause, solange ich darf«, dann wird es noch schwieriger. Und wenn dann noch erfahrene Psychologen anfangen, von »Softies« zu reden, dann gibt man doch am besten gleich auf.

Die Diskussionen um die »Softies« fingen zu Beginn der achtziger Jahre an und waren wohl typisch für die Zeit des Karrieremachens und der Selbstverwirklichung. Der Begriff wurde damals auch für Väter verwendet, die zu Hause bei ihren kleinen Kindern blieben und für die es keine richtigen männlichen Vorbilder gab, sondern die in das Klischee einer vermeintlich weiblichen Fürsorgekraft gerieten, während die Mütter ins Berufsleben einstiegen. In einem solchen Falle, so argumentierten die Psychologen, habe das Kind zwei Mütter und keinen Vater. Sie wiesen dabei auf ihre Arbeit mit schwer gestörten Kindern hin, bei denen eine diffuse und unklare Vaterfigur eine wichtige Ursache des Problems bildete.

Diese Debatte verlief sehr unglücklich und brachte es mit sich, daß Väter, die ansonsten zu Hause geblieben wären, es doch vorzogen, arbeiten zu gehen. Ich meine jedoch, daß man hier zwei völlig verschiedene Dinge in einen Topf geworfen hat. Die Psychologen hatten sicher recht damit, daß es heutzutage eine gewisse Unsicherheit bei den Vätern gibt. Das ist ja auch kein Wunder. Die meisten von uns sind mit abwesenden Vätern aufgewachsen, die zwar vielleicht zu Hause wohnten, aber doch ihren Kopf, ihr Herz und fast all ihre Zeit auf völlig andere Dinge verwendeten als auf das Seelenleben ihrer Kinder.

Wenn wir Väter nun größeren Anteil am Leben unserer Kinder nehmen, sie füttern, Windeln wechseln, trösten und umarmen, dann müssen wir unsere eigene Art und Weise hierfür entwickeln, denn unsere eigenen Väter sind keine Vorbilder. Sicher gibt es Väter, die dabei in eine unsichere und vielleicht klischeehafte Verhaltensweise geraten. Aber die größte Gefahr ist doch, daß wir fliehen. Wir glauben, daß wir es nicht schaffen können, wir finden keine richtigen Vorbilder und fühlen uns auch noch von allen Seiten der Kritik ausgesetzt. Viele Scheidungen haben durch solche Verzweiflungen und Verletzungen Nahrung bekommen. Aber die Männer, die sich entscheiden, während des ersten Jahres zu Hause bei ihren Kindern zu bleiben, gehören selten zu den unsicheren Vätern. Man muß sich nämlich seiner männlichen Identität sehr sicher sein, um den Mut zu haben, mit dem Kinderwagen umherzufahren und ein gegenseitiges Abhängigkeitsverhältnis einzugehen!

Die Studien, die man durchgeführt hat, besagen, daß Väter, die bei ihren Kindern zu Hause bleiben, keineswegs alles so machen wie die Mütter. Sie finden ganz schnell ihren eigenen Weg zu Kontakt, Umgang und Fürsorge.

Ich habe viele Väter kennengelernt, die einen Monat oder länger zu Hause waren. Oft sagten sie: »Wenn ich gewußt hätte, wie anstrengend das ist, hätte ich mir das sicher zweimal überlegt. Ich hatte mir so viel vorgenommen und habe natürlich nichts davon geschafft. Ich hatte ja gerade genug Zeit, um die Betten zu machen! Aber ich bereue es nicht eine Sekunde. Ich bin nicht derselbe wie vorher, ich schaue die ganze Welt mit anderen Augen an.«

Vappu Taipale, die Vorsitzende der finnischen Gesundheitskommission, schreibt in ihrem Buch »Zum Frieden hinwachsen«, daß der wichtigste friedenbringende Faktor, den sie sich vorstellen könne, der sei, daß möglichst viele Väter sich dafür entschieden, bei ihren Kindern zu Hause zu bleiben, sei es auch nur für eine kurze Zeit. Eine enge gegenseitige Abhängigkeit zwischen Erwachsenem und Kind verändert beide. Der Mann, der ein solches Verhältnis eingeht, wird ein besserer Freund, ein besserer Chef und ein besserer Mitmensch sein – aber möglicherweise ein schlechterer Soldat.

3. Das Entwöhnen

Gewöhnung an den Vater und woran ein Mann sich gewöhnt

Wenn alle Farben verdunkelt sind und auf Mitternacht zu immer blasser werden, leuchtet der Briefkasten unten an der Ecke immer noch gelb. Er liegt genau in meinem Blickfeld, wenn ich aus dem Fenster des Gartenhäuschens schaue. Ein kleiner Bach kommt dort von rechts her angeflossen, und ich kann ihm fast bis nach Ljusåker nachschauen. Von der Brücke bis zum Briefkasten geht der Weg in einer sanften Linkskurve den Berg hinauf und verschwindet oben im Wald. Heute abend trage ich Hugo umher, bis er müde wird, und summe dabei »Der Mond ist aufgegangen...«. Man sieht den Mond nicht, der Himmel ist zu hell. Ein nordschwedischer Frühsommerabend. In der Nacht werden die Vogelstimmen leiser, nur der Regenpfeifer dringt manchmal noch durch.

Wir sind allein in dem Gartenhäuschen, Hugo und ich, die anderen sind oben im großen Haus. Wir sind beim Entwöhnen. Hugo ist fast neun Monate alt. Er hat schon zwei Zähne und hält Agneta jede Nacht wach, ebenso wie seine Zwillingsschwester Signe. Agneta fühlt sich langsam ausgelaugt. Ich kenne die Zeichen: die Müdigkeit, die Verwirrtheit, die plötzliche Blässe. Dann muß schnell irgend etwas getan werden, und deshalb beginnen wir heute mit dem Entwöhnen. Meistens dauert es ungefähr drei Tage, aber nun geht es ja um zwei Kinder, deshalb brauchen wir vielleicht etwas länger. Wir beginnen mit Hugo, in der Annahme, daß er es leichter hat, denn er akzeptiert zur Not schon mal einen Schnuller; den verweigert Signe noch.

Er ist schnell eingeschlafen, aber nach einer Stunde wieder

aufgewacht. Nun habe ich ihn ungefähr zwei Stunden umhergetragen, bis er auf meinem Schoß eingeschlafen ist. Es ist Mitternacht, aber immer noch recht hell. Dieses seltsame, bleiche Nachtlicht. Das einzige, was aus dem fein abgestimmten Pastell heraussticht, ist der rotbraune Schirm der Lampe da vor mir und der gelbe Briefkasten draußen. Daß er mitten in der Nacht so gelb sein kann, so als wolle er alle Blicke auf sich ziehen, alle Sehnsucht nach Briefen. Hugo schläft jetzt gut. Wir beide sind zum Entwöhnen hier, aber an was wollen wir uns gewöhnen?

Es ist die zweite Nacht der Entwöhnung, und heute ist Hugo eingeschlafen, ohne daß ich ihn umhertragen mußte. Aber wie schwer das war! Nach den abendlichen Spielen mit den Geschwistern war er schon müde, konnte aber immer noch nicht einschlafen. Er lag neben mir auf dem Bett und versuchte eine Lage zu finden, in der er einschlafen konnte. Er probierte ungefähr einhundertfünfzig Positionen durch. Auf dem Rücken, auf dem Bauch und auf der Seite, in meinem Arm liegend, auf meinen Knien stehend, zusammengerollt wie ein Ball. Den Schnuller immer intensiv saugend im Mund. Und als er endlich eine Lage gefunden zu haben schien und ich schon dachte, er sei jetzt eingeschlafen, setzte er sich plötzlich auf, quengelte ein wenig, setzte sich auf die Knie und schaukelte mit halbgeschlossenen Augen hin und her.

Ach Hugo, hier bin ich ja. Beruhige dich nun, alles ist so, wie es sein soll, keine Wolken an unserem Himmel, kein böser Mann im Schrank. Keine Mutter und keine Brust, ich weiß, aber wir beide kennen uns ja, und die Mutter ist gar nicht weit weg. Morgen trägt sie dich durch den Garten.

Der Schlaf hat seine eigene Oberflächenspannung, und Hugo verhält sich gerade wie ein Stein, den man flach übers Wasser wirft. Er hüpft, solange er eigene Bewegungsenergie in sich hat, und erst wenn die Energie gänzlich erschöpft ist, sinkt er unter die Wasseroberfläche.

Hugo schläft sonst sehr schnell ein, vor allem, wenn er seinen Nachmittagsschlaf hält. Man braucht ihn nur im Wagen unter einen Baum zu stellen, und ehe man den Wagen noch richtig hingestellt hat, schläft er bereits. Abends dauert es ein wenig länger, und gerade da pflegte der kleine Schuß Muttermilch Wunder zu tun. Ist es nun die Muttermilch selbst, oder ist einfach der Moment an der Brust das Geheimnis? Kürzlich erschien in Göteborg eine Studie, die erwies, daß Muttermilch dieselbe Art Substanz enthält, die man auch in Valium findet. Der Schlaftrunk der Natur also, kein Wunder, daß der abendliche Schluck so wirkungsvoll ist. Ist die Entwöhnung von der Brust also auch eine pharmakologische Entwöhnung? Man stelle sich die Muttermilch als ein Beruhigungsmittel vor. Aber wie ist das dann mit diesen Drogen, ist es nicht mehr eine psychische als eine chemische Abhängigkeit, die das Risiko bei ihrem Gebrauch ausmacht? Ich glaube schon. Dennoch ist der Gedanke beunruhigend. Was ist es eigentlich, was wir da machen? Wir rühren an große Kräfte. Ein Stillkind von seiner Mutter zu trennen betrifft sowohl Körper als auch Seele, und zwar bei Mutter und Kind, aber auch beim Vater und den Geschwistern. Heute abend habe ich Gesellschaft hier in der Stube – Linder, der Fünfjährige, schläft in einem Bett neben mir, und für morgen hat Nora, die Dreijährige, den Platz für sich reservieren lassen. Irgendwann muß die Entwöhnung einmal stattfinden. »Ich möchte mich als Mutter fühlen, nicht bloß als Brust«, hat Agneta gestern gesagt.

Die Entwöhnung von der Mutter ist eine Art Gewöhnung an mich als Vater, eine Gewöhnung an mich als selbständigen, fähigen Versorger und Beschützer, auch wenn es um die unmittelbare Pflege geht. Bisher gab es immer eine klare Begrenzung: Ich konnte keine Nahrung geben und konnte nicht auf die Art und Weise trösten, wie Hugo es gern wollte. Nun fange ich an, etwas zu können.

Aber die Entwöhnung ist auch der Beginn des allmählichen Aufbruchs von den Eltern weg. Das Kind soll so entwöhnt werden, daß es nach und nach immer selbständiger wird und sich eines Tages ohne Mutter und Vater zurechtfindet. Aber wir als Eltern sollten uns auch immer mehr daran gewöhnen, ohne das

Kind zurechtzukommen. Das ist glücklicherweise ein sehr langer Prozeß, der eigentlich nie richtig zu Ende ist. Noch als Vierzigjähriger entdecke ich, daß ich doch viel stärker mit meinen Eltern verbunden bin, als ich zehn Jahre zuvor glaubte. Und als mich meine zweiundzwanzigjährige Tochter heute von einer Fahrradtour aus anrief, um zu fragen, was ich von Fahrradfahren mit Husten und Fieber halte, empfand ich eine Art Zufriedenheit darüber, daß immer noch ich derjenige bin, an den sie sich wendet.

Wir haben unsere Kinder, damit wir ihnen richtig nahekommen. Von Anfang an aber ist das ganze Leben auch eine Entwöhnung. Aber was ist es, woran wir uns gewöhnen?

Der dritte Tag, und heute abend beginnt es, schwer zu werden. Es ging gut mit Hugo, als er wie bisher jede Nacht schlief, also haben wir versucht, das Programm um einen Tag zu verkürzen. Heute nacht schläft Agneta im Häuschen mit Hugo. Linder ist auch mit dort; er wolle mitgehen, um aufzupassen, daß Agneta nicht wieder anfinge, Hugo zu stillen, erklärte er. Mit zwei übervollen Brüsten könnte es in der Tat schwierig werden, gegen die Übermüdung anzukämpfen. Nun ist also Signe dran, ein paar Nächte auf Agneta zu verzichten. Sie darf hier mit mir im Haus bleiben. Nora, die Dreijährige, hat versprochen, mir zu helfen, ist aber schon bald ganz undramatisch eingeschlafen. Dramatisch wird es erst. Signe schläft zunächst ganz gut auf meinem Schoß, wacht aber kurz vor zehn Uhr wieder auf. Und nun will sie Muttermilch haben. Den Schnuller spuckt sie voller Verachtung wieder aus, an normaler Milch ist sie überhaupt nicht interessiert. Schließlich überrede ich sie zu etwas Apfelsaft aus einem Trinkbecher, ohne mich auch nur einen Augenblick um irgendwelche möglichen Zahnarztkommentare zu kümmern.

Signe bleibt wach, und wir machen den Fernseher an. Wie schön, ein spätes Fußballspiel. Ich koche mir etwas Tee und lasse mich mit Signe auf dem Schoß in den Schaukelstuhl fallen. Dabei denke ich an all die herrlichen Spiele und nächtlichen Übertragungen von Meisterschaften aus fernen Ländern und an die Boxkämpfe, die ich mit wachen und manchmal traurigen und fieberkranken Kindern im Schoß gesehen habe. Zwei ausländische Mannschaften treffen heute abend auf einem grellgrünen Rasen aufeinander. Der Nachthimmel dort unten sieht schwarz aus, und die Flutlichtanlage leuchtet, während die Sonne draußen vor meinem nordländischen Fenster nicht untergeht. Die Schlachtenbummler grölen, das ganze Stadion kocht. Sie werden gleich alle in die Stadt gehen, Pizza essen und frischen Landwein trinken. Und hier sitze ich mit meinem Tee.

Signe fängt an, müde und unruhig zu werden. Nun will sie ihre Muttermilch haben, daran gibt es keinen Zweifel mehr. Sie fängt an zu weinen und ist nun nicht mehr zu trösten. Ich lege mich mit ihr in mein Bett. Sie weint nicht mehr nur still vor sich hin, sondern schreit und protestiert, setzt sich auf die Knie und schwankt hin und her, richtet sich auf und sieht nach der Tür.

Ab und zu kommt sie zu mir gekrabbelt, versucht, den Kopf auf meinen Bauch oder in meinen Arm zu legen, wird für einen Moment still und beginnt dann wieder zu schreien. Ich bin froh, daß wir keine Nachbarn haben, und es ist erstaunlich, daß Nora bei dem Lärm schlafen kann, als ob nichts wäre. Signe hat eine starke Stimme, ich habe langsam das Gefühl, taub zu sein, und merke, daß ich Magenschmerzen bekomme.

Die Versuchung, sie einfach zu nehmen und mit ihr zu Agneta zu gehen, ist sehr groß. Aber was würde dann passieren? Wenn sie bei Agneta wäre und keine Milch von ihr bekäme, würde sie noch mehr schreien und noch verzweifelter sein. Es ist nicht Agneta, was sie jetzt gerade will, es ist die Brust, denke ich, und versuche, mich und die Situation im Griff zu behalten. Ich schaue auf die Uhr und beschließe, ihr wenigstens noch eine Stunde zu geben, bis wir aufgeben und es mit einer anderen Variante versuchen. Und nach fünfzig Minuten passiert das Unglaubliche: Signe schluchzt einmal tief, sieht mir lange tief in die Augen, wird still, kriecht zu mir, legt sich auf den Rücken, drückt ihre Seite an mich, schaut in die Lampe an der Decke – und lächelt. Ein paar Minuten später schläft sie. Ich liege noch eine halbe Stunde ganz still und merke, wie ich zur Ruhe komme. Genauso aufrührend wie es ist, mit einem Kind zusammen zu sein, das man nicht trösten kann, genauso beruhigend ist es, neben einem schlafenden Kind zu liegen. Auf irgendeine Weise feierlich.

Ich schleiche hinüber und mache den Fernseher aus. Wie ist das Spiel ausgegangen? Egal. Aber eine Pizza und ein Glas Rotwein wären jetzt gut.

Vater zu sein bedeutet auch, von einem traditionell männlichen Freiheitsraum entwöhnt zu werden: derjenige zu sein, der kommt und geht, der erobert und übergibt, der wie ein Matrose in einem Seemannslied weit durch alle möglichen fremden Länder reist, um ab und an mal nach Hause zu kommen zu einem wartenden Mädchen mit einer Truhe voller Schätze.

Aber solche Träume muß man nicht völlig aufgeben. Ich trage immer noch eine Sehnsucht in mir nach dem freien Umherstreunen ohne Zeit, ohne Nöte und Pflichten, eine Sehnsucht nach Flugplätzen, Straßencafés, Biergärten, feuchten Klostersälen, nach dem einen oder anderen Fußballspiel in einem lärmenden Stadion und nach einem nächtlichen Orgelkonzert in einer mittelalterlichen Kirche.

Wenn ich hier so neben Signe im Bett liege und daran denke, daß auch mitten im Sommer die Sonne irgendwann nachts doch noch untergeht, ist der Traum lebendig in mir, aber er stört nicht mein Gefühl der Dankbarkeit dafür, neben einem schlafenden und schließlich doch getrösteten Kind zu liegen. Manchmal ist es leichter zu sehen, von was wir uns entwöhnen, als woran wir uns gewöhnen.

Vater zu sein bedeutet eine allmähliche Gewöhnung an Nähe, Abhängigkeit und Verbindung, auch insoweit, als eine Verbindung wieder neu geknüpft wird zu meiner frühesten Geschichte und dem inneren Kind in mir. Aber es dauert lange, bis man versteht, wie diese neue Abhängigkeit, diese neue Verbindung eigentlich aussieht. Manch einer begreift es erst bei einer Scheidung oder wenn die Kinder anfangen, aus dem Haus zu gehen.

Meine ältesten Kinder sind seit langem aus dem Haus, und ich habe gleichaltrige Bekannte, die gern erzählen, wie wunderbar alles ist, seit die Kinder fort sind. So, als ob das eigentliche Leben nun erst begänne. So, als ob jetzt endlich der Zeitpunkt gekommen wäre für die Verwirklichung der alten Freiheitsträume. Das kann viel Verzweiflung und ein großes Gefühl der Leere mit sich bringen. Soll es das etwa schon gewesen sein? Wo bin ich selbst, wo ist meine innere Verbindung?

Es liegt mir fern, das Elternsein oder das Leben zusammen mit Kindern zu idealisieren. Es hat seine guten Seiten und seine Einschränkungen, die für jeden klar erkennbar sind. Aber je länger ich lebe, desto deutlicher wird mir, daß die Nähe, die Abhängigkeit und die innere Verbindung mir einen neuen Freiheitsraum schaffen, in dem ich leben kann. Ein Raum, in dem ich frei umherstreunen kann, ohne Gefahr zu laufen, etwas zu verlieren. Mein Schiff hat nunmehr eine Mannschaft. Ich bin nicht länger ein Fliegender Holländer, der planlos durch die Weltmeere segelt. Nein, ich bin ein normaler Vater mit einer Tasche voller Sehnsucht und voller Träume.

4. Der Moment des Zögerns

Die Signale des Kindes erkennen

Es ist ein ganz gewöhnlicher Arbeitstag, und ich sitze in meinem Sprechzimmer auf der Kinderstation. Eine Mutter kommt mit ihrem Jungen auf dem Arm zur Tür herein. Er ist zehn Monate alt und kommt zur gewöhnlichen Routinekontrolle. Er sitzt aufrecht auf der Hüfte seiner Mutter und schaut geflissentlich von mir fort.

»Hallo, und guten Tag«, sage ich zu der Mutter. »Setzen Sie sich!« Ich strecke meine Hand aus und sage meinen Namen. Der kleine Junge ist vorsichtig, und ich lasse ihn lieber erst mal in Ruhe. Ich habe gelernt, Kontakte zu den Kindern langsam herzustellen. Der Junge hat mich nicht aus eigenem Willen aufgesucht, er befindet sich plötzlich hier und braucht Zeit, um sich im Raum zu orientieren und herauszufinden, wer ich bin.

»Sie kommen zur Routinekontrolle«, setze ich das Gespräch fort. »Gibt es irgend etwas Bestimmtes, das Sie fragen möchten, oder gibt es einen Grund, warum ich Ihren Jungen untersuchen sollte?« Die Mutter überlegt einen Augenblick, bis sie antwortet. »Nein«, sagt sie, »es ist alles in Ordnung. Er ist gesund, und ich habe keine größeren Probleme mit ihm. Manchmal wacht er nachts auf, aber das ist ja wohl ganz normal in dem Alter, oder?«

Wir sprechen eine Weile über die Schlafgewohnheiten von Kleinkindern, und ich schaue in der Karte nach, ob alle Tests gemacht worden sind. Ja, das ist der Fall, und alles ist in Ordnung. Das Entwicklungsdiagramm sieht auch perfekt aus.

»Hat er schon angefangen, sich an irgend etwas hochzuziehen und so zu stehen?« frage ich, und die Mutter beginnt, mir von allem zu erzählen, was in der motorischen Entwicklung des Kindes in den letzten paar Monaten geschehen ist.

Während ich zuhöre, beobachte ich den Jungen heimlich. Er nimmt mich ständig wahr und beginnt langsam, sich im Raum ein wenig heimisch zu fühlen. Vorsichtig nehme ich das rote Holzklötzchen, das immer wie zufällig auf dem Schreibtisch liegt. Langsam, scheinbar zerstreut halte ich es dem Jungen hin, während ich der Mutter antworte. Im Augenwinkel sehe ich, wie das Interesse des Jungen erwacht. Seine Hand kommt näher. Er würde das Klötzchen gern haben, es sieht interessant aus. Als die Hand nur noch ein paar Zentimeter von dem Klötzchen entfernt ist, hält er plötzlich inne. Für einen kleinen Moment zögert er.

Lassen Sie uns den Augenblick hier einfrieren. Die Mutter und ich befinden uns in einem Gespräch. Der Junge sitzt auf dem Knie der Mutter. Er will ein Klötzchen haben, das ihm hingehalten wird. Seine Hand ist schon ganz nah daran.

Das ist, was D. W. Winnicott »the phase of hesitation«, den Moment des Zögerns, nennt. Was passiert in diesem Augenblick?

Der Junge zögert aus mindestens zwei Gründen. Er überlegt: »Warum hält er mir das hin? Will er wirklich, daß ich das nehme? Könnte das eine Falle sein? Könnte es sein, daß es gleich weh tut?«

Er sucht Blickkontakt mit mir, und ich fühle, wie er mich prüfend anschaut. Ich erwidere den Blick, schnell, im Vorbeischauen, lächele ermunternd und setze dann das Gespräch mit der Mutter fort.

Nun kommt die zweite Kontrollfrage des Jungen, und die richtet sich an die Mutter: »Hast du gesehen, was er mir da hinhält? Darf ich das nehmen?« Er sieht seine Mutter an, nicht lange, nur ein schneller Blick. Er kennt seine Mutter und ist bereits ein Meister im Lesen ihrer Gesichtsausdrücke.

Offensichtlich bekommt er grünes Licht, und wie das funktioniert, weiß ich nicht. Die Mutter sieht ihn nicht einmal an, das ist gar nicht nötig. Der Junge versteht, daß sie gesehen hat, was geschieht, daß sie kein bißchen über dieses Klötzchen erstaunt ist und daß sie keinesfalls meint, es mache einen gefährlichen Eindruck.

Im Umgang mit Kindern ist es wichtig, auf diesen Moment des Zögerns genau zu achten, denn in diesem Augenblick machen wir leicht zwei grundlegende Fehler. Der eine ist, daß wir das Zögern des Kindes nicht respektieren oder es nicht einmal bemerken. Wir verstehen einfach nicht, warum das Kind zögert. Es gibt keinen Grund, das Holzklötzchen ist doch ungefährlich.

Wir glauben eben, daß wir immer am besten wissen, was gut oder was schlecht für das Kind ist. Und da werden wir leicht ein wenig aufdringlich: »Nimm es doch, du brauchst keine Angst zu haben!« Wir drücken dem Kind das Klötzchen in die Hand, und dann sind wir ein wenig verwundert und traurig zugleich, wenn es den Klotz auf die Erde schleudert und anfängt zu weinen.

Es gibt Erwachsene, die Gefahr laufen, beim Zusammentreffen mit Kindern immer etwas zu aufdringlich zu sein. Es fällt ihnen schwer, auf das Kind zu warten. Mit solchen Erwachsenen zu leben bedeutet oft Streß. Aber man kann auch einen anderen Fehler machen. Wenn das Kind zögert, schließen wir daraus: »Ach, du hast also Angst davor. Na, dann legen wir es noch ein wenig fort.« Wir nehmen das Klötzchen weg, und das Kind wird traurig. Vielleicht fühlen wir uns selbst auch ein wenig ungerecht behandelt. Wir wollten dem Kind etwas geben und kommen uns abgewiesen vor.

Es gibt Erwachsene, die Gefahr laufen, im Umgang mit Kindern etwas zu vorsichtig zu sein. Oft denken sie von sich selbst, daß sie es schwer haben, eine Beziehung zu Kindern aufzubauen. Sie werden traurig, wenn der Moment des Zögerns länger dauert, als sie erwartet hatten. Und das Kind wird traurig, wenn der Erwachsene sich zurückzieht.

Kindern zu begegnen, ihren Moment des Zögerns zu entdecken und zu respektieren, genügend hellhörig zu sein in diesen Begegnungen – ist das etwas, was man lernen kann?

Manche haben es von Natur aus. Oder vielleicht haben sie es aus der Art und Weise gelernt, wie sie selbst als Kinder behandelt wurden. Ich habe achtzehnjährige Praktikantinnen und Praktikanten im Kindergarten und im Krankenhaus getroffen, die eine wunderbare Intuition dafür besaßen. Und die Kinder lieben sie!

Aber wir können alle dazulernen, wir können üben. Es geht hierbei um Nähe, darum, im Kontakt mit dem Kind nah genug zu sein. Wichtig ist, sich nicht in der eigenen Erwachsenenwelt zu verlaufen, sondern das Kind genau dort zu suchen, wo es ist. Dazu gehört zum Beispiel, daß man als Kinderarzt mit den Eltern spricht, aber gleichzeitig die Antennen der Seele auf die Wellenlänge des Kindes eingestellt hat.

Manchmal wissen wir selbst nicht, ob wir zu den Aufdringlichen oder zu den Übervorsichtigen gehören. Aber unsere nächsten Freunde wissen das, und wenn wir es wagen, ihnen zuzuhören, dann können wir daraus lernen. Den Moment des Zögerns gibt es nämlich nicht nur zwischen Erwachsenen und Kindern, sondern in allen zwischenmenschlichen Beziehungen. Was würde denn aus der Liebe, wenn wir nicht hellhörig genug für die Zweifel des anderen wären – und auch für unsere eigenen?

Der Junge hat sein Zögern überwunden. Er nimmt jetzt das Klötzchen von einer Hand in die andere und steckt es dann in den Mund.

»Hallo«, sage ich, »jetzt wirst du gleich noch etwas anderes sehen, jetzt werden wir mal an dir herumhorchen.«

Ich hole das Stethoskop hervor, und er lacht bloß. Ich horche und taste seinen Bauch ab. Es gibt fast nie Probleme bei der Untersuchung eines zehn Monate alten Kindes, wenn ich nur die Geduld hatte, zu warten. Sollte es doch passieren, daß der Junge protestiert, so würde ich wetten, daß er eine Mittelohrentzündung durchgemacht hat oder einmal bei einer Untersuchung erschreckt worden ist. Auf jeden Fall ist dann etwas geschehen, das das Vertrauen des Kindes zu einem, der sich ihm mit harten oder kalten Werkzeugen nähert, erschüttert hat.

Dann muß ich mir mehr Zeit nehmen, manchmal sehr viel mehr Zeit. Der Moment des Zögerns, der in der Wirklichkeit festgefroren ist, muß zwischen vorsichtigen Händen langsam wieder aufgetaut werden. Da geht dann nichts mit heißem Wasser oder mit Mikrowelle.

5. Abschied und Aufbruch

Achtzehn Monate – ein Schlüsselalter

Schon als frischgebackener Kinderarzt faszinierte mich die Tatsache, daß es so leicht ist, ein einjähriges Kind zu untersuchen, und daß es nur ein halbes Jahr später so schwierig werden kann.

Im Alter von achtzehn Monaten kommen die meisten Kinder zu einer Routineuntersuchung zu uns. Das ist ein sogenanntes Schlüsselalter, ein Alter, in dem die Entwicklung sich an einem kritischen Punkt befindet. Das Kind kann meist schon gut laufen, die Entwicklung der Sprache ist so weit fortgeschritten, daß die meisten Kinder einige Wörter in ihrem Repertoire haben und viele weitere schon verstehen. Das Kind fängt an, sich auszudrücken. Es kann sich verständlich machen, sagt, was es will, und besonders deutlich, was es nicht will.

Protest und Nein-Sagen bekommen wir auf der Kinderstation auch mit. Insgesamt möchte ich dieses Alter als das schwierigste bezeichnen, wenn es darum geht, eine Körperuntersuchung vorzunehmen. Ich weiß schon, wenn das Kind in das Untersuchungszimmer kommt – oft da schon laut protestierend –, daß ich den ganzen Trickreichtum meiner Berufserfahrung und das ganze Arsenal von vertrauenschaffenden Methoden werde anwenden müssen, um zu irgend etwas zu kommen. Manchmal geht es trotzdem nicht. Auch wenn ich ganz ruhig und locker bin und mir so viel Zeit wie möglich nehme, treffe ich dennoch oft auf Kinder, die mir mit verschiedenen Gesten und Ausdrücken klarmachen: »Nein, du, das machen wir lieber ein andermal, wir kennen einander doch noch nicht gut genug!« Wir waren so weit gekommen, daß wir miteinander auf dem Fußboden spielten und ich versuchen konnte, durch den Pullover hindurchzuhorchen. Aber wenn die Rede aufs Ausziehen kam, dann war Schluß.

In dem Fall sagt die Mutter oft: »Das ist zur Zeit typisch für ihn. Er ist plötzlich so geworden, ich verstehe nicht, was passiert ist. Wo er doch so selbstsicher war! Es gab doch nie Probleme. Fröhlich und zufrieden war er, fürchtete sich vor nichts. Und nun ist er wie ausgetauscht, quengelig und ängstlich. Er läßt mich nicht eine Minute aus den Augen, hängt immer an meinem Rockzipfel und möchte am liebsten getragen werden. Was ist bloß passiert, habe ich etwas falsch gemacht?«

Es ist viel passiert. Das Kind ist dabei, einen der wichtigsten und dramatischsten Schritte in seinem Leben zu unternehmen. Von allen Abschieden im Leben ist dies einer der bedeutungsvollsten. Möglicherweise wird auch hier schon festgelegt, wie die kommenden Abschiede verlaufen werden.

Das kleine Kind erlebt sich anfänglich als zusammengewachsen mit den Eltern, als ob sie eine einzige Person wären. Solange die Eltern sicher sind, ist auch das Kind sicher. Das Kind, das zur Zehnmonatsuntersuchung zu mir kommt, sitzt aufrecht auf dem Schoß der Mutter oder des Vaters und empfindet sich als ihren verlängerten Arm. Wenn ich dem Jungen das Klötzchen hinhalte, schaut er nach der Mutter. Wenn sie keine Angst zeigt, wagt er, das Klötzchen zu nehmen. Das Gefühl, zu etwas dazuzugehören, mit etwas zusammengewachsen zu sein, betrifft zunächst den Erwachsenen, der dem Kind am nächsten steht (meistens die Mutter), und wird dann auf eine Reihe anderer Erwachsener ausgedehnt. Zunächst der Vater, vielleicht die Großmutter, die Tagesmutter oder Sophia und Magdalena in der Krabbelgruppe. Ein zehn Monate altes Kind kann oft leicht an eine Krabbelgruppe oder eine Tagesmutter gewöhnt werden, man wundert sich meist sogar, wie einfach das geht. Das Kind scheint nach einigen Momenten des Zögerns die neue Umgebung ohne größere Probleme zu akzeptieren. Für die Eltern kann das manchmal ein wenig verletzend sein. Ist man also so leicht verzichtbar?

Viele Eltern wollen ihr Kind nicht so früh weggeben. Sie ziehen es vor, noch eine Weile zu Hause zu bleiben, damit das Kind »ein wenig an Sicherheit gewinnen kann«. Wenn sie dann mit dem Kind, das nun eineinhalb Jahre alt ist, zur Tagesstätte kommen, stellen sie fest, daß die Gewöhnung viel länger dauert, als sie gedacht hatten. Das Kind, das auch in anderen Dingen viel ängstlicher geworden ist, will auf keinen Fall bei der Tagesmutter zurückgelassen werden. Es wird natürlich auch dadurch nicht einfacher, daß jemand sagt: »Man hätte dich ein halbes Jahr früher bringen sollen, dann wäre es leichter gewesen.«

Aber auch die schnell an die Tagesstätte gewöhnten zehn Monate alten Kinder fangen oft ein halbes Jahr später zu protestieren an und wollen plötzlich gar nicht mehr allein gelassen werden. Es gibt jeden Morgen große Szenen, und die Eltern verzweifeln. In solchen Situationen neigen wir Eltern dazu, die Ursache außerhalb von uns selbst zu suchen. »Was passiert in der Tagesstätte? Ich frage mich, ob es vielleicht mit Carolin, der neuen Tagesmutter, zu tun hat. Es hat sich alles verändert, seit sie da ist. Oder gibt es da irgendwelche Personalprobleme? Eigentlich sitzen die ja nur noch beim Kaffeetrinken. Haben die keine Zeit mehr für die Kinder?«

Auch in der Tagesstätte gibt es die Tendenz, die Ursache woanders zu suchen, nämlich in der Familie: »Bisher ging es so gut, was ist denn da zu Hause los? Gibt es da irgend etwas, was er bewachen muß, so daß er nicht wagt, hierherzukommen? Warum fällt es der Mutter so schwer, ihn hierzulassen?«

So geht es hin und her, und wir suchen die Fehler bei den anderen, während es sich eigentlich um eine gesunde und normale Phase in der Loslösung des Kindes von den Eltern handelt. So muß es sein! Aufbruch und Abschied haben viel mit Angst zu tun.

In diesem Alter entdecken wir nämlich plötzlich und mit Schrecken, daß wir kein Körperteil der Eltern sind, sondern völlig eigenständige Personen. Das ist ein schwindelerregendes und erschreckendes Erlebnis. Die Welt wird so groß, und ich bin so klein. Wie soll ich das alles schaffen? Ich sitze in einem

Zug auf einem großen Bahnhof mit vielen anderen Zügen auf den Gleisen daneben. Mein Zug beginnt langsam zu fahren. Aber ist das überhaupt mein Zug? Vielleicht steht mein Zug still, und der nebenan fängt an zu fahren? Plötzlich bin ich verunsichert – sitze ich überhaupt im richtigen Zug?

So müssen die Kinder sich fühlen in dieser Phase: Bin das wirklich ich, der da aufbricht? Oder ist es die Mutter, die begonnen hat, mich zu verlassen? Warum tut sie das? Da werde ich ängstlich, will mich festklammern, will sie nicht gehen lassen, will getragen werden und sie unter ständiger Aufsicht haben. Und ausgerechnet nun fängt sie an, von einer Tagesstätte zu reden. Ist sie verrückt geworden?

Ich würde mir wünschen, daß alle, die mit Kindern arbeiten, so genau über die Entwicklung eines Kindes Bescheid wüßten, daß sie in Alltagssituationen wie dieser die Eltern gut beraten könnten. Ich würde mir wünschen, daß ich als Vater eines achtzehn Monate alten Kindes, das nicht länger in der Tagesstätte bleiben möchte, vom Personal hören würde: »Gut. Das haben wir erwartet. Nun fängt die Zeit des Aufbruchs an. Wir kümmern uns darum, es wird gutgehen, das werden Sie sehen. Und nehmen Sie einfach ein paar Tage Elternurlaub, damit Sie bei uns sein können.«

Ich selbst versuche immer, möglichst nicht ungeduldig zu werden, wenn ich ein Kind in diesem Alter untersuchen muß, denn das meiste kann wirklich warten. Statt dessen nutze ich die Gelegenheit, den Eltern etwas Wichtiges zu erklären.

Natürlich hat das zwei Seiten. In allen Phasen unserer Entwicklung, in denen wir uns klein und abhängig fühlen, haben wir gleichzeitig ein großes Bedürfnis, Widerstand und Aufstand zu proben. Vielleicht denkt das achtzehn Monate alte Kind (mit anderen Worten): »Aha, es heißt also, man solle nun selbst mit sich fertig werden. Wie soll denn das gehen? Das muß man mal ausprobieren. Sie werden schon sehen!«

Und dann nimmt das Kind den Teller mit Essen und schleudert ihn mit aller Kraft auf den Fußboden. Es will ausprobieren, wie Essen aussieht, wenn es über eine größere Fläche verspritzt wird, was Porzellan aushält und was für ein Gesicht die Eltern bei plötzlichen und unerwarteten Handlungen machen. Und wie alle wissenschaftlichen Experimente muß auch dies mindestens fünfmal durchgeführt werden, damit das Kind sicher sein kann, nicht ein Zufallsergebnis zu studieren.

In unserer Phantasielosigkeit sagen wir dann, daß das Kind nun in ein Trotzalter kommt. Ja, das Kind trotzt. Wie alle selbständigen Forscher geht es seinen eigenen Weg.

Der Weg aus der Angst und aus der Ambivalenz führt über Wut und eine Menge harte Arbeit.

6. Geschwister

Eifersucht ist natürlich
– aber bitte keine Verallgemeinerungen

Als ältester von sieben Geschwistern und Vater von acht Kindern habe ich oft über die Willkür des Geschwisterdaseins nachgedacht, ohne klug daraus zu werden. Vielleicht liegt es daran, daß ich so stark auf alle Klischees reagiere, die benutzt werden, um zu beschreiben, was Geschwister eigentlich bedeuten. »Wie lustig das sein muß, so viele zu sein!« hörte ich ständig als Kind. Ich wußte nie, was ich darauf antworten sollte. Natürlich war es manchmal lustig, aber auch ermüdend und unruhig. Wir hatten ein großes Haus, wohnten aber dennoch dicht aufeinander, und oft war es schwer, Ruhe und Frieden zu finden. Vor allem wenn noch ein paar Freunde da waren, hatte man das Gefühl, in einem Freizeitpark zu wohnen. Heute, da wir in alle Windrichtungen verstreut sind, ist es leichter einzusehen, wie schön es sein kann, viele Geschwister zu haben.

»Ja, das kommt davon«, sagen heute manche Leute, wenn sie hören, daß wir vier kleine Kinder zu Hause haben und daß ich außerdem noch vier Kinder aus erster Ehe habe. Einige schütteln den Kopf und fragen, ob wir uns wirklich darüber im klaren sind, was wir da auf uns genommen haben. Und wieder reagiere ich schnell und unerwartet heftig. Warum sieht man Kinder als ein Problem an, als ein Hindernis?

Es ist klar, daß es für ein kleines Kind eine Katastrophe sein muß, ein kleines Geschwisterchen zu bekommen. Das erste Kind lebt ja eine Zeitlang im Zentrum fast aller Aufmerksamkeit von Mutter und Vater. Das Eindringen eines Bruders oder einer Schwester in diese geschützte Dreiergemeinschaft ist sicherlich ein einschneidendes Erlebnis.

Ich stelle mir vor, daß meine liebe Ehefrau eines Tages zu mir sagen würde: »Lars, ich möchte mit dir reden. Ich habe über diese Sache viel nachgedacht, aber nun habe ich mich entschieden. Wir werden einen zweiten Mann im Haus haben. Er zieht in ein paar Monaten ein. Das wird für uns alle viel schöner. Du wirst jemanden haben, mit dem du zusammen Spaß haben kannst. Ihr könnt vielleicht Fußball zusammen spielen. Oder Schach. Freust du dich nicht?«

Ich weiß, daß ich einige Probleme haben würde, die guten Seiten einer solchen Neuerung zu erkennen. Und das, obwohl ich große Lebenserfahrung habe und jede Menge Freunde und Bekannte außerhalb der Familie. Vom kleinen Kind aber erwarten wir, daß es sein Geschwisterchen freudig begrüßt, obwohl es doch total abhängig von der Liebe und Aufmerksamkeit der Eltern ist.

Eifersucht auf Geschwister ist also ganz natürlich und selbstverständlich, und ich frage mich manchmal, wo ein Kind, das keine Anzeichen von Eifersucht gegenüber einem neuen Geschwisterchen zeigt, seine Gefühle läßt. Manchmal erfolgt diese Reaktion später, als die Eltern erwartet hatten. Alles Spannende und Neue steht zu Anfang im Vordergrund. Das neugeborene Kind hält sich zurück, und die Eltern sind darauf eingestellt, das ältere auf verschiedene Weise abzulenken. Es sieht gut aus, und alle sind erleichtert.

Und dann fängt die kleine Schwester oder der Bruder an, sich zu bewegen und Terrain zu erobern. Die Playmobil-Figuren werden nicht mehr in Ruhe gelassen, und die Gutenachtgeschichte wird immer wieder gestört. Das Gefühl des Neuen ist vorüber, und das kleine Geschwisterchen erweist sich als noch längst nicht alt genug für die Spiele des älteren und ist bloß im Weg. Die Geduld der Eltern schwindet, und immer öfter muß der große Bruder oder die große Schwester nun hören: »Du als Älterer kannst doch mal ein wenig Rücksicht nehmen!«

Wenn dann noch Leute mit der Kamera auf der Schulter zu Besuch kommen und das neue Kind bestaunen, dann kann es sehr lästig werden, zu hören: »Wie lustig es für dich sein muß, ein kleines Geschwisterchen zu haben!«

Ich bin immer voller Bewunderung über die Flexibilität, mit der das Kind diese ernste Lebenskrise meistert, ohne Lebensfreude und Humor zu verlieren. Ich würde das nicht schaffen, wenn ein neuer Mann ins Haus käme. Man muß dem Kind Zeit lassen, und man muß es mit Respekt und Einsicht auf die Schwierigkeiten vorbereiten, ohne jedoch das Ganze zu dramatisieren. Denn ich bin auch ein wenig irritiert, wenn irgendwelche neunmalklugen Erwachsenen in die Hocke gehen, um mit meinem Ältesten zu reden, und sagen (mit der Begründung, daß er mit drei kleinen Geschwistern ausgestattet ist): »Ich kann verstehen, daß du manchmal eifersüchtig bist. Hier hast du etwas zum Trost.« Warum bin ich so überempfindlich? Es ist doch gut, wenn jemand versteht und akzeptiert, daß größere Geschwister manchmal eifersüchtig sind auf die kleinen. Vielleicht schleppe ich so viele Schuldgefühle über meine eigene Eifersucht gegenüber allen meinen Geschwistern mit mir herum, daß ich mir da nicht von jemand anderem hereinreden lassen will. Außerdem will ich meine Kinder davor schützen, »entlarvt« zu werden. Denn Eifersucht ist ja ein für alle Mal etwas Häßliches und Schambeladenes, ein Gefühl, das als primitiv angesehen wird und von dem man loszukommen versuchen sollte. Aber es ist nicht nur das. Ich bemühe mich, empfindsam dafür zu sein, wenn Erwachsene einfach denken, sie wüßten oder verstünden, was in ihrem Kind vor sich geht. Wir können das nie wissen und sollten vor allem nie von Klischeevorstellungen ausgehen, die besagen, wie ein Kind (oder ein Erwachsener) sich in dieser oder jener Situation fühlen sollte. Alle Menschen sind verschieden.

Es gibt noch viele andere Klischeevorstellungen vom Leben mit Geschwistern. Einige drehen sich um die Bedeutung eines bestimmten Platzes, den man innerhalb der Geschwisterschar einnimmt. Andere kümmern sich um die Situation des erstgeborenen Kindes. »Es sollte ein Rückgaberecht für das erste Kind geben«, heißt es manchmal. Das soll natürlich heißen, daß das erste Kind eine Art Experimentierkind ist, an dem sich die Eltern üben, um dann als fertig ausgebildete und kompetente Erzieher beim zweiten Kind zur Höchstform aufzulaufen. Andererseits haben viele Untersuchungen erwiesen, daß die Liebe und Aufmerksamkeit, die das erste Kind vor allem während des ersten Lebensjahres bekommt, die Unbeholfenheit der Eltern mehr als ausgleicht.

Andere reden von der schwierigen Position des mittleren Kindes und weisen auf die Gefahr hin, daß dieses Kind »verlorengeht« und nicht genügend beachtet wird. Und wieder andere sind besonders besorgt um das letzte Kind und geben zu bedenken, wie schwierig es für die Eltern und besonders für die Mutter sei, dieses Kind von sich zu lösen. Einem Elternteil, der einen großen Teil seines Lebens damit verbracht hat, eben Mutter oder Vater zu sein, kann die Umstellung sehr schwer fallen, wenn das letzte Kind aufbricht.

Es gibt auch Erwachsene, die sich um die Situation des Einzelkindes kümmern. Keine Geschwister zu haben müsse ein großes Handicap sein, meint man. Aber die Studien, die es darüber gibt, geben den Beunruhigten kaum recht. Das Einzelkind bekommt so vieles andere, nicht zuletzt eine enge Gemeinschaft mit den Eltern.

Es ist interessant, über solche Fragen nachzudenken, aber es liegt auch die große Gefahr darin, daß wir die einzigartigen Eigenschaften und Fähigkeiten eines jeden Kindes übersehen. Meine eigene, sehr bestimmte Ansicht ist, daß dieser letzte Punkt viel wichtiger ist als die Position des Kindes in der Reihe der Geschwister. Es gibt heutzutage eine Tendenz, die Familie als ein geschlossenes System anzusehen, wo die Entwicklung der Familienmitglieder mit Hilfe mathematischer Formeln errechnet werden kann, wenn man nur bestimmte Vorgaben hat. So ist es glücklicherweise nie; Mensch zu sein bedeutet in erster Linie, unberechenbar zu sein. Eine Familie ist eine Ansammlung höchst einzigartiger und verschiedener Persönlichkeiten, die durch irgendeinen Zufall zusammengeraten sind. Das ist die große Herausforderung: daß so verschiedene Menschen, die nicht darum gebeten haben, nun doch ausprobieren dürfen, wie es sich so eng zusammen lebt. Die Gemeinschaft wirkt destruktiv, wenn nicht jeder des anderen Besonderheiten sieht und bereit ist, seine Integrität zu akzeptieren. Jede kollektive Gemeinschaft fordert einen besonderen Respekt für die grundlegenden Freiheitsrechte des Individuums. Das gilt in der Familie wie in einer Gesellschaft. Niemand ist vorausbestimmt, eine bestimmte Rolle zu spielen. Das Geheimnis des Geschwisterdaseins besteht vielleicht darin, daß wir es nicht selbst wählen. In einer Zeit, wo wir immer größere Wahlmöglichkeiten in bezug auf Bekanntschaften, Lebensstil und Karriere haben, brauchen wir um so mehr einige festgefügte Verhältnisse. Hierher gehört sowohl das Eltern-Kinder-Verhältnis wie auch die Beziehung unter Geschwistern. Ich habe die Eltern, sechs Geschwister und acht Kinder. Das bedeutet sechzehn Menschen, zu denen ich eine Beziehung habe, die unmöglich einfach aufzusagen ist. Das sind ungewöhnlich viele, und das gibt meiner Aussage vielleicht ein wenig mehr Gewicht. Denn meine Erfahrung lehrt mich, daß solche Beziehungen uns oft in bezug auf Zeit und Raum binden, aber niemals in bezug auf Gedanken und Ansichten.

7. Elektras und Ödipus' Geheimnis

Wenn die Tochter sich in den Vater verliebt und der Sohn zum Rivalen wird

Seit mein Sohn sich seinem vierten Geburtstag nähert, bemerke ich eine Veränderung. Wir hatten bisher ein gutes Verhältnis zueinander, schon seit seiner Geburt. Ich glaube, daß ich ihm nahestehe. Es gibt etwas in seinem empfindlichen, wachsamen Verhalten der Umwelt gegenüber, das mich an meine eigene Kinderzeit erinnert.

Daher bin ich zunächst ein wenig verwundert, als er jetzt anfängt, mich abzuweisen. Er wacht in der Nacht auf, so wie es schon immer ab und zu passiert ist. Aber wenn ich zu ihm gehe, um eine Weile auf seiner Bettkante zu sitzen, sagt er: »Eigentlich habe ich nicht dich gerufen, ich will, daß die Mama kommt!« Manchmal kommt er statt dessen zu uns. Er legt sich immer mitten zwischen uns – aber Agneta zugewendet – ins Doppelbett. Er hat eine Art eingebauten Radar, der es ihm ermöglicht, immer genau dann zu kommen, wenn er am meisten stört. Ich werde weit ans Ende des Bettes verwiesen und verstehe, daß es am besten wäre, wenn ich ganz verschwinden würde. »Herr Mittendazwischen« nennen wir ihn.

Ich weiß, daß es sich um den sogenannten Ödipuskonflikt (oder die Ödipussituation) handelt, aber trotzdem bin ich ein wenig verletzt. Und das soll ich ja auch sein, denn wenn ich irgendwann einmal die Entwicklung meines Kindes mit einem solchen Abstand betrachte, daß ich nicht mehr reagiere, dann bin ich ja wohl die längste Zeit ein guter Vater gewesen.

König Ödipus verliebte sich in seine Mutter, ohne zu wissen, daß sie seine Mutter war, und ermordete im Zorn seinen Vater. Von diesem tragischen Mythos aus der Antike also hat jene

Phase in der Entwicklung des Kindes ihren Namen erhalten. Das liegt wohl daran, daß die Verliebtheit des Jungen in seine eigene Mutter das war, was man in der traditionellen Familie, in der der Vater oft eine außenstehende Gestalt war, am ehesten entdecken konnte. Der Junge verliebt sich wirklich richtig, die Mutter wird seine erste Geliebte, und der Vater wird im selben Augenblick ein Konkurrent.

Aber das ist nur die eine Seite. Ich bemerke jetzt auch etwas anderes bei meinem Sohn. Er ist interessierter, mich zu imitieren, als zuvor. Das ist vor allem dann der Fall, wenn ich mich mit traditionell männlichen Dingen beschäftige – dann ist er mein treuer Begleiter. Wenn ich mit dem Rasenmäher oder der Säge hantiere, sehe ich ihn Wache halten – zunächst in respektvollem Abstand, dann immer näher. Am liebsten würde er alles selbst machen.

Als Vater bin ich also nicht nur sein stärkster Konkurrent, sondern auch sein größtes Vorbild geworden. Vielleicht sieht er ein, daß es ja doch ich war, der einmal seine Mutter eroberte. Wie habe ich das wohl gemacht? Kann man bei mir vielleicht ein paar Tips holen?

Die Verliebtheit des Jungen in seine Mutter ist eine gesunde und wichtige Phase in seiner gefühlsmäßigen und psychosexuellen Entwicklung. Der Gegenpart dazu ist die Verliebtheit der Tochter in den Vater. Aber dieses Phänomen ist weniger bekannt und diskutiert. In der psychologischen Literatur nennt man sie manchmal den Elektrakonflikt (oder die Elektrasituation).

C. G. Jung, gut bewandert in der Mythologie, verwendete diesen Begriff zuerst. Aber eine andere Freud-Schülerin, Melanie Klein, war es, die unsere Kenntnisse über diese wichtige Phase in der Entwicklung des Mädchens vertiefte.

Nora, meine dreijährige Tochter, befindet sich gerade in der Elektraphase, und das hat mir viel Anlaß gegeben, über diese wichtige Periode und ihre Bedeutung nachzudenken.

Agneta und ich taugen weiterhin beide als Eltern, aber in bestimmten kritischen Situationen wählt Nora nun mich. Ich bin es, der sie meistens ins Bett bringt, der zu ihr hineingeht, wenn sie nachts aufwacht, und zu dem sie kommt, wenn sie sich gestoßen hat oder traurig ist. Sie findet es gar nicht gut, daß ich arbeite, am liebsten sollte ich immer zu Hause sein. Daher hat sie sich das bekannte Seemannslied bis zu der Strophe beigebracht: »...und des Matrosen allerliebster Schatz bleibt weinend stehn am Strand.« Damit unterhält sie mich, vor allem, wenn ich auf Lesereise war und unterwegs übernachten mußte. Und wenn ich in ein Gespräch mit einer Frau verwickelt werde, dann dauert es nicht lange, bis Nora auf meinem Schoß sitzt, eine Position, die sie ideal findet, um unwillkommene Kontaktversuche, auch zwischen Agneta und mir, zu unterbinden.

Ich denke, daß die meisten Familien es ganz natürlich finden, wenn der Junge sich in seine Mutter verliebt und das Mädchen in seinen Vater, solange es sich um eine vorübergehende Phase handelt. Ich habe viele Eltern kennengelernt, die auf unterschiedliche Weise ausgedrückt haben, daß sie sehr wohl begreifen, was da vor sich geht. Ein Vater sagte: »Natürlich bin ich manchmal ein wenig beleidigt, wenn es nur noch die Mutter ist, die etwas kann. Aber gleichzeitig bin ich doch auf andere Weise wichtig geworden. Mein Junge und ich, wir haben jetzt eine Menge für uns allein, wie eine heimliche Verbindung, wir Männer unter uns.« Und eine Mutter drückte es ähnlich aus: »Sie ist nun ein richtiges Vaterkind geworden. Es kommt schon vor, daß ich mir völlig überflüssig vorkomme, aber in meinem Innern weiß ich doch, was ich ihr bedeute, und als sie ins Krankenhaus kam, wollte sie immer mich bei sich haben.«

Ich glaube, daß wir Eltern einen eingebauten Kompaß haben, der es uns ermöglicht, auch in unbekannten Gewässern zurechtzukommen. Obwohl die wenigsten von uns jemals von der Elektrasituation gehört haben, passen wir uns ihr an, ohne sie zu dramatisch zu nehmen oder besonders erstaunt zu sein.

Aber in der letzten Zeit habe ich doch bei vielen Männern eine Unsicherheit bemerkt, die ich von früher nicht kenne.

Unter guten Freunden oder bei anderen, die es hören wollen,

berichte ich manchmal von den Nächten in einer Familie mit vier Kleinkindern. Ich pflege dann zu behaupten, daß das mindestens so spannend sei wie die glorifizierten Junggesellennächte, die unentwegt in den Klatschspalten geschildert werden. In unserer Familie sind nachts alle unterwegs und schleichen in unterschiedliche Richtungen, und wie die Lage morgens aussieht, ist so schwer vorauszusehen, daß es sich gut für eine Wette eignen würde.

Manchmal wacht Nora auf und ruft mich. Ich gehe zu ihr, sitze eine Weile an ihrem Bett und kümmere mich darum, daß sie ihren blauen Schal und ihr Tigerjunges richtig bei sich hat. Meist ist das genug, und sie schläft wieder ein. Aber manchmal hat sie irgend etwas geträumt, und es fällt ihr schwer, zur Ruhe zu kommen. Dann möchte sie, daß ich länger bleibe. Ich rolle mich neben ihr zusammen, und meist bin ich es, der zuerst schläft. Manchmal wache ich morgens neben Nora auf.

Wenn ich das erzähle, kann es vorkommen, daß ein anderer Mann sagt: »Aber wagst du das? Das könnte ich nicht. Da würde meine Frau nervös werden.«

»Wie, nervös?«

»Ja, verstehst du nicht? Sie kommt bereits nach einer halben Stunde rein und weckt mich. ›Hier liegst du‹, sagt sie, ›kommst du nicht zurück?‹ Als das zum ersten Mal passierte, dachte ich bloß, daß sie ganz einfach eifersüchtig ist, daß sie Gesellschaft möchte und daß sie nicht allein schlafen will. Da war ich ein wenig sauer. Ein erwachsener Mensch sollte doch allein klarkommen, jedenfalls besser als ein ängstliches vierjähriges Kind. Aber dann sagte sie: ›Ich glaube wirklich nicht, daß es für unsere Tochter gut ist, wenn du die ganze Nacht neben ihr liegst. Man liest und hört so viele seltsame Dinge heutzutage. Ich denke, du solltest vorsichtig sein.‹ Und da begriff ich erst, daß es diese Inzestgeschichte war, die ihr im Kopf herumspukte. Das ist ja eigentlich nicht ganz normal.«

Die meisten von uns Männern reagieren in einer solchen Situation ähnlich. Wir sind überrumpelt und sehr verletzt. Wir haben nicht im entferntesten an so etwas gedacht, und doch werden wir beschuldigt, nicht zwischen elterlicher Fürsorge und Inzest unterscheiden zu können.

Wenn beide Eltern eine gesunde psychosexuelle Entwicklung hinter sich haben und außerdem in einem guten sexuellen Verhältnis miteinander leben, dann glaube ich kaum, daß solche Gedanken überhaupt entstehen. Aber das ist ja nicht immer so. Viele Ehe- und Lebensgemeinschaften werden im Laufe der Jahre immer leerer, nicht nur in bezug auf Sexualität. Und eine große Zahl Erwachsener hat eine Kindheit mit den verschiedensten Komplikationen hinter sich. Dabei müssen sie nicht einmal regelrechten Übergriffen ausgesetzt gewesen sein, es genügt schon, wenn das Gefühlsklima in der Familie so war, daß das Kind eine Rolle zugeteilt bekam, die seiner Entwicklung nicht gerecht wurde.

Es wird manchmal gesagt, daß ein Mann mit gesundem Empfinden intuitiv die Grenze zum Inzest erkennen könne und daß jemand, der Unsicherheit zeige, schon krank sei. Eine solche Einteilung ist meiner Meinung nach viel zu undifferenziert.

Lassen Sie uns noch einmal die Situation vergegenwärtigen, die ich skizziert habe. Ein vierjähriges Mädchen möchte, daß ihr Vater eine Weile zu ihr kommt, um ihr Nähe und Trost zu geben und um die schwarzen Schatten der Dunkelheit und der Angst ein wenig auf Abstand zu halten, wenigstens bis sie eingeschlafen und sicher ist.

Ich glaube, daß beide, Mutter und Vater, denken, daß das legitime und gesunde Bedürfnisse sind und daß der Vater alles tun sollte, um sie zu befriedigen. Als Vater empfinde ich Stolz und Freude, wenn meine Tochter sich mir anvertraut und ich ihr Tröster und der Garant für ihre Sicherheit sein darf.

Manche Männer, eine kleine Minorität, deren Größe wir nicht kennen, nehmen sich zu viel von den Zärtlichkeitsbezeugungen der Tochter. Sie zeigen dem Mädchen, daß sie es mögen, wenn es sie streichelt, und in dieser Situation will das Kind nichts anderes als den Vater glücklich machen.

Ich glaube, daß die meisten Männer, auch innerhalb dieser Minorität, dann aufwachen. »Das hier ist falsch«, denken sie und setzen nun eine deutliche Grenze: »Nein, ich möchte nicht, daß wir das machen. Nun sagen wir gute Nacht. Du kannst mich wieder rufen, wenn du nicht einschlafen kannst.«

In ihrer ersten Unklarheit ermunterten sie das Mädchen zu etwas, das es weder will noch versteht. Aber sie sind gleich aufgewacht, und man kann nur hoffen, daß das Kind noch keinen größeren Schaden durch das Ereignis genommen hat.

Innerhalb dieser Minorität gibt es sicher wiederum eine Minorität, die nicht so schnell aufwacht. Das Verhältnis zwischen Tochter und Vater geht nun in die Grauzone zum Inzest über. Es ist immer noch weit davon entfernt, daß es zu einem Beischlaf kommt oder daß der Vater sich von seiner Tochter sexuell befriedigen läßt, aber die Zärtlichkeiten haben eine erotische Prägung, wie die Zärtlichkeiten zwischen zwei Erwachsenen, und es beginnt nun eine Art Heimlichtuerei. Das Mädchen ahnt und der Vater weiß, daß die Mutter das nicht gutheißen könnte, und deshalb beginnt man nun, sie auszuschließen. Deshalb ist die Mutter, die nachts hereinkommt und fragt, was der Mann da eigentlich macht, unter Umständen durchaus im Recht.

Hier verläuft eine wichtige Grenze, und viele sind der Ansicht, daß sie als ein guter Richtungsweiser fungieren kann. Solange die Zärtlichkeiten zwischen einem Kind und einem Elternteil dem anderen Elternteil oder anderen, die zufällig ins Zimmer kommen, als natürlich gezeigt werden könnten, so lange sind es gesunde Zärtlichkeiten. Wenn man das Gefühl bekommt, sich einschließen zu wollen, dann ist es höchste Zeit, aufzuhören und Einsicht und frische Luft hineinzulassen.

Aber diese Grenze funktioniert nur, solange die Erwachsenen in sich gesunde Schranken haben, die funktionieren. Es gibt Beispiele von Vätern, die mit vollem Wissen der Mütter sexuelle Handlungen an ihren Töchtern vornahmen.

Als Kinderarzt habe ich in den letzten Jahren eine steigende Zahl sexueller Übergriffe auf Kinder feststellen müssen. Jedesmal bin ich wieder erschrocken. Ich versuche mir einzureden, daß die Steigerung, die wir bemerken, nicht nur negativ angesehen werden muß, denn sie ist vielleicht ein Zeichen dafür, daß Kinder es nicht länger akzeptieren, ausgenutzt zu werden. Sie wissen, daß sie ein Recht auf ihre körperliche Selbstbestimmung haben, und daher wehren sie sich auf eine andere Art als früher. Sie sind dabei, das Joch abzuschütteln, mit dem wir früheren Generationen unterdrückt wurden, ohne daß wir etwas verstanden oder laut genug protestiert hätten. Aber nun nehmen die Kinder die Sache in ihre eigenen Hände und halten nicht länger still.

Der Schrecken, den ich empfinde, beruht wohl darauf, daß ich weiß, was die Kinder, die ich untersuche, durchgemacht haben und was sie erwartet. Sie haben Erlebnisse hinter sich, die man mit Kriegserlebnissen vergleichen kann und die sie nie wieder verlassen werden.

Es ist jedenfalls ganz klar, daß das, was wir ein präinzestuöses Verhältnis, das heißt eine heimliche Beziehung mit erotischer Prägung zwischen dem Kind und einem Elternteil, nennen, für Kinder schädlich ist. Es muß also noch lange nicht zu einem Beischlaf kommen, um das Kind schon für sein Leben zu schädigen. Viele Erwachsene mit tiefgehenden seelischen Störungen haben bezeugen können, wie schicksalhaft sich eine unklare und übererotisierte Beziehung zu einem Elternteil auf ihre weitere Entwicklung auswirkte.

Meine Ansicht ist, daß solche heimlichen erotischen Beziehungen zwischen Müttern und Söhnen genauso oft auftreten wie zwischen Vätern und Töchtern.

Wenn wir nun aber nochmals zu unserer Perspektive als Väter zurückkehren, so denke ich, daß wir heute vor zwei verschiedenen Problemen stehen. Das eine ist, daß wir möglicherweise in ein präinzestuöses Verhältnis zu unserer Tochter geraten. Das Risiko ist für die meisten von uns klein oder nicht vorhanden, aber für andere ist es da, und die Konsequenzen für das Mädchen sind so schwer verletzend, daß wir alle dem Problem ruhig eine Weile des Nachdenkens widmen sollten.

Möglicherweise hat die schnelle Veränderung der Geschlechterrollen einige von uns vor neue Probleme gestellt. Das vierjährige Mädchen, das nachts aufwacht, war früher nie die Sorge des Vaters. Aber heutzutage sind bedeutend mehr Männer nachts auf den Beinen. Wir füttern, wechseln Windeln und nasse Laken, trösten und singen wie nie zuvor. Viele von uns sind Anfänger darin und haben keine richtigen Vorbilder, denn früher mußte es schon ein Feueralarm oder nachhaltiges Telefonklingeln sein, damit der Vater nachts aufstand. Ich selbst kann mich nicht erinnern, daß mein Vater irgendwann einmal nachts auf war, um sich um die Kinder zu kümmern.

Das bedeutet, daß wir alles selbst erproben müssen, um allmählich einen eigenen Weg für unseren Umgang mit unseren Kindern zu finden. Sind wir uns unser selbst nicht sicher, dann können wir schon in Schwierigkeiten geraten, die eine Frau nur schwer verstehen und akzeptieren kann. Außerdem sind wir nicht daran gewöhnt, miteinander zu reden. Nur wenige von uns sitzen in der Kaffeepause im Büro zusammen und unterhalten sich darüber, was es bedeutet, Vater zu sein. Und nur sehr wenige von uns haben vertrauenswürdige männliche Freunde, denen sie mal das Herz ausschütten können.

Aber es droht noch eine andere Gefahr, die ich für ebenso groß halte, nämlich die, daß wir aus der Angst heraus, in ein präinzestuöses Verhältnis zu geraten, unsere Töchter abweisen. Wenn der Vater es nicht länger wagt, zu seiner Tochter ins Bett zu kriechen oder nackt mit ihr in der Badewanne zu sitzen, dann sieht es sowohl für den Vater als auch für die Tochter schlecht aus. Denn bedenken Sie: Ein Mädchen verliebt sich in seinen Vater. Für sie ist das ein gesundes und herrliches Erlebnis, und es ist ein wichtiger Teil ihrer gefühlsmäßigen Entwicklung. Das Gefühl ist durch und durch echt, positiv und erlaubt. Und dann wird sie zurückgestoßen! Der Vater sagt: »Nein, das will ich nicht, das soll die Mutter machen.« Das, was zunächst gesund und richtig war, wird schmutzig, nahezu eklig. Wie soll sich das Mädchen später mit einer glücklichen und neugierigen Einstellung zu Liebe und Sexualität einem Mann nähern?

Es geht also darum, ein Gleichgewicht zu finden. Die meisten von uns sind mit einer verläßlichen Balancestange versehen, aber vielen anderen ist sie gestutzt worden, so daß wir anfangen müssen, miteinander darüber zu reden. Liebe und Sexualität sind so wichtige Bereiche unseres Lebens. Wir sollten nicht noch mehr Kindern und Erwachsenen das Leben damit schwermachen als schon geschehen.

Der Verlust eines Elternteils in der Ödipus- oder Elektraphase

Was passiert, wenn in dieser Dreiecksgeschichte einer ausfällt? Das sind Situationen, in denen sich die wirkliche Dynamik dieser Entwicklungsphase zeigt. Stellen wir uns zunächst die Folgen vor, wenn der *Konkurrent* verschwindet, das heißt also eine wichtige gefühlsmäßige Kraft im Leben des Kindes wegfällt. Eine Scheidung kann die Ursache dafür sein, muß es aber nicht. Es gibt viele Scheidungen, in denen beide Eltern einen engen gefühlsmäßigen Kontakt zu ihren Kindern bewahren. Aber ich kenne auch Beispiele, wo ein Elternteil trotz guter anfänglicher Vorsätze ganz schnell verschwindet, wenigstens aus der Sicht des Kindes. Immer noch ist das zumeist der Vater.

Wenn ein Vater sich von seinem vierjährigen Jungen zu weit entfernt, was passiert dann? Das wissen wir gut, denn diese Situation ist nur zu alltäglich. Manchmal bemerkt man die Folgen erst, nachdem einige Jahre vergangen sind, also zum Beispiel wenn das Kind elf oder zwölf Jahre alt ist. Dann sehen wir einen Jungen, der es in der Schule schwer hat. Er ist unruhig, rastlos, aggressiv und insgesamt lustlos. In der Schule klappt nichts, und er gerät oft in Konflikte mit den Schulkameraden und Lehrern.

Ich habe eine Reihe solcher Jungen in meiner Sprechstunde kennengelernt. Manchmal sind sie wegen Verdachts auf MBD (Minimal Brain Dysfunction, das heißt minimale Hirnstörung) zu mir geschickt worden. Es stellt sich dann schnell heraus, daß sie überhaupt keine Hirnstörung haben, sondern lediglich sehr deprimiert sind. Wenn ich dann in ihrer Lebensgeschichte zurückgehe, treffe ich auf eine Scheidung im Alter von vier Jahren und beginne, hierüber Fragen zu stellen. Der Vater ist viel zu weit weg, das kommt schnell heraus. Und dann sagt der Junge vielleicht: »Ich habe das Gefühl, als ob es mein Fehler sei.«

»Wieso?« frage ich.

»Ich kann es nicht erklären, es fühlt sich bloß so an.«

Die Niedergeschlagenheit mit diffusen Schuldgefühlen dieser Art ist häufig, und man erklärt sie mit dem Ausgangspunkt des sogenannten ödipalen Konfliktes. Der Junge war verliebt in seine Mutter und wünschte seinen Vater manchmal ans Ende der Welt. Er weiß, wie oft er den Vater abwies und sich in die zuvor ungestörte Gemeinschaft zwischen Mutter und Vater drängte. Und in genau dem Moment verschwindet der Vater!

Das Problem ist, daß ein Junge im Alter von vier Jahren es sehr schwer hat, solche widerstreitenden Gefühle auszudrükken. Er ist noch nicht reif genug, um zu sagen: »Ich habe das Gefühl, als ob es mein Fehler wäre.« Er ist noch nicht einmal reif genug, um die Bedeutung einer Scheidung zu begreifen. So lange wie möglich will er glauben, daß es sich um etwas Vorübergehendes handelt und daß der Vater zurückkommen wird. Erst einige Jahre später wird er anfangen, das Unwiderrufliche der Situation zu ahnen. Es gibt Scheidungskinder, die sich bis weit ins Teenageralter hinein weigern, anzuerkennen, daß die Scheidung der Eltern definitiv ist.

Der Junge verliert aber nicht nur seinen Konkurrenten, sondern auch sein großes Vorbild, und das hat weitere Folgen. Wenn der Vater sehr weit weg ist, wird der Junge ihn gern idealisieren. Er wird dann der Seeräuberkapitän oder der Eisenmann, mutig und unbesiegbar, der Abenteurer, der eines Tages zurückkommt, um seinen Sohn zu holen. Wenn der Vater dann wirklich auftaucht, ist die Enttäuschung groß, denn er ist gar nicht so außergewöhnlich.

Ein Junge, der seinen Vater verliert, verliert auch einen Mann, mit dem er streiten und kämpfen kann, einen, der von seiner Erfahrung als Mann aus Grenzen setzt. Man hat in der Kinderpsychologie auch schon darauf hingewiesen, daß die unkontrollierbare Aggressivität – oft gepaart mit Kriminalität –, die wir bei vielen männlichen Jugendlichen beobachten können, auf einen frühen Verlust des Vaters zurückzuführen sei.

Ich habe dann schon den Rat geben hören: »Wenn Sie sich scheiden lassen wollen, dann tun Sie das auf keinen Fall, wenn Sie einen Jungen im Alter von vier Jahren haben!« Das ist ein Hinweis, den ich für zu kategorisch und auch unrealistisch halte. Eine Scheidung hat ihre eigene Dynamik, und die läßt sich selten durch einen solchen Rat aufhalten.

Ich pflege statt dessen zu sagen: »Wenn Sie sich jetzt trennen müssen, wo Sie einen Jungen im Alter von vier Jahren haben, bedenken Sie folgendes: Es darf keine Unterbrechung im Verhältnis zwischen Vater und Sohn geben. Sie müssen beide daran arbeiten, daß der Kontakt sehr eng, am besten übertrieben eng bleibt, vor allem am Anfang. Und Sie müssen beide helfen, die folgende Botschaft dem Jungen immer wieder klarzumachen: ›Das hier ist nicht dein Fehler! Obwohl du ein so phantastischer Sohn bist, obwohl wir ohne dich nicht sein könnten und obwohl du nicht willst, daß wir uns trennen, so müssen wir es doch tun. Erwachsene sind manchmal wahnsinnig, auch wir. Aber das ist nicht dein Fehler! Und wir versprechen dir, daß wir beide immer deine Eltern sein werden, so lange wir leben.‹«

Ich habe ein paar achtjährige Jungen getroffen, die bestätigt haben, daß eine solche, immer wiederholte Deklaration durchaus Bedeutung haben kann. Der eine von ihnen sagte: »Sie haben gesagt, daß es nicht mein Fehler war. Manchmal denke ich daran. Ich habe trotzdem ein wenig das Gefühl, daß es mein Fehler war. Aber es war gut, daß sie es gesagt haben.«

Wir wissen nicht viel darüber, was passiert, wenn ein Mädchen die Mutter verliert. Aus meiner Erfahrung heraus kann ich sagen, daß wir ein ähnliches Bild vorfinden: Niedergeschlagenheit, diffuse Schuldgefühle, die Tendenz, die abwesende Mutter zu idealisieren oder sie zu verleugnen, wenn die Verzweiflung allzu groß wird.

Was passiert, wenn statt dessen das Objekt der Verliebtheit

verschwindet? Auch hier wissen wir mehr davon, was geschieht, wenn der Vater fortgeht und ein Mädchen im Alter von drei bis vier Jahren zurückläßt. Das erste, was das Mädchen verspürt, ist ein plötzlicher, ernsthafter Verlustschmerz. Den zu verlieren, den man liebt, tut immer weh, das Mädchen ist bedrückt und fühlt sich überflüssig und nutzlos.

Der Erwachsene hat unter Umständen Probleme damit, die Zusammenhänge sofort zu begreifen, da er sich ja selbst in einer schwierigen Situation befindet. Nach einem langen, schmerzvollen Konflikt kann die Trennung schließlich wie eine Befreiung empfunden werden. Der Vater, der auszieht, hat das Gefühl, nach einem langsamen Ersticken endlich wieder frische Luft atmen zu können, und er meint, fertig zu sein mit der Beziehung zu seiner Ehefrau oder Lebensgefährtin. Es hat so viel psychische Energie gekostet, einen Entschluß zu fassen, daß nicht mehr viel übrigbleibt. Daher fällt es ihm schwer, einzusehen, daß er gleichzeitig dabei ist, seine Tochter zu verlieren. Sicher ist das nicht seine Absicht. Er muß nur ein wenig fort, von allem wegkommen, sich eine neue Ausgangsbasis schaffen. Später wird er natürlich wieder Kontakt zu seinen Kindern haben, sie regelmäßig treffen. Aber für die Tochter gibt es kein Später. Der Vater geht fort – weg von ihr! Sie ist darauf nicht vorbereitet, sie hat keinen Streit mit ihm gehabt, sie hat ihn nur geliebt. Und er versteht nichts, versteht nicht ihren Schmerz. Eine unfaßbare Kränkung. So, als gäbe es sie überhaupt nicht.

Einen solchen Schaden zu beheben ist nicht leicht; das kann verglichen werden mit dem Kitten einer Beziehung nach einem ernsthaften Treuebruch. Das kann funktionieren, aber sicher ist es nicht. Wenn dann später noch eine andere Frau mit ins Spiel kommt, eine Frau, die einen großen Teil der Gefühle des Vaters in Anspruch nimmt, dann wird es wirklich schwer.

Wenn der Vater sich allzu weit von seiner Tochter wegbewegt, wenn das Verhältnis nicht wiederhergestellt werden kann, dann treten andere Risiken auf. Besonders folgenreich ist natürlich der Bruch in der Elektra-Entwicklung des Mädchens. Aber wie bei den Jungen dauert es oft viele Jahre, bis man diese

Folgen sehen kann. Eine alltägliche Situation, in der die unmittelbaren Konsequenzen sichtbar werden, entsteht, wenn die Mutter eine neue Beziehung eingeht, und vor allem, wenn der neue Mann in die Wohnung der Familie einzieht. Das Mädchen gerät dann leicht ins Abseits, in eine Art Niemandsland. Der Vater, den sie liebte, ist verschwunden, und nun werden auch noch die Gefühle der Mutter okkupiert.

Um nicht völlig aus der schönen Atmosphäre der Liebe gerissen zu werden, versucht das Mädchen manchmal, sich dazwischenzudrängen, um wenigstens etwas von dem Überschuß abzubekommen. Sie probiert einfach, in Konkurrenz zur Mutter um den neuen Mann zu treten. Aber jetzt wendet sie nicht die Zärtlichkeitssprache an, die sie im Verhältnis zu ihrem Vater gelernt hat, sondern studiert statt dessen die Mutter, um zu sehen, wie sie sich dem neuen Liebhaber gegenüber verhält, und versucht dann, es ihr nachzumachen. Sie springt auf den Schoß des Mannes, flüstert in sein Ohr, streicht ihm über die Schulter und küßt ihn auf den Mund.

Der nun von zwei Seiten umworbene Mann ist oft verwirrt und weiß nicht, wie er mit der Situation fertig werden soll. »In deine Mutter bin ich ja verliebt, aber was mache ich mit dir? Ich kann nicht zwei Geliebte haben.« Mit Einsicht, Geduld und viel Humor können zwei kluge Erwachsene damit fertig werden, vor allem, wenn sie Hilfe vom Vater des Mädchens bekommen, der hoffentlich hinzugezogen werden kann. Aber im schlimmsten Fall ist der so verletzt über die neue Beziehung seiner ehemaligen Frau, daß er versucht, sie zu bestrafen, indem er das Verhältnis zu seiner Tochter noch weiter verkümmern läßt. In dieser Situation benötigt er kluge Ratgeber!

Viele Männer, die sich in eine Frau mit Kindern verlieben, bekommen keinen richtigen Kontakt zu den Kindern und ziehen sich dann lieber wieder zurück. Das gilt natürlich auch, wenn sie auf ein Mädchen stoßen, das in seiner Elektra-Entwicklung gestört wurde. Und ich glaube, das ist klug. Ich denke, man muß sehr vorsichtig sein, eine solche Beziehung einzugehen, wenn die Verhältnisse zwischen dem Mädchen und seinem Vater noch nicht geklärt sind, denn die Rolle, die man dann spielen muß, kann sehr heikel sein.

Im schlimmsten Fall kann sich das Verhältnis zwischen dem neuen Mann und dem Mädchen im Haus zu einem erotischen oder schließlich rein sexuellen entwickeln. Eine Reihe der sexuellen Übergriffe, die in den letzten Jahren diskutiert wurden, hatten einen solchen Hintergrund. In einigen Fällen habe ich Männer mit ungefähr diesen Worten sich verteidigen hören: »Ich verstehe nicht, was passiert ist, und es ist schwer, darüber zu reden. Aber Tatsache ist, daß ich verführt wurde! Mir ist so etwas vorher noch nie passiert. Nicht ich war es, der die Initiative ergriff, sondern sie!«

Nun finde ich, daß es unglaublich jämmerlich ist, wenn ein erwachsener Mann behauptet, er sei von einem Kind verführt worden. Das kleine Körnchen Wahrheit aber, das man in seiner Behauptung finden kann, ist, daß er auf ein Mädchen traf, das sich ihm gegenüber in einer Weise verhielt, wie es das seinem biologischen Vater gegenüber nie getan hätte. Soweit ist das richtig; aber dies zum Anlaß zu nehmen, alle Verantwortung von sich zu weisen, das ist auf jeden Fall unverschämt, und es ist sehr ärgerlich, wenn man das anhören muß, vor allem, wenn diese Argumentation dann von dem Anwalt des Mannes noch weiter ausgeführt wird.

Aber wie sollen wir das Verhalten des Mädchens verstehen? Melanie Klein, die dazu beigetragen hat, etwas Licht in diese Entwicklungsphase des Kindes zu bringen, hat bewiesen, daß das, was wir bei Drei- oder Vierjährigen feststellen, nicht wie ein Blitz aus heiterem Himmel kommt. Die Verliebtheit, die die Tochter zu ihrem Vater entwickelt, ist von ihrer Geburt an vorbereitet worden.

Nora und ich standen uns von ihrem allerersten Lebenstag an sehr nahe. Es war bei uns, wie es bei allen anwesenden Vätern und ihren Töchtern ist: Wir hatten bereits – ohne es zu merken – eine Reihe von Vorstadien zur Elektrasituation passiert. Und wenn Nora sich nun im Alter von drei Jahren in mich verliebt, so ist das nur das Ergebnis von allem, was vorher war. Und es ist auch nicht der Schlußpunkt in dieser Entwicklung, sie wird sich mindestens bis zu dem Tag fortsetzen, an dem sie sich als Jugendliche oder Erwachsene ernsthaft an einen Mann bindet.

Das bedeutet auch, daß ich, als der erste anwesende Mann in ihrem Leben, für sie unersetzlich bin. Wenn der Vater von zu Hause auszieht und ein anderer Mann einzieht, dann kann dieser sicherlich den Kindern dort ein guter Freund sein. Aber es gibt gewisse Vaterfunktionen, die er nie übernehmen kann – so kann er zum Beispiel niemals die Rolle des Vaters in einer Elektra-Entwicklung des Mädchens übernehmen.

Was wir über Elektra und Ödipus als Symbol für diese wichtige Zeit im Leben eines Menschen wissen, ist auch das stärkste Argument, das ich kenne, um das Recht des Kindes auf seine beiden ursprünglichen Eltern zu bewahren. In der neuen Konvention der Vereinten Nationen über die Rechte der Kinder heißt es in Artikel 9, daß ein Kind, das aus irgendeinem Grund von einem Elternteil (oder beiden) getrennt wird, das Recht auf einen engen persönlichen Kontakt und regelmäßige Treffen mit beiden hat – solange dies zum Besten des Kindes geschieht.

Aber wenn wir dahin kommen wollen, dann müssen Väter und Mütter ihre Grundeinstellung so weit verändern, daß sie einsehen, daß wir, die wir Eltern eines Kindes geworden sind, nicht einfach ersetzbar sind und daß unsere Verantwortung ein Leben lang währt.

Viele erwachsene Frauen haben heute Schwierigkeiten, die daher rühren, daß sie niemals die Möglichkeit zu einer gesunden Elektra-Entwicklung hatten. Ihre Väter waren auf verschiedene Weise abwesend oder gefühlsmäßig schwach. Wir sehen bei diesen Frauen oft das Problem, daß sie ihr Leben lang einen Vater suchen in dem Mann, den sie wählen, in dem Chef, für den sie arbeiten. Sie suchen einen »Mentor«, wie man dies in moderner Unternehmenssprache nennt. Wenn sie dann ihre Bedürfnisse nicht befriedigt sehen – welcher Mann schafft es schon, mehr Menschen als seinen Kindern ein Vater zu sein? –, verzweifeln sie. Der Mann konnte den hohen Anforderungen nicht gerecht werden, er war nicht reif oder erfahren, nicht stark und unbesiegbar genug.

Elektras Rache steht hinter vielen Scheidungen, wo verzweifelte Frauen aus der Beziehung ausbrechen. Aber auch die Männer haben darunter gelitten, daß ihre eigenen Väter so lange abwesend waren. Es fehlt uns oft an guten Leitbildern, und wir sind daher häufig verunsichert, wenn wir nach einem Weg suchen, der richtige Mann oder der richtige Vater für unsere Kinder zu sein, ohne entweder als Gottvater, als ewig großer Bruder oder als bloßer Hausangestellter daherzukommen.

Vielleicht müssen wir jetzt den Mut haben, ein paar Fehler zu begehen, um so den Weg für unsere Kinder frei zu machen, damit diese dann eines Tages all das tun können, was wir nicht mehr schaffen.

8. Die Toten wachen auf

»Was glaubst du selbst?« will das Kind wissen

»Sollen wir spielen?« fragt Linder auf seine etwas überschwengliche Art und Weise.

»Spielen, was denn?« fragt Nora mit etwas Skepsis in der Stimme.

»Wir können spielen: Die Toten wachen auf!« sagt Linder, und ich spitze die Ohren.

Die Kinder sind in der Diele, und ich räume gerade nebenan in der Küche Geschirr in den Schrank. Linder zeigt auf die Bank, die in der Diele steht und die wir benutzen, wenn wir uns hinsetzen und Schuhe oder Stiefel anziehen. Die Bank ist gleichzeitig ein Verwahrungsort für Mützen und Handschuhe – man kann den Deckel anheben, und darunter verbirgt sich ein sargähnlicher Raum. Einer der Tischler in der Gegend hat sie gemacht.

Linder hebt den Deckel an und beginnt, das Spiel zu erklären: »Erst krieche ich hier rein. Dann machst du den Deckel zu. Dann bin ich tot und liege hier bis morgen. Am Morgen stehe ich wieder auf. Da wachen die Toten auf. Dann bist du dran.«

Noras Skepsis ist gewachsen. Sie will nicht mitmachen. Sie geht die Treppe hinauf in ihr Zimmer, wo ich sie mit Anna-Lotta und Christer, den Puppen, herumwirtschaften höre. Aber Linder spielt weiter. Durch die Tür sehe ich ihn in den Bankkasten klettern und den Deckel über sich zumachen. Zum ersten Mal sehe ich, daß die Bank wirklich etwas von einem Kindersarg hat, und mir wird ein wenig unbehaglich. Was macht er nur?

Er liegt eine Weile ohne einen Laut in der Kiste. Dann sehe ich, daß der Deckel ein klein wenig angehoben wird, und ich erahne seine Augen dort in dem Spalt. Der Deckel senkt sich wieder, und alles bleibt still. Diese Prozedur wird einige Male wiederholt. Plötzlich hört man aus der Kiste den Ruf: »Nun sind die Toten aufgewacht!«

Der Deckel wird mit einem Knall geöffnet, der Junge springt schnell aus der Kiste und verschwindet, ein Lied vor sich hinsummend, die Treppe hinauf.

Linder ist gerade fünf Jahre alt, als das passiert, und er ist auf dem Weg in eine Entwicklungsphase, in der Tod und Unglück eine bevorzugte Rolle auf der inneren Bühne des Kindes spielen.

Schon kleine Kinder wissen durchaus, daß es den Tod gibt, obwohl die meisten Kinder heutzutage in der Stadt wohnen, wo der Tod mehr und mehr ins Krankenhaus verbannt worden ist. Aber die Kinder kommen dennoch in Berührung mit dem Tod, nicht zuletzt durch die Medien. Einmal habe ich einige Kinder in der Tagesstätte über den Tod sprechen hören. Sie waren zwischen drei und vier Jahre alt, und eines war gerade auf der Beerdigung der Großmutter gewesen. Es berichtete malerisch von dem Begräbnis, und die anderen hörten andächtig zu. Es blieb eine Weile still, bis einer der Jungen fragte: »Was glaubst du, wann sie ein richtiges Skelett sein wird?«

Diese Episode zeigt die nüchterne, geradezu angenehm undramatische Art und Weise, in der kleinere Kinder den Tod ansehen. Sie ist sowohl sehr konkret als auch sehr unwirklich, denn während ein Dreijähriger darüber nachdenken kann, wann die Großmutter ein Skelett sein wird, hat er gleichzeitig Schwierigkeiten zu verstehen, daß sie wirklich tot ist und daß der Tod unwiderruflich ist.

Für den fünfjährigen Linder fängt das Ganze an, ein wenig komplizierter zu werden. Denn irgendwie wachen die Toten trotz allem wieder auf, oder? Das Spiel wird die Experimentierwerkstatt, in der er verschiedene Szenarien testet. Wie fühlt es sich eigentlich an, in einem Sarg zu liegen, wie fühlt sich das an, tot zu sein? Wie lange bleibt man da? Wie geht das vor sich, wenn man aufwacht? Sind die verschiedenen Bilder wirklich glaubhaft?

Das Wesen des Todes gewinnt langsam Gestalt. Die Erfahrungen des Kindes und seine wachsende Reife führen es allmählich zu einem Punkt, an dem die Einsicht mit aller Kraft zuschlägt. Wenn man tot ist, dann bleibt man tot. Es sei denn, man steht wieder auf, versteht sich.

Das Kind beginnt nun, seiner Umgebung die zentrale Frage zu stellen: Was passiert, wenn man tot ist? Und es entdeckt schnell, daß es schwer ist, darauf von den Erwachsenen eine Antwort zu bekommen. Viele sagen gewiß, daß man in den Himmel kommt oder daß jedenfalls die Seele dahin kommt. (Manche erzählen den Kindern das, obwohl sie selbst nicht daran glauben.) Wieder andere sagen, daß man zu Erde wird, bestenfalls noch Nährboden für die Blumen und Büsche auf dem Friedhof, auf jeden Fall irgend etwas. Die meisten murmeln ein paar Worte und weichen aus. Sie wissen selbst nicht, was sie glauben.

Wenn das Kind keine Antwort erhält, fängt es an, selbst nachzudenken. An den Gedanken eines Kindes über den Tod teilzuhaben bedeutet einen großen Reichtum, und ich entdecke im Gespräch mit Kindern oft, daß sie viel reichere Vorstellungen vom Leben nach dem Tod haben als die meisten Erwachsenen.

Ein neunjähriges Mädchen, das seinen kleinen Bruder bei einem Autounfall verlor, sagte zu mir: »Ich weiß nicht genau, wo er ist. Irgendwo muß er sein, das weiß ich. Nicht bloß im Grab, meine ich. Wir waren bei einem Priester. Der hat gesagt, daß der Sarg nun von Engeln in den Himmel getragen wird und daß mein Bruder da drin schläft, bis wir gestorben sind und auch in den Himmel kommen. Aber ob er wirklich so lange schlafen muß? Das klingt ja total langweilig. Ich hoffe, daß er statt dessen in Nangiala ist. Es ist so schön in Nangiala. Astrid Lindgren hat darüber geschrieben. Vielleicht ist das nur etwas, was sie sich ausgedacht hat. Aber ich hoffe trotzdem, daß er in Nangiala ist. Wenn es das gibt. Obwohl es das vielleicht nicht gibt. Aber ich glaube doch, daß er dort ist.«

Ich meine, daß wir an den Gedanken der Kinder über das Leben nach dem Tod teilnehmen sollten. Und die Kinder müssen wissen, was wir wirklich glauben, um sich besser orientieren zu können. Viele Eltern haben Angst, ihren Kindern ihren eigenen Glauben – welcher es immer sei – oder Nicht-Glauben aufzudrängen. Aber Kinder wissen bereits, daß Erwachsene unterschiedlich glauben und denken. Was Kinder bei Erwachsenen am wenigsten aushalten können, ist, wenn sie sich hinter einem pädagogischen Schleier verbergen: »Ja, weißt du, manche glauben so und andere so, und was nun richtig ist, kann man nicht wissen.«

»Aber was glaubst du selbst?« fragt das Kind, um dann doch wieder keine andere Antwort als vielleicht diese zu erhalten: »Das spielt keine Rolle, du hast das Recht zu glauben, was du willst.«

Es ist nicht nur der Tod, der mit zunehmendem Alter immer wirklicher und gleichzeitig bedrohlicher wird, auch das Böse rückt näher. Das Kind beginnt zu begreifen, daß es das Böse gibt, daß es Menschen gibt, die töten und anderen mit voller Absicht Böses tun. Die Nachrichten geben ständig neue Beispiele dafür, daß auch Kinder getötet werden. Auch in unseren Breiten werden Kinder zu Tode gequält oder auf andere Weise ermordet.

All das ist eine erschreckende Entdeckung für das Kind, das ja nur begrenzte Möglichkeiten hat, sich gegen die Bedrohung zu verteidigen. Die Welt wird bloß immer größer und immer gefährlicher. Wer kann dem Kind in einer solchen Welt Sicherheit und Schutz bieten? Das Kind schaut sich um und sucht als erstes Schutz bei seinen Eltern.

Eine kleine Episode hat sich für immer in mein Gedächtnis eingeprägt. Einer meiner heute erwachsenen Söhne hatte schnell lesen gelernt und kam mit acht Jahren in ein richtiges Lesealter. Er lag abends lange wach und las. Um halb neun ging ich hinein, setzte mich auf die Bettkante und versuchte, den Jungen dazu zu bringen, das Buch fortzulegen und das Licht auszumachen: »Du mußt ja morgen früh in die Schule.« Eines Abends, als ich wieder einmal versuchte, ein wenig Nachtruhe zu erwirken, setzte er sich plötzlich im Bett auf und sagte: »Aber, stell dir vor, es kommt heute abend ein Mörder hierher, was machst du dann?« Ich hatte diese Frage nicht erwartet und antwortete im Reflex: »Wenn ein Mörder hierher kommt, dann überlasse ihn mir. Ich bin dein Vater, ich werde ihn einfach rausschmeißen.«

Er lächelte ein wenig scheu, vielleicht mißtrauisch, aber er legte sich hin, machte das Licht aus und schlief innerhalb von fünf Minuten ein. Und daran erinnere ich mich am besten: Ich sitze da in der Dunkelheit auf der Bettkante, er schläft tief. Und ich denke: Das war ja wohl das Letzte! Ob er das geglaubt hat? Es war, als würde er denken: »Im Alltagsleben ist er ganz bleich und schwach, aber wenn ein Mörder kommt, ist mein Vater unheimlich stark!«

Wie sieht eigentlich der Vertrag zwischen mir und meinem Sohn an diesem Abend aus? Was ist das für eine unbewußte Übereinkunft? Als ich den Jungen auffordere, mir einfach den Mörder zum »Rausschmeißen« zu überlassen, weiß ich natürlich, daß ich nicht glaubwürdig bin und daß mein Sohn das auch einsieht. Er weiß, daß ich meine eigenen Fähigkeiten übertreibe, aber entscheidet sich dennoch dafür, es gut sein zu lassen, und schon schläft er ruhig ein. Er überläßt mir die Verantwortung. Er könnte sagen: »O. K., Vater, ich glaube dir nicht so richtig, aber das macht nichts. Du bist der Erwachsene, du mußt das hier irgendwie klar kriegen. Du mußt stark, listig, schnell oder schlau sein. Ich kümmere mich nicht darum, wie du das machst, das ist deine Sache. Ich bin bloß acht Jahre alt, und nun werde ich schlafen. Gute Nacht.«

Er braucht das nicht zu sagen, weil er weiß, daß ich es verstanden habe.

In mancher Hinsicht kann man sagen, daß die Kinder ihre Eltern – oder den Großvater, den Lehrer oder Fußballtrainer – in dieser Zeit idealisieren. Den Erwachsenen kommt damit eine Kraft und eine Fähigkeit zu, die sie eigentlich nicht haben. Und wir Erwachsenen akzeptieren das ohne größere Proteste. Niemand würde die Frage meines Jungen nach dem Mörder so beantworten: »Ja, was machen wir denn da? Da stellst du wirklich eine schwierige Frage. Ich habe tatsächlich keine Ahnung, wie ich damit umgehen soll. Daß du das fragen mußt!«

Die nächsten Erwachsenen in dieser Zeit zu idealisieren ist gesund und natürlich und in gewisser Weise eine notwendige Voraussetzung für die Entwicklung in eine Gesellschaft hinein. Das Dasein ist voller Bedrohungen, aber wenn die Eltern vor ihrer Verantwortung nicht zurückschrecken, sondern ihren Kindern die Sicherheit garantieren, die sie brauchen, dann erleben die Kinder, daß es stabile, gute Kräfte gibt, mit denen man sich zusammentun kann. Wenn man einmal Pech hat, dann hat man es wenigstens gemeinsam. Irgend jemand ist immer an meiner Seite.

Viele Kinder bekommen niemals die Möglichkeit, ihre Eltern auf diese Weise zu idealisieren. Sehr früh durchschauen sie ihre Eltern und entdecken, daß sie hilflose Opfer sind, die sich kaum selbst schützen können und noch weniger ihren Kindern irgendeine Sicherheit bieten können.

Kinder in Alkoholikerfamilien machen diese Erfahrung. Sie wissen, daß man auf die Eltern, jedenfalls im betrunkenen Zustand, nicht rechnen kann, wenn irgend etwas Unvorhergesehenes geschieht, vielmehr müssen sich die Kinder um die Eltern kümmern. Viel zu früh werden sie selbst zu »Eltern« gemacht. Sie sorgen dafür, daß die Eltern ins Bett gebracht werden, daß die Tür abgeschlossen, die Flaschen aufgesammelt und der Schrank verschlossen wird. Wenn am nächsten Morgen jemand von der Sozialfürsorge anruft, müssen die Kinder eine Erklärung dafür finden, warum noch keiner der Erwachsenen imstande ist, das Telefongespräch zu übernehmen – und ihr Einfallsreichtum ist groß. Kinder im Krieg machen die gleichen Erfahrungen, auch wenn die Situation andere Vorzeichen hat. Stellen wir uns eine konkrete Situation vor:

Ein sechsjähriges Mädchen in einem Flüchtlingslager im Nahen Osten wird Zeuge, wie ein Auto genau vor ihrem Haus vorfährt. Aus dem Auto steigen vier bewaffnete Männer, die den Weg heraufkommen. Sie ruft ins Haus hinein: »Papa, da kommen Soldaten!« Wenn er antwortet: »Reg dich nicht auf, ich bin dein Vater, ich werde sie rausschmeißen« – glaubt sie ihm da? Nein, das tut sie nicht, denn sie hat schon zu viel gesehen. Sie kennt die Gesetze des Krieges und der Besetzung und sie weiß, daß ihr Vater in einer solchen Situation nicht die kleinste Chance hat, was immer er auch sagt.

Wenn das Kriegskind später ein Flüchtlingskind wird, werden diese Erlebnisse noch verstärkt. Viele Flüchtlingskinder, die zu uns kommen, müssen mitansehen, wie ihr Vater aller Dinge beraubt wird, die früher zu seinen selbstverständlichen Rechten als Familienvater gehörten. Er darf nicht arbeiten, er darf nicht bestimmen, wo die Familie wohnen soll, und er gerät in ein oft quälend unterlegenes Verhältnis zu den öffentlichen Stellen.

Manche Wissenschaftler sagen, daß der Verlust des Vertrauens in die Eltern als schutz- und sicherheitgebende Kraft der schwerste Verlust ist, den diese Kinder erleiden.

Es bringt nämlich auf lange Sicht Probleme mit sich, wenn Kinder, zum Beispiel aus Alkoholiker- oder Kriegsfamilien, ihre Eltern so früh als schwache, hilflose Opfer sehen. Das Kind verliert zunächst das Vertrauen in die Eltern, dann in alle Erwachsenen. Es lernt, sich auf niemanden mehr zu verlassen.

Ein Erwachsener, der solche Erlebnisse als Kind hatte, drückt sich dann ungefähr so aus:

»Wenn ich zurückdenke an all das Schwere, das ich miterlebte, all die Verantwortung, die ich viel zu früh übernehmen mußte, dann denke ich, daß ich trotz allem ganz gut klargekommen bin. Ich lebe ein gutes Leben, niemand kann sagen, daß ich gescheitert wäre. Aber es ist klar, gewisse Dinge beobachte ich an mir, ich verlasse mich zum Beispiel auf niemanden.«

»Ich bin immer wachsam, immer vorsichtig, wenn ich mit Menschen zu tun habe. Ich wappne mich, habe immer mindestens zwei Fluchttüren offen. Wenn die eine zuschlägt, verschwinde ich durch die andere. Ich hasse es, in eine Situation zu geraten, in der ich das Gefühl habe, eingeschlossen zu sein, in der ich keine Fluchtwege mehr habe. Ich muß den Rücken frei haben.«

»Wenn ich sehe, wie andere Menschen leben, werde ich oft

nachdenklich. Wenn meine besten Freunde alles loslassen, was sie haben, und restlos in einer Beziehung aufgehen, dann denke ich immer, daß ich das nie tun würde. Ich bin vorsichtig und klug, vielleicht etwas zu klug manchmal.«

»Ich wundere mich oft, wie blind die anderen Menschen sind. Oft komme ich mir etwas älter, erfahrener vor als Gleichaltrige. Ich denke dann, daß sie es nie lernen werden. Ich habe viel miterlebt, also weiß ich, wie das Leben ist. Aber die kriegen wohl auch noch ihre Rückschläge, dann werden sie mich verstehen.«

Viele Jahre lang kann man also den Verlust, den man erlitten hat, als eine Stärke ansehen: Man ist erfahrener und klüger als andere Menschen. Aber im Lauf der Jahre fängt man an, die zweite Seite zu entdecken, daß nämlich das, was man immer für seine größte Stärke hielt, gleichzeitig die größte Schwäche ist. Es gibt dann so viel, was man eigentlich gern gemacht hätte, aber nie wagte.

»Wenn ich ehrlich bin, ärgere ich mich, daß ich nicht manchmal etwas ›dümmer‹ war, daß ich immer so verdammt vernünftig war. Ich finde immer eine Ausrede, um dankend abzulehnen. Es hat Beziehungen gegeben, die ich hätte eingehen können, aber ich wagte es nicht. Und es hat andere gegeben, aus denen ich mich längst hätte befreien sollen, aber ich blieb so lange, bis ich Schaden nahm. Ich habe mich nie getraut, zu verändern, was verändert werden mußte, bis es fast zu spät war.«

»Es hat auch Jobs gegeben, die ich bekommen hätte, aber es paßte dann gerade nicht. Es paßte nie, wenn der Zug gerade abfuhr, und so sind viele Züge abgefahren. Das Leben fängt an, grau in grau zu werden, und es ist langsam zu spät, noch irgend etwas daran zu ändern. Ich fange an, alle Menschen zu beneiden, die es gewagt haben zu leben.«

Der frühe Verlust von Vertrauen in die Eltern ist ein Beispiel für einen Verlust, der gerade deshalb so schwer ist, weil man ihn nicht versteht und seine Bedeutung nicht rechtzeitig erkennt. So früh wie möglich sollte man einsehen, daß es besser ist, anderen Menschen ein gesundes Vertrauen entgegenzubringen, anstatt den Möglichkeiten des Lebens gegenüber allzu mißtrauisch zu sein.

Es ist also ein wichtiger Weg in der seelischen Entwicklung des Kindes, wenn es während der gesunden Phase des Idealisierens die Verantwortung den Eltern überlassen kann. Aber wenn man sich in Verantwortung begibt, wird man gleichzeitig abhängig. Und wenn man abhängig wird, muß man sich wieder frei machen. Das Kind hat deshalb gegen Ende dieser Phase sehr starke Freiheitsträume. Es versteht, daß die Eltern gar nicht so stark sind, wie sie vorgeben zu sein, daß ihre Zeit begrenzt ist und daß das Kind bald an dem Punkt sein wird, wo es allein fertig werden muß.

Darin liegt auch eine gewisse Traurigkeit. Mutter und Vater, auf die ich mich doch verlassen habe, sind ja auch nur gewöhnliche Menschen mit Schwächen und Fehlern wie alle anderen. Und mich als Kind würden sie schnell über Bord werfen.

Diese Trauer nährt leicht einen Wunsch nach »Rache«; das Kind will die Eltern gründlich erschrecken, damit sie einsehen, wie unentbehrlich und unersetzlich ihr Kind in Wirklichkeit ist. Manche Kinder beginnen, wie Lasse Åberg, sich vorzustellen, daß sie sterben, um den Eltern auf diese Weise die Augen zu öffnen:

»Wenn ich tot wäre,
da sollten sie sehen,
da würden sie traurig sein
Da würden sie bereuen,
daß sie so ungerecht waren
Da würden sie dastehen
und weinen,
und ich würde einfach daliegen
und irgendwie aufhören,
also, wenn ich tot wäre.«[2]

[2] aus: *Lasse Liten* (»Der kleine Lasse – Erinnerungen eines kleinen ängstlichen Jungen«), von Lasse Åberg.

Andere Kinder planen, von zu Hause wegzulaufen. Sie bauen eine Hütte im Wald, packen heimlich einen Essensvorrat und gehen fort, um nie mehr wiederzukommen – oder jedenfalls eine Weile lang nicht. Wenn der Abend kommt, kommen die Kinder meist doch nach Hause. Zunächst vorsichtig, um zu sehen, wie viele Polizeiautos in der Straße stehen, um dann zu ihrer Bestürzung festzustellen, daß überhaupt niemand bemerkt hat, daß sie fort waren, und daß auch niemand losgegangen ist, um nach ihnen zu suchen.

9. Hoffnung vermitteln

Was tun, wenn Schreckensmeldungen im Fernsehen kommen?

Die Bilder der Bedrohung verändern sich ständig. Kinder haben sich schon immer vor der Brutalität und der Gewalt der Erwachsenenwelt gefürchtet, aber die Richtung der Angst, ihr Inhalt und ihre Stärke variieren.

Heutzutage werden viele Eltern von ihren Kindern im Vorschul- oder Unterstufenalter mit Fragen wie dieser konfrontiert: »Papa, hast du das von dem Ozon gehört? Da war ein Professor im Fernsehen, der hat gesagt, daß die Ozonschicht immer dünner wird, so daß wir hier nicht länger als bis 2040 leben können. Was machen wir bloß?«

Was antwortet man darauf? Einige Antworten können gleich als nicht haltbar aussortiert werden. Zum Beispiel werde ich nicht glaubwürdig sein, wenn ich so antworte, wie ich es bei meinem Jungen tat, als er Angst vor einem Mörder hatte: »Mach dir keine Sorgen, ich bin dein Vater, ich werde das Ozonloch schon stopfen!« Und ich werde schnell durchschaut werden, wenn ich es mit dem üblichen Schulterklopfen versuche: »Beruhige dich, die sagen so viel im Fernsehen, da muß man sich nicht drum kümmern, das regelt sich schon, das hat es früher auch getan.«

Die letztere Antwort faßt das Kind leicht als Resignation auf. Der Erwachsene hat in Wirklichkeit längst aufgegeben, aber versucht noch, so gut wie möglich zu trösten. Das wirkt dann ungefähr so wie das aufmunternde Schulterklopfen des Arztes und die zu nichts verpflichtende Versicherung, daß schon alles gut werden wird, obwohl sowohl der Arzt als auch der Patient wissen, daß die Zeit abläuft. Einem Achtjährigen fällt es schwer zu glauben, daß der Vater mehr über das Ozonloch und den Treibhauseffekt weiß als der Experte, der im Fernsehen auftritt.

Unser eigenes mangelndes Wissen kann uns hier in ein Dilemma bringen. Einerseits sind die Fragen kompliziert, andererseits sind die Kinder oft schon recht gut informiert. Durch die modernen Medien und die Schule erfahren sie schon so viel, daß wir als Eltern oft das Gefühl haben, ihnen nur eine Seite voraus zu sein, wenn es um die Beantwortung ihrer Fragen geht. Dann ist es gut, wenn man einen Onkel Bengt im Verwandten- oder Freundeskreis hat. Mein Bruder Bengt ist Astrophysiker und gut informierter Naturwissenschaftler. Überdies fällt es ihm ungewöhnlich leicht, mit Kindern zu reden, so daß sie ihn verstehen und das Gefühl haben, respektiert zu werden. Wenn wir uns zu Hause bei der Beantwortung von Fragen festgefahren hatten, haben wir schließlich gesagt: »Wir sollten Bengt anrufen!« Dann haben die Kinder selbst Bengt angerufen und mit ihm lange Gespräche über Sternenhimmel, Raumsonden, Mondfähren und die Entstehung der Erde geführt. Als Ausgleich dafür habe ich manchmal mit Kindern aus der Umgebung über den menschlichen Körper und Krankheiten gesprochen. Nun hat nicht jeder einen Bengt, den er anrufen kann, aber vielleicht jemanden anderes. Das müssen keine großen Experten sein, sie müssen nur auf dem einen oder anderen Gebiet ein wenig mehr wissen als wir selbst. Dadurch, daß wir gemeinsam versuchen, eine Antwort auf die Frage des Kindes zu finden, zeigen wir ihm, daß wir selbst an der Lösung des Problems interessiert sind. Und das ist ja das erste Zeichen dafür, daß wir noch nicht aufgegeben haben.

Daß wir Anteil nehmen, daß wir gefühlsmäßig auf das, was um uns herum geschieht, reagieren, ist wichtiger, als wir zunächst glauben. Eines Sonntagabends 1982 saß ich zu Hause gemeinsam mit meinem damals siebenjährigen Sohn Erik vor dem Fernseher. Wir sahen die Nachrichten, und plötzlich wurden wir von den schlimmsten Bildern überfallen, die man sich vorstellen kann. Tote Menschen, darunter viele Frauen und Kinder, lagen in großen Haufen entlang den schlammigen Wegen im Shatila-Lager in Süd-Beirut. Eine Stimme berichtete von dem Massaker, bei dem während dreier blutiger Tage mindestens ein paar tausend Menschen ermordet worden waren. Erik und ich waren beide sehr erschrocken, wir machten den Fernseher aus, und Erik hatte später Schwierigkeiten, einzuschlafen. Ich erinnere mich, daß ich mir Vorwürfe machte, daß ich ihn die Nachrichtensendung hatte sehen lassen.

Am nächsten Tag ging ich mit Erik in die Schule. Ich fragte seine Lehrerin, ob sie vorhabe, das Thema im Unterricht aufzugreifen. Sie war unsicher. Sie hatte zwar selbst die Sendung gesehen, war aber nicht sicher, wie viele Kinder ebenfalls vor dem Fernseher gesessen hatten. »Vielleicht mache ich alles noch schlimmer dadurch, daß ich davon erzähle. Die, die es nicht gesehen haben, müssen es ja nicht unbedingt hören.« Ich blieb, durfte einen Nebenraum benutzen, und die Schülerinnen und Schüler durften einer nach dem anderen während der ersten Unterrichtsstunde zu mir kommen. Ich habe nur ein paar Fragen gestellt, die wichtigste war: »Hast du gestern ferngesehen? Hast du von dem Massaker im Libanon gehört, wo so viele Menschen getötet wurden?«

Es stellte sich heraus, daß alle Kinder in der Klasse wußten, daß es ein Massaker gegeben hatte. Die meisten hatten die Bilder im Fernsehen gesehen, ein paar hatten auf andere Weise davon gehört. Eines hatte die Bilder auf der ersten Seite der Zeitung gesehen, die auf dem Frühstückstisch gelegen hatte.

Die Lehrerin nahm in der nächsten Unterrichtsstunde das Thema auf, und es entstand ein gutes Gespräch.

Ein Junge machte großen Eindruck auf mich. Er wirkte von allen Kindern am meisten erschrocken, als er mir von den Bildern im Fernsehen berichtete. Er fragte: »Hast du das Pferd gesehen? Sie haben sogar ein Pferd getötet!«

Ich hatte das Pferd nicht gesehen, aber als ich später die Filme von Shatila wiedersah, entdeckte ich es. Am Ende eines Haufens von toten Menschenkörpern sah man ein paar Hufe hervorragen. Dort mußte ein totes Pferd liegen. Für den Jungen wurde diese Entdeckung zum Sinnbild für alles Böse, was in diesem Lager geschehen war. Ich fragte ihn: »Warst du allein, als du die Sendung sahst? Wo waren deine Eltern?«

»Die waren schon dabei«, antwortete er. »Sie saßen auf dem Sofa neben mir.«

»Hast du mit ihnen über das gesprochen, was du gesehen hast?«

»Nein, sie tranken Kaffee. Ich wollte nicht stören.«

Ich habe mich an dieses Gespräch erinnert, weil ich mich selbst darin wiedererkannte. Ist es nicht oft so? Wir sitzen in der Sofaecke, der Fernseher läuft. Die Kinder sind irgendwo im Zimmer um uns herum. Die Nachrichten fangen an, und alles sieht zu Anfang ganz friedlich aus. Irgendwelche Bilder von Massakern haben wir jedenfalls nicht bestellt. Aber plötzlich sind sie doch da, schießen wie Speere in unser Wohnzimmer und treffen sowohl uns als auch die Kinder.

Neben uns sitzt ein Junge von sieben Jahren. Wir schielen voller Schuldgefühle, weil wir ihn noch nicht ins Bett gebracht haben, in seine Richtung. Begreift er, was er sieht? Er sieht recht unberührt aus. Vielleicht versteht er es nicht. Wir beten, daß der Bericht bald vorüber sein möge, und werden erhört. Nach siebzehn Sekunden hören wir die befreienden Worte: »Und nun die Meldungen aus dem Inland...«

Wir ziehen den – sicher übereilten – Schluß, daß der Junge nicht verstanden hat, was er da gesehen hat, und daß es ihn nicht berührt. Die Sache wird vergessen und niemals besprochen. Was sollten wir zu so etwas denn auch sagen?

Aber aus der Perspektive des Jungen sieht alles ganz anders aus. Er sitzt zu Hause im geschützten Wohnzimmer. Das Abendessen steht auf dem Tisch, und bald ist Schlafenszeit. Plötzlich schießen ihm die schlimmsten Bilder, die man sich vorstellen kann, direkt ins Gesicht. Er hat eine schnelle Auffassungsgabe und versteht das meiste, oder jedenfalls genug, um die Sache als bestialisch schrecklich zu empfinden. Eine Menge Kinder haben sie ermordet, sie liegen dort auf der Straße. Und sogar ein Pferd!

Er schaut vorsichtig nach den Eltern. Wie reagieren sie darauf? Sie sind völlig unberührt! Sie sitzen da und trinken ihren Kaffee, als ob nichts geschehen wäre, nichts Wirkliches, nichts, was sie berührt. Das Böse wütet in der Welt, aber meinen Eltern ist das egal. Sie haben aufgegeben.

Wenn wir doch zeigen könnten, daß wir reagieren. Wenn wir wenigstens von dem Sofa aufspringen könnten, den Kaffee über das Tischtuch verschütten, die Zeitung auf den Fußboden schleudern und ausrufen könnten: »Was machen die da? Sind die verrückt geworden? Kinder zu ermorden! Verdammte Schweine!«

»Jetzt passiert etwas bei ihm«, könnte der Junge denken. Der Vater ist böse geworden, traurig und verzweifelt. Und instinktiv würde das Kind begreifen, daß sogar dieser Ausruf der Verzweiflung mehr Hoffnung ausdrückt als das gleichgültige Schweigen.

Für das Kind ist es natürlich noch besser, wenn die Verzweiflung im nächsten Schritt in aktive Handlung umgewandelt werden könnte. Magne Raundalen, ein Psychologe aus Bergen, hat mir von seinen Erfahrungen nach dem Kernkraftunglück in Harrisburg erzählt, wohin er geschickt wurde, um die Reaktionen der Kinder zu studieren.

Nach dem Unglück brach große Unruhe aus. Viele Menschen reagierten intensiv auf das, was geschehen war. Treffen und Demonstrationen wurden angeregt, und die Beteiligung war groß. Es waren auch viele Kinder dabei, und es wurden besondere Aktionen ins Leben gerufen, bei denen Kinder einen Stopp der Atomkraft und der Kernwaffenaufrüstung forderten.

Manche Leute wandten sich gegen die Aktivitäten der Kinder. »Es ist kein Wunder, daß sie beunruhigt sind«, sagte man, »ihre Eltern und Lehrer erschrecken sie ja. Kinder sollten nicht an solchen politischen Aktionen teilnehmen. Die Erwachsenen projizieren ihre Angst auf die Kinder, indem sie sie im Demonstrationszug vor sich herschieben.«

Es wurden Untersuchungen darüber durchgeführt, wie die Kinder auf das reagierten, was geschehen war, und erstaunlicherweise zeigte sich, daß die Kinder am ruhigsten waren, die

die aktivsten Eltern hatten. Kinder, die selbst an den Aktivitäten teilhatten, waren in der Regel sehr viel besser über die Risiken, die es gab, informiert. Aber dieses Wissen beruhigte sie, anstatt ihnen angst zu machen. Im Gegensatz hierzu waren die Kinder am meisten beunruhigt, deren Eltern nur mit den Schultern zuckten.

Diese Studie ist durch spätere Untersuchungen bestätigt worden und nun allgemein anerkannt. Aktive Eltern, die wie Sankt Georg den Kampf gegen den Drachen aufnehmen, vermitteln schon Hoffnung durch ihre Art, wie sie sich gegenüber der Umwelt und der Zukunft verhalten. Solange sie sich engagieren, scheinen sie noch an die Möglichkeit einer besseren Welt zu glauben. Und so lange wie Erwachsene, denen ein Kind vertraut, an das Gute glauben, so lange ist vielleicht noch nicht alle Hoffnung verloren.

Die Kunst ist, Handlungsspielräume sowohl für Kinder als auch Erwachsene zu finden, die naheliegend, konkret und auf lange Sicht glaubwürdig sind. Die Anwendung von Sprayflaschen zu reduzieren ist ein solches Beispiel. Ich habe dies in den letzten Jahren mit asthmakranken Kindern diskutiert. Viele von ihnen haben selbst darum gebeten, ihre Sprayflasche gegen ein Inhalationspulver austauschen zu dürfen.

Hier ist Raum für Erfindungsreichtum! In jeder Familie muß man seine eigenen Wege finden, gemeinsam für das zu arbeiten, was man richtig findet. Es gibt eine Menge Moralisten, und die Profitmacher unter den Weltverbesserern sind zahlreich und manchmal lautstark. Sich für die Kinderhilfe oder die Diakonie zu engagieren oder ein Selbsthilfeprojekt in der Dritten Welt zu unterstützen, das kann für manche ebenso gut sein, wie dem Naturschutzbund oder Amnesty International beizutreten. Aber mutig gegen die Kriminalität in der Schule des Kindes einzutreten, für bessere Schulbusse zu kämpfen oder sich als Jugendtrainer im Leichtathletikverein zu betätigen, das kann ebenso verdienstvoll sein.

Wichtig ist, daß wir Erwachsenen die Verantwortung und die Anleitung übernehmen. Es gibt auch ein Risiko, das wir ernst nehmen sollten, nämlich, daß wir uns von der Verantwortung freikaufen, indem wir die Kinder die Arbeit machen lassen. Wir glauben, daß es schön ist, daß die Kinder sich engagieren, und dann sinken wir wieder tief in unsere Sessel, ohne uns weiter von unserem schlechten Gewissen stören zu lassen.

Bäume sind ein sehr starkes Lebenssymbol für Kinder, und daher ist es nicht verwunderlich, daß die Abholzung der Regenwälder Kinder mehr beunruhigt als die Bedrohung durch Krieg oder Atomwaffen. Viele Kinder haben sich in Baumpflanz-Organisationen verschiedener Art engagiert. Das ist gut, aber ich bin gerade in diesem Gebiet auf ein paar Gruppen und Personen gestoßen, die auf verantwortungslose und zynische Weise das Engagement der Kinder ausgenutzt haben. Vor einigen Jahren war ich in Kontakt mit einer Gruppe von Kindern, die ein paar Jahre darauf verwendet hatten, um Geld für eine Baumplantage zu sammeln, und dann irgendwann feststellen mußten, daß das Geld nicht weiter als bis zu einem Gutshof in Südschweden kam. So etwas darf natürlich nicht geschehen! Was geschieht dann mit dem Glauben der Kinder an die Veränderungsmöglichkeiten der Welt?

Es wird immer Kriminelle geben. Unsere Aufgabe als Erwachsene ist es, das Engagement unserer Kinder gegen solche kriminellen Eindringlinge zu schützen. Es gehört zu einem guten Leiter, daß er aktiv mit dabei ist und darauf achtet, daß niemand mehr als notwendig an dem verdient, was wir gemeinsam leisten.

Den Kindern, die beunruhigt sind über Ozonloch und Treibhauseffekt, Krieg und Kernwaffen, Gewalt und Kriminalität, Aids und Krebs, möchte ich sagen: Laßt uns erst einmal genau hinschauen. Dann werden wir überlegen, was wir tun können. Ich bin dein Vater, also übernehme ich die Verantwortung für das hier. Aber du mußt mit dabei sein, denn wir brauchen jeden!

10. Der Wendepunkt der Kindheit

Mit neun Jahren schon erkennt das Kind: Die Eltern sind keine Götter

In einem der Gedichte der Sammlung »Abendland« von 1953 beschreibt Pär Lagerkvist ein Kindheitserlebnis, das starke Erinnerungen in mir weckt. Er datiert es nicht, aber ich sehe einen neunjährigen Pär vor mir: An einem Herbstabend ging der Junge wie gewöhnlich hinaus zur Scheune, um für die Mutter Brennholz zu holen. Auf dem Rückweg blieb er mit den Holzscheiten auf dem Arm stehen. Er sah zum Himmel auf und entdeckte die Sterne, als ob er sie zum ersten Mal sähe. Denn an diesem Abend bemerkte er zum ersten Mal, daß sie von endloser Dunkelheit umgeben waren. »Über mir war eine Einsamkeit ohne Grenzen.«

Unter dem Sternenhimmel erlebt Pär, wie alles, was zuvor noch für ihn Bedeutung gehabt hatte, alle die verschiedenen Attribute der Kindheit, verblich und verschwand. Als er wieder ins Haus kam, legte er wie immer die Holzscheite neben den Küchenherd. Alles war wie immer, und man merkte ihm sicher nichts an. »Aber als ich ging und mich auf meinen Schemel weit weg von den anderen setzte, da war ich kein Kind mehr.«

Pär hatte auf dem kurzen Weg zwischen Scheune und Küche den Wendepunkt der Kindheit passiert. Ich erinnere mich an ein solches Erlebnis aus meiner eigenen Kindheit, aber ich kann es nicht datieren und nicht so gut beschreiben. Woran ich mich erinnere, das ist das Gefühl selbst, die Einsicht des Neunjährigen, daß die Erde ein Sandkorn ist, »eine kleine Blase im Glas Gottes«, und daß das Leben der Menschen, mein Leben, nur ein kurzer Satz in Klammern in der fortschreitenden Schöpfung ist, »ein erster Schrei und eine faltige Wange«.

Das bringt auch die Einsicht mit sich, daß die Bedeutung der Eltern nur begrenzt ist, ebenso wie ihre Fähigkeiten. Das Kind versteht, daß die Eltern auch nur ein kurzer und zufälliger Satz in seinem Leben sind, auf jeden Fall in ihrer bisherigen Rolle als Lebensspender, Tröster und Beschützer. Die noch ausstehenden Jahre zu Hause werden zu einer Art Transportweg zu dem wirklichen Start: dem Tag, an dem das erwachsene Kind von zu Hause auszieht.

Der Begriff »Wendepunkt der Kindheit« darf nicht mißverstanden werden. Ich meine natürlich nicht, daß das Kind mit neun Jahren reif genug wäre, um selbst für sich sorgen zu können. Und noch weniger meine ich, daß die Eltern sich nun zurückziehen könnten – ganz im Gegenteil. Ich meine, daß das Kind hier ein existentielles Erlebnis hat, das bei unterschiedlichen Kindern verschieden stark auftritt.

Dieses Erlebnis hat, wie alle dieser Art, zwei Seiten. Einerseits entdeckt das Kind die Winzigkeit seiner eigenen Existenz im Verhältnis zum Weltall, und andererseits stellt es fest, daß es selbst genauso wichtig und stark ist wie jeder andere. Es findet also eine Degradierung im Verhältnis zum Universum und eine Aufwertung im Verhältnis zu den Eltern und anderen Erwachsenen statt.

Für uns als Eltern ist es wichtig, einzusehen, daß unsere Rolle sich in diesem Moment grundsätzlich verändert. Wir werden nicht länger vorbehaltlos akzeptiert, sondern werden in Zukunft ständig einer kritischen Betrachtung unterworfen sein. Das Vertrauen des Kindes, das wir während der ersten Jahre nicht gewinnen konnten, ist später nie mehr oder nur schwer aufzubauen. Und wenn es uns zu Anfang nicht gelang, Nähe zum Kind herzustellen, dann läßt sie sich jetzt nur noch sehr schwer finden. Eine Reihe von Zügen ist also schon abgefahren – eine schmerzliche Erfahrung, die vor allem wir Väter immer wieder machen müssen. Als Eltern sind wir nun nicht länger die Kapitäne auf dem Schiff, aber viele Jahre lang sind wir noch unersetzlich als Lotsen. Man muß natürlich aufpassen, daß man das Lotsenschiff nicht zu früh besteigt. Eltern, die mit der Umstellung nach dem

Wendepunkt der Kindheit nicht klarkommen, die es vielleicht nicht einmal bemerken, wenn die Kinder diesen Punkt passieren, geraten leicht in einen Windschatten. Entweder halten sie unter allen Umständen am Ruder und an der Kapitänsmütze fest: »Solange du deine Füße unter meinen Tisch streckst, bestimme ich.« Die Konflikte lassen dann natürlich nicht auf sich warten. Oder sie spielen den gekränkten Befehlshaber, der lieber von Bord geht, als sich zum Lotsen »degradieren« zu lassen: »Wenn dir das hier nicht paßt, dann kannst du ja selbst sehen, wie du fertig wirst, aber rechne in Zukunft nicht mit mir.«

Was ist eigentlich »Kindheit«? Diese Frage ist oft gestellt worden und hat schon viele verschiedene Antworten erhalten. Nach der neuen Konvention der Vereinten Nationen über die Rechte der Kinder sind alle, die noch nicht das achtzehnte Lebensjahr erreicht haben, Kinder. Also könnte man sagen, daß die Kindheit bis zum achtzehnten Geburtstag geht.

Wenn ich in diesem Kapitel den Begriff »Wendepunkt der Kindheit« einführe, dann meine ich mit Kindheit einen Zustand, in dem das Kind immer noch sich selbst als das Zentrum der Welt ansieht und sich gleichzeitig als völlig abhängig von den Eltern empfindet, denen die magische Kraft erteilt wird, dem Kind die Sicherheit und den Schutz zu geben, den es braucht. Dieser Zustand kann bis zum Alter von neun Jahren anhalten, kann aber auch viel früher unterbrochen werden, wenn die Eltern aus verschiedenen Gründen die Erwartungen des Kindes nicht erfüllen können. Kinder, die Krieg, Mißhandlungen, Inzest oder Alkoholmißbrauch erlebt haben, sagen oft, daß sie sich nicht entsinnen können, eine Kindheit gehabt zu haben.

Einen anderen Begriff von »Kindheit« wenden Kulturhistoriker an. Eine Theorie lautet, daß die Kindheit im neunzehnten Jahrhundert erfunden wurde – abgesehen von den Königsfamilien, in denen es sie schon früher gab – und so den entstehenden Traum der bürgerlichen Gesellschaft von der Freiheit von aller Verantwortung im Paradies widerspiegelte. Man wollte ein Reservat für die Kinder schaffen, geschützt vor den kalten Winden des Arbeits- und Erwachsenenlebens. Eine derart geschützte

Kindheit ist schon immer ein Ausnahmezustand gewesen, der nur wenigen Kindern auf der Welt zuteil wurde. Ein Indianerkind in Guatemala oder ein Eingeborenenkind im Sudan hat natürlich nie einen eigenen Kindheitsraum gehabt, wie ihn unsere Kinder zum Beispiel in einem Kindergarten haben. Aber in einer tiefergehenden Bedeutung haben auch diese Kinder eine Kindheit, da sie viele Jahre lang in einem Verhältnis absoluten Vertrauens und totaler Abhängigkeit von ihren Eltern leben. In den heutigen Diskussionen über die Erziehungsmethoden für Kinder kommen sehr unterschiedliche Ansichten zur Sprache. Manche meinen, daß Kinder heutzutage nicht mehr Kinder sind, da sie ihrer Kindheit beraubt werden, indem man sie zu früh in die Schemata der Erwachsenenwelt zwingt. Diese Meinung vertritt zum Beispiel der amerikanische Schriftsteller Neil Postman. Er behauptet, daß die Informationsflut zusammen mit den Anforderungen und der Hyperaktivität der Erwachsenenwelt die Kinder unter einen ungeheuren Druck setzt, der sie viel zu früh erschöpft und erwachsen werden läßt.

Eine entgegengesetzte Ansicht vertritt Lars Lorentzon, der Leiter eines schwedischen Kinderdorfes. Er sagt, daß das Hauptproblem für Kinder heutzutage ist, daß sie verkindlicht werden, daß sie viel zu spät wirkliche Verantwortung und Macht erhalten. Der norwegische Kriminologe Niels Christie legt eine ähnliche Perspektive vor, indem er unter anderem die Schule ironisiert, deren Aufgabe es offenbar sei, Kinder aufzubewahren und ruhigzustellen, damit sie nichts anstellen, was die Kreise der Erwachsenen stören könnte.

Vielleicht beruhen die verschiedenen Sichtweisen darauf, daß man die Wirklichkeit unterschiedlich sieht. Die Jugendlichen, die auf einen behandelnden Arzt oder einen Kriminologen treffen, sind vielleicht nicht dieselben, die in der Schule unter einem immer härter werdenden Gesellschaftsdruck gestreßt werden.

Ja, so ist es nun mal mit der Kindheit. Was meinen wir eigentlich damit? Werden wir überhaupt irgendwann einmal erwachsen? Und ist das etwas, wonach man streben sollte?

11. Das Mysterium des Übergangs

Spiel und Kreativität

Zu Beginn der fünfziger Jahre hielt der englische Kinderarzt und Psychoanalytiker D. W. Winnicott eine Reihe interessanter Vorträge in der BBC. Er führte einen Begriff ein, der der Allgemeinheit vorher nicht bekannt war. Winnicott sprach von *the transitional area*, dem, was wir den »Übergang« nennen. Er komplizierte die Sache allerdings dadurch, daß er verschiedene synonyme Begriffe verwendete. Er sprach von »Spielraum«, »Kulturraum« und manchmal von der »dritten Umwelt«. Alle diese Begriffe meinen dasselbe, und ich werde im folgenden ausschließlich von »Übergang« sprechen.

Der Übergang ist der Raum, der zwischen der äußeren und der inneren Wirklichkeit liegt. Die äußere Wirklichkeit ist die Umgebung, in der wir leben: Eltern und Kinder, Verwandte und Freunde, Arbeit und Freizeit, glückliche und traurige Dinge. Diese Wirklichkeit ist immer da, drängt sich vor und zwingt uns zu Stellungnahme und Handlung.

Die innere Wirklichkeit ist das, was in jedem Augenblick unser Ich ausmacht, die Synthese von allem, was wir von Anfang an besaßen, und auch von dem, was wir seither verloren haben. Unser Ich befindet sich in einer ständigen Entwicklung und wird nie fertig ausgebildet sein. Wir tragen zwar ein ständiges Verlangen mit uns herum, akzeptiert und angesehen zu werden als das, was wir wirklich sind, aber gleichzeitig wissen wir selbst nicht genau, wie unser Ich aussieht. Die innere Wirklichkeit bei mir oder bei jemand anderem zu beschreiben heißt deshalb mehr, eine ungefähre Fahrtrichtung anzugeben, als einen konkreten Zustand zu beschreiben.

Der Übergangsraum nun liegt genau dazwischen. Es ist dies

der Raum, in den wir uns zurückziehen, um alle Eindrücke zu verarbeiten, die wir in der äußeren Wirklichkeit bekommen haben, bevor wir sie in ihr Fach in der inneren Wirklichkeit legen. In der Computersprache würde man »File« sagen.

Während ich dies hier schreibe, sitze ich gerade vor einem Computer, und die Ähnlichkeit ist verblüffend. Der Übergang gleicht dem inneren Speicher des Computers. Ich schreibe einen Text mit Materialien der äußeren Wirklichkeit, mit Geschehnissen, an denen ich teilhatte, mit Erfahrungen, die ich gemacht habe. Der Text wird aufgenommen, und ich kann Teile davon auf den Bildschirm rufen. Dort bearbeite ich sie, streiche aus oder versetze oder schreibe ganze Teile um. Wenn ich mit dem Text schließlich zufrieden bin, überspiele ich ihn auf ein »File«, die innere Wirklichkeit des Computers, und gleichzeitig wird der Speicher, der Übergang, geleert.

Dieser Prozeß geschieht auch im Gehirn, aber auf eine unbewußtere Weise. Stellen Sie sich nur vor, wie Sie als Leser mit den Texten umgehen, die in diesem Buch stehen. Ich stelle mir vor, daß Sie zunächst den Text mit dem Ehrgeiz lesen, an dem Anteil zu nehmen, was hier steht. Vielleicht finden Sie ihn zunächst uninteressant – ich hoffe, daß Sie ihn dann zur Seite legen. Ich habe viele ungelesene Bücher in meinem Bücherregal. Aber wenn Sie bis hierher gekommen sind, dann haben Sie wahrscheinlich schon ziemlich viel gelesen und vielleicht darüber nachgedacht.

Das Lesen selbst findet in der äußeren Wirklichkeit statt. Sie als Leser sind ein Teil der Gedanken und Ideen eines anderen Menschen. Aber gleichzeitig, während Sie lesen, beginnen Sie schon mit der Bearbeitung. Sie nehmen Texte in den Übergang, und mit den Werkzeugen, die Ihnen zur Verfügung stehen, beginnen Sie den Prozeß. Einiges sortieren Sie als Blödsinn oder jedenfalls im Moment Unwesentliches aus, anderes soll bewahrt und in die innere Wirklichkeit einsortiert werden.

Daran, daß man plötzlich den Faden beim Lesen verliert, merkt man, daß der Übergangsraum arbeitet. Man stellt plötzlich fest, daß man viele Seiten gelesen hat, ohne zu wissen, was dort steht. Dann ist der Raum voll, es können keine weiteren Informationen aufgenommen werden, bis die Bearbeitung abgeschlossen ist. Dann legt man das Buch zur Seite.

Vielleicht kann man den Übergang auch mit einer Werkstatt vergleichen. Das Arbeitsmaterial kommt von außen, die Werkzeuge gibt es im Inneren. Wenn beides aufeinandertrifft, wird etwas Neues geschaffen, hier findet Schaffenskraft, echte Kreativität statt.

Winnicott näherte sich der Definition des Übergangs, indem er mehrere Artikel über das schrieb, was er *transitional objects*, »Übergangsobjekte«, nannte. Das kann die Schmusedecke, der Schal, der Bär oder was immer das Kind zu seinem wichtigsten Besitz gemacht hat, sein. Als Kinderarzt habe ich viele verschiedene Arten solcher Übergangsobjekte gesehen.

Es gibt einige charakteristische Züge, die ein Übergangsobjekt ausmachen. Alle Versuche der Eltern oder anderer Personen, die Wahl zu beeinflussen, schlagen fehl. Viele Eltern oder gar Großeltern haben teure Teddybären oder Puppen gekauft, um dann festzustellen, daß das Kind sie in eine Ecke seines Zimmers oder – um uns nicht allzu traurig zu machen – ans untere Ende seines Bettes verweist. Statt dessen wählt es ein paar andere Dinge aus, und die Wahl ist bestimmt und unwiderruflich.

Oft ist es ein Stofftier, aber es kann genausogut ein Stück Stoff, ein Schal oder der alte BH der Mutter sein. Verschiedene Übergangsobjekte erfüllen sicherlich verschiedene Funktionen für das Kind, und oft stellt man fest, daß ein Kind zwei oder drei Dinge ausgewählt hat, die in unterschiedlichen Zusammenhängen wichtig sind. Unser Sohn Linder gebrauchte einerseits einen roten Schal, den er hatte, seit er zehn Monate alt war, andererseits aber auch ein Löwenjunges aus Stoff, das er bekam, als er drei Jahre alt war. Beide Dinge mußten da sein, damit er sich sicher genug fühlte, um einschlafen zu können. Den Schal drückte er an seine Wange, und das Löwenjunge stellte er einige Zentimeter vor seinem Gesicht auf, mit den Augen ins Zimmer gerichtet: »Es sieht gut im Dunkeln, weißt du.«

Eine andere charakteristische Erscheinung ist, daß diese Dinge allmählich ihre Energie verlieren. Eines Tages will das Kind sie nicht länger in seinem Bett haben. Es kann sein, daß sie immer noch zwischen den Spielsachen irgendwo im Zimmer liegen, aber ihre Sonderstellung haben sie verloren. Die Veränderung kommt oft plötzlich, für das Kind jedoch ist sie selbstverständlich und völlig undramatisch. Wenn wir dann mit dem Teddy ankommen, wenn das Kind weint, kann es passieren, daß wir zu hören bekommen: »Was soll ich denn damit. Ich bin doch traurig.« Der verstoßene Teddy tut uns leid – etwas, was das Kind unmöglich verstehen würde.

Kinder lassen ihre Übergangsobjekte in sehr unterschiedlichem Alter los. Manche bringen sie bis ins Schulalter mit, wobei allerdings ihre Bedeutung sich dann ändert. Wenn ich einen erwachsenen Hochspringer einen kleinen Teddy an die Hochsprunganlage stellen sehe, dann weiß ich nicht so recht, was ich davon halten soll. Vom Alter her sieht der Bär eher aus wie ein Geschenk der Freundin, ein Maskottchen oder ein Vademecum. Aber man weiß ja nie.

Eine dritte Eigenschaft, die die Übergangsobjekte haben, ist, daß sie auch bei Erwachsenen Respekt hervorrufen, weil sie Erinnerungen an frühe Gefühle in uns wecken. Wir sprechen nur selten darüber, weder mit Kindern noch mit Erwachsenen, aber wir respektieren sie, und das ist ja das Wichtigste. Kein einsichtiger Erwachsener wird zu einem Kind sagen: »Mein Liebes, nun bist du fast drei Jahre alt und schleifst immer noch dieses alte Ding mit dir herum. Das sieht doch nicht mehr gut aus. Wir werden das nun wegwerfen und dir ein neues kaufen.«

Das tun wir also nicht. Statt dessen schleichen wir uns nachts hinein, wenn das Kind schläft, und wickeln das alte Tuch vorsichtig von seiner Hand. Dann schnell ins Waschbecken damit – nicht zu lange, denn es darf nicht zu sauber riechen – dann in den Trockner oder auf die Heizung, und dann schnell zurück zum Kind, ohne es zu wecken.

Oder stellen wir uns vor, wir haben eines Abends Freunde, fünfzig Kilometer entfernt, besucht. Wir hatten das kleine Mädchen mit, und es ist allmählich auf dem Sofa im Wohnzimmer eingeschlafen. Vorsichtig tragen wir es ins Auto, damit es nicht aufwacht. Nach der Hälfte der Strecke auf dem Nachhauseweg entdecken wir, daß der Schal fehlt, der wichtige Schal. Er muß noch auf dem Sofa liegen! Wir schauen uns verzweifelt an, und ohne ein Wort zu sagen wenden wir, fahren zurück und holen den Schal. Fünfzig Kilometer Umweg mitten in der Nacht für einen Schal! Das gehört wahrscheinlich nicht zu den Dingen, die man am nächsten Tag in der Kaffeepause erzählt.

Das Übergangsobjekt gehört in den Raum des Übergangs, meint Winnicott. Es hat eine magische Kraft. Es hilft dem Kind, mit den Gefahren der Umwelt und mit der Angst, die die Trennung von den Eltern mit sich bringt, fertig zu werden. Immer wenn das Kind einschläft, verliert es ja den Kontakt zu Mutter und Vater und hat keine Kontrolle mehr über das, was geschieht. Man sagt manchmal, daß das Schmusetier eine Art Repräsentant der Eltern, ein Stellvertreter sei, der den Vorteil hat, daß er immer zugänglich ist und man ihn nachts dicht bei sich haben kann. Aber ich bin nicht sicher, ob das die ganze Wahrheit ist.

Das Spiel hat einen zentralen Platz im Übergang.

Winnicott sagt, daß das Spiel der ständige Beweis dafür ist, daß das Kind lebt und kreativ ist. Aber nicht jedes Spiel. Nicht die regelgebundenen Spiele, die Erwachsene Kindern beibringen und die zum Beispiel im Kindergarten gespielt werden. Solche Spiele haben einen anderen Sinn, aber sie haben nichts mit dem Übergang zu tun.

Das Spiel, das Winnicott meint, ist das freie, spontane, kreative Spiel. Wir hatten zu Hause einen Berg, Anderssons Berg. Das war ein kleiner Hügel mit Büschen, Bäumen und ein paar großen Steinen. Dieser Berg war unser Zufluchtsort, an dem wir fast den ganzen Tag verbrachten. Es gab dort den Aussichtsberg, den Viklunda-Wall und verschiedene Lichtungen. Eine davon war der Vorgarten zu unserer Hütte. Auf einer anderen haben wir einmal einen großen Luchs gesehen. Diese Geschichte wurde von den Erwachsenen sehr bezweifelt, da sie behaupteten, es habe seit dreißig Jahren keine Luchse mehr in der Gegend gegeben, wir aber waren unserer Sache ganz sicher.

Anderssons Berg war der perfekte Ort für ein Übergangsspiel. Britt G. Hallqvist hat ähnliche Spiele in ihrem Gedicht *Texas* beschrieben:

»Texas war unser eigenes Land,
auf dem wir bauten,
und es lag an einem Bach.
Die Erde dort war eben und schön.
Kühe und Pferde gab es dort,
und alle waren klein.«

Malerisch beschreibt sie dann die Landschaft in Texas und wie sie von Tieren und Menschen bewohnt wurde. Die Materialien waren einfach, aber das Spiel hingebungsvoll:

»Klötze, Bretter, Tannenzapfen, Steine,
Matsch, Kies und Sand
– den ganzen Tag bauten wir,
und schließlich, als es dunkel wurde,
bauten wir im Schein der Lampe
auf unserem eigenen Land.«

Das Gedicht endet damit, daß jemand Texas zerstört. Der Übeltäter ist nicht bekannt – vielleicht Eltern beim Saubermachen? Die Kinder trauern vier Tage, bevor sie ihr Texas wieder aufbauen.

Man kann leicht sentimental werden, wenn man das Gedicht *Texas* liest. Wer erinnert sich nicht an solche Spiele? Die Schiffe aus Rinde und Schilf, die Dämme und alles, was wir mit den einfachsten Mitteln herstellten, was ja selbst ein Teil des Spieles war.

Viele sind heute besorgt darüber, daß Kinder diese Fähigkeit verloren haben könnten. Ich habe Kindergärtnerinnen aus der

Stadt davon erzählen hören, was passiert, wenn man einen Ausflug in den Wald unternimmt. Die Kinder sind völlig verwirrt und fragen: »Was sollen wir hier? Hier gibt es ja nichts, womit wir spielen können!«

Aber ich glaube, wir müssen unterscheiden zwischen dem Unvermögen zu spielen und der Verwirrung durch eine ungewohnte Umgebung. Ein Kind, das nie in einem Wald war, braucht wahrscheinlich Zeit, um sich mit seinen Geheimnissen bekannt zu machen, auch wenn es sonst gut spielen kann. Wir müssen auch vorsichtig sein, wenn wir die modernen Requisiten verurteilen. Ich habe Kinder ein sehr reiches und entwickeltes Übergangsspiel spielen sehen mit Legosteinen, Playmobil-Figuren und Barbie-Puppen.

Eines Tages sitzt Linder fast den ganzen Tag in seinem Zimmer, es ist ganz ruhig dort, und wir begreifen, daß er spielt. Vorsichtig schleichen wir uns hinein und sehen, wie der ganze Fußboden nach und nach in eine Pferderennbahn verwandelt wurde. Alles ist mit Playmobil-Figuren vollgestellt, aber einige Duplo-Figuren dürfen auch mit dabei sein. Die Zuschauermenge steht dicht an der S-förmigen Bahn entlang. Drei Reiter kämpfen gegeneinander in verschiedenen Bahnen. Die Regeln sind ungewöhnlich und verwickelt, so daß es eine ganze Weile dauert, bis sogar eine sportbegeisterte Person wie ich sich orientiert hat.

Die Reiter, die unterschiedliche Regelverstöße begangen haben, werden bestraft, oft werden sie von der Bahn verwiesen. Die Urteile werden verkündet, die Zuschauer diskutieren. Dann passiert etwas. Einer der Reiter wird verletzt, es ist ernst. Ein Rettungswagen taucht auf, der Reiter wird ins Krankenhaus gebracht. Es stellt sich heraus, daß einige der Zuschauer, von denen ich bisher dachte, es sei eine anonyme Menge, Freunde des Verletzten sind. Sie verlassen das Rennen, um das Krankenhaus aufzusuchen.

Einer der anderen Reiter wird gesperrt, da er als Verursacher des Unglücks angesehen wird. Damit sind die Rennen für heute abgeschlossen, denn der dritte Reiter hat keinen Gegner mehr.

Ein Teil des Materials, das Linder hier anwendet und das aus der äußeren Wirklichkeit genommen ist, ist leicht zu erkennen. Er interessiert sich sehr für meinen Beruf als Kinderarzt und war schon oft mit im Krankenhaus. Für sportliche Wettkämpfe hat er auch ein Auge, denn sie kommen oft in seinen Spielen vor. Aber das ist doch alles nur Beiwerk, denn bei dem Spiel geht es gleichzeitig um sehr viel mehr.

Er arbeitet intensiv daran, eine Normbildung zu verinnerlichen, das heißt, er macht die Regeln, für die wir stehen, zu seinen eigenen – oder verwirft sie. Was ist richtig oder falsch? Wie urteilt man? Was sind die angemessenen Strafen?

Verletzung und Krankheit mit dem dabei stets lauernden Tod sind ebenfalls wichtige Spielthemen für den Fünfjährigen. Er versetzt sich in die Lage des verletzten Reiters, versteht sein Gefühl der Ohnmacht im Krankenhaus und mobilisiert die Freunde zu seiner Hilfe. Er entwickelt seinen Erlebnisspielraum, indem er sich in die verschiedenen Figuren einfühlt, und übt auf diese Weise seine Fähigkeit zu Mitleid und Mitgefühl. Dennoch ist es diesmal die dichtgedrängte Menge der Zuschauer, die auf mich den größten Eindruck macht. Sie berührt mich so sehr, daß ich mit Linders Einverständnis meine Kamera hole und einige Bilder davon mache. Die Figuren sind mit großer Sorgfalt aufgestellt und bilden also ein S. Wenn ich näher hinschaue, entdecke ich, daß sie in kleinen Gruppen stehen. Teilweise stehen sie einander zugewandt, manche gehören zusammen, sie diskutieren. Jeder einzelne ist ein Individuum mit verschiedenen Fähigkeiten, die ich nur ahnen kann.

Die Reiter müssen durch die Zuschauerreihen hindurchreiten, sind ständig Abschätzung, Kritik, Verurteilung und auch noch dem Urteil der Richter ausgesetzt. Ist das hier bloß ein Pferderennen, oder ist es ein Bild für etwas ganz anderes?

Ich will das Spiel jedoch nicht weiter analysieren, und ich denke auch, daß man das nicht tun sollte. Das Spiel ist, was es ist, es hat sein Eigenleben und kann nie richtig erklärt werden. Aber man kann ahnen, was für Kräfte es hat, es ist ein Teil des Mysteriums des Übergangs.

Das Spiel, das seinen Platz im Übergangsraum hat, ist also ein hingebungsvolles Spielen, ganz nach der eigenen Willkür des Kindes. Es ist ein Spiel, in dem wir Erwachsenen nicht automatisch willkommen sind. Durch unseren Streß oder unser Desinteresse oder auch durch unseren Übereifer und unsere pädagogischen Ambitionen zerstören wir das Spiel oft. Wir sagen: »Warte, du wirst sehen, wenn du es so machst, dann wird es besser! Nein, nimm nicht das, so macht man das ja nicht in Wirklichkeit, ich werde es dir zeigen.« Kinder wissen ja, daß Erwachsene gern bestimmen und anführen, und haben deswegen schon ein gesundes Mißtrauen gegenüber ihrer Teilnahme am Spiel entwickelt. Gleichzeitig vergöttern sie Erwachsene, die die Zeit und die Fähigkeit haben, sich dem Regisseur, das heißt dem Kind, unterzuordnen. Sie können nämlich viel zu dem Spiel beitragen und dem Kind Gesellschaft leisten und das Gefühl geben, akzeptiert zu werden. Wer sich Zeit nimmt und sich sozusagen am Zaun des Übergangsraumes niederläßt, kann auch eingeladen werden, mitzumachen. Das Kind prüft die Interessierten meist mit einer Statistenrolle, zum Beispiel dürfen sie eine Weile den Rettungswagen fahren. Es will sehen, ob der Erwachsene den Rolleninstruktionen folgen kann oder ob er oder sie das Spiel bereits nach einer halben Stunde übernehmen möchte. Mit letzteren kann man nämlich ein Übergangsspiel nicht spielen, aber vielleicht andere Spiele.

Wer die Prüfung besteht, erhält Gelegenheit, an einem Abenteuer teilzunehmen, das manchmal anrührend ist und oft Licht in das eigene Leben bringt. Plötzlich findet man sich selbst spielend wieder – wie man als Kind spielte, nicht als Instrukteur. Das ist ein befreiendes Erlebnis, wie die Liebe es sein kann. Liebe, freie künstlerische Schaffenskraft, spontane gesunde Kinderreligiosität und ursprüngliche neugierige Wissenschaft – das sind alles Vorgänge, die ihre Wurzeln im Übergang haben.

Als Winnicott begann, über den Übergang zu sprechen, tat er das vom Blickwinkel seiner Arbeit mit psychisch gestörten Kindern aus, richtete sich aber auch gegen die Art der Kindererziehung, die damals nicht nur in England, sondern auch in anderen Teilen Europas vorherrschend war. Dieses Erziehungsmodell hatte seinen Ursprung im Deutschland der zwanziger und dreißiger Jahre und wird heute als die »Schwarze Pädagogik« bezeichnet. Sie ist am besten in den Büchern von Alice Miller (z. B. »Am Anfang war Erziehung«) beschrieben worden. Die Revolte gegen die Schwarze Pädagogik kam erst nach dem Ende des Zweiten Weltkrieges so richtig in Gang und wurde von Leuten wie dem Engländer Neill oder dem Schweden Gustav Jonsson angeführt. Winnicott trat dabei mehr und mehr in den Hintergrund, sein Beitrag war es aber, Verständnis zu vermitteln und Zusammenhänge aufzuzeigen.

Der Grundtenor der Schwarzen Pädagogik war der Gehorsam. Das Kind sollte lernen, zu gehorchen und sich zu schämen. Es sollte still sein, wenn Erwachsene redeten, und ihre Entscheidungen nicht in Frage stellen: »Du machst das jetzt so, wie ich sage, Schluß, aus! Keine Diskussionen!«

Die Normen und Regeln sollten fest und unveränderbar sein, die Strafen konsequent und hart. Sie beinhalteten oft sehr repressive Züge in einer Art, wie sie in einer Diktatur gegen erwachsene Menschen angewendet werden.

Kinder wurden regelmäßig und mit Hilfe von Werkzeugen – Reisig, Zeigestöcken, Gürteln – geschlagen. Sie wurden eingeschlossen, im besten Fall in ihrem Zimmer, im schlimmsten Fall auf dem Dachboden oder in einem dunklen Kleiderschrank. Sie durften wieder herauskommen, wenn sie versprochen hatten, daß sie fortan »lieb« sein und so etwas nicht wieder tun würden.

Die eigenen Ausdrucksmöglichkeiten des Kindes wurden als primitiv und unerwünscht angesehen. Das Kind sollte schnell aus den Windeln kommen, ordentlich essen ohne zu kleckern und vernünftig reden – je früher, desto besser. Es sollte nicken und dienern, artig und höflich sein, wenn Fremde kamen, aber dann schnell verschwinden und sich fernhalten. Es sollte zum Abbild der Eltern gemacht werden. Das Beste, was man zu einem Jungen sagen konnte, war: »Er ist der Sohn seines Vaters!«

Die Schwarze Pädagogik basiert in ihren verschiedenen Variationen auf einer Okkupation des Übergangs, als würden Streitwagen hineinfahren und ihn besetzen. Alles, was darauf hinweist, daß das Kind ein eigenes Leben haben könnte, unabhängig von den Eltern, ist eine Bedrohung. Die freie Äußerung und die Kreativität wurden als subversive Handlungen angesehen, die bekämpft werden mußten. Auch das Spiel wurde, wenn nicht als völlig unnütz, so doch jedenfalls als bedrohlich bezeichnet. Im Übergang entwickelt das Kind sein eigenes Gefühl, sein eigenes Gewissen, das, was Erik Homburger Erikson »das humanistische Gewissen« nennt. Das Kind lernt dabei, die eigene Stimme der Menschlichkeit zu hören. Die Schwarze Pädagogik hingegen war darauf aus, dieses Gewissen zu zerstören und statt dessen »das hörige Gewissen« einzuimpfen, das dem Kind gebietet, nur auf das zu hören, was Eltern (oder Führer) sagen.

Für Winnicott, der die Diskussion um den Übergang anführte, war die Schwarze Pädagogik ein großes Hindernis für die Erziehungswissenschaft, und natürlich wurde sie von ihm als Inbegriff alles Schlechten gebrandmarkt. Seither ist viel geschehen. Eine extreme Pädagogik des Gehorchens in der Art, wie sie in den vierziger Jahren üblich war, ist heutzutage in unseren Kulturkreisen ungewöhnlich, und man kann hoffen, daß sie auf ewig in die Rumpelkammer der Geschichte verwiesen wurde. Aber ganz sicher bin ich mir da noch nicht.

Meine Empfindlichkeit in diesem Punkt beruht darauf, daß ich selbst erlebt und gesehen habe, wie schicksalhaft sich diese Pädagogik auf die Entwicklung eines Kindes zu einem selbständig denkenden und fühlenden Erwachsenen auswirken kann. Denn auch meine eigenen Eltern waren nicht frei davon, wenngleich ich stets das Gefühl hatte, daß sie selbst nicht richtig an diese Erziehungsmethoden glaubten, die man ihnen als notwendig beigebracht hatte.

Noch schlimmer ging es in der Schule zu. Das Schulgesetz wurde erst 1958 geändert, und in manchen Schulen waren die alten Erziehungsmethoden bis weit in die fünfziger Jahre hinein verbreitet. In der Realschule in Uppsala, die ich besuchte, gehörten Ohrfeigen und Schläge auf die Finger zu den gewöhnlichen Erziehungsmethoden mancher Lehrer. Andere waren für ihre großangelegten Wutanfälle bekannt, während derer so ziemlich alles passieren konnte. Ein Lehrer schlug die Sünder mit dem Zeigestock auf den Rücken, und ich habe den Stock bei diesen Mißhandlungen oft in Stücke splittern sehen.

Bei meiner Arbeit für »Rädda Barnen«[3] habe ich immer wieder ähnliche Erziehungsmethoden in aller Welt gesehen. Und ich habe nie erlebt, daß sie zu etwas Gutem geführt hätten.

Diese Erlebnisse haben in mir ein tiefes Mißtrauen gegen alle Gewalt und allen Zwang in der Erziehung von Kindern entstehen lassen. Mir laufen kalte Schauer über den Rücken, wenn ich höre, wie Laien und Fachleute, die zehn oder fünfzehn Jahre jünger sind als ich, sich für feste Normen, Ordnung und Respekt aussprechen. In ihren Ausführungen fehlen dann zumeist auch nicht die ironischen Bemerkungen über die »Wattepädagogik« der sechziger Jahre, in denen die Kinder »machen konnten, was sie wollten«.

Ich hoffe dann nur, daß diese Leute uns nicht wieder in die fünfziger Jahre zurückführen werden. Das wäre eine Katastrophe für unsere Kinder! Aber ich gebe gern zu, daß ich in diesem Punkt etwas überempfindlich bin. Wenn ich mit den differenzierteren dieser »Ordnungs«-Männer und -Frauen spreche, dann können wir uns meist darauf einigen, daß wir in der Zukunft ein klares Normengebilde brauchen und nicht in Konflikt mit dem Übergangsraum geraten dürfen.

Heute gibt es andere Bedrohungen für den Übergangsraum, die ebenso wichtig sind. Hierher gehört zum Beispiel die Ten-

[3] »Rädda Barnen« heißt »Rettet die Kinder!« auf Schwedisch. Mit diesem Ruf hatten Eglantyne Jebb in England und Elin Wägner in Schweden 1919 angesichts der Not, in die viele Kinder geraten waren, zur Gründung von Hilfsorganisationen aufgerufen. Die hierdurch in verschiedenen Ländern entstandenen Komitees wurden 1946 in Genf zur Internationalen Vereinigung für Jugendhilfe zusammengeschlossen. In Schweden heißt die Hilfsorganisation nach wie vor »Rädda Barnen« (Anm. d. Ü.)

denz, das Dasein des Kindes zu stark zu strukturieren und durch ein schnell wachsendes Angebot verschiedener Aktivitäten die eigene Kreativität des Kindes zu ersticken.

Der Kindergarten oder die Tagesstätte sind bereits stark strukturierte Organisationen, und diese Tendenz ist in den letzten Jahren durch eine Reihe von pädagogischen Programmen für Kinder im Vorschulalter verstärkt worden. Aber die Meinungen in diesen Dingen gehen noch sehr auseinander. Auf der einen Seite wird darüber diskutiert, daß man auch den Kindergarten in eine Art Vorschule für Kleinkinder verwandeln sollte. Kinder sollen immer kompetenter werden, aber ganz nach dem Willen der Erwachsenen. Eine solche Entwicklung ist natürlich sehr beunruhigend für den, der sich für die Respektierung des Übergangs einsetzt.

Auf der anderen Seite gibt es eine, wie ich finde, sehr interessante und hoffnungsvolle Diskussion, in der von einem Gleichgewicht zwischen den strukturierten Aktivitäten und dem sogenannten »freien Spiel« gesprochen wird. Dabei fragt man sich ganz im Ernst, wie man den Kindergarten »langweiliger« machen kann, damit die Kinder aufhören, das zu tun, was ihnen die Kindergärtnerinnen vormachen, und statt dessen eigene Ideen entwickeln. Und man überlegt, wie man jedem Kind das nötige Alleinsein verschaffen kann, damit es Raum für seine eigenen Gedanken und Träume hat und nicht immer von anderen Kindern oder Erwachsenen gestört wird.

Wie können wir jedes Kind ausreichend bestätigen, damit es sich als Individuum erkannt sieht und nicht als bloßer Teil der Gruppe? Man ist in der Diskussion dieser Fragen schon recht weit gekommen, und es wird sich erweisen, daß ein Kindergarten oder eine Tagesstätte keineswegs Feinde des Übergangs sein müssen.

Dann kommt die Schule, und auch hier ist das Bild sehr widersprüchlich. Mein Eindruck ist, daß man hier mit der Bewahrung und Förderung des Übergangsraumes noch nicht so weit ist wie im Kindergarten. Aber vielleicht passiert auch hier etwas. Es gibt durchaus Lehrer, die viel Einsatz für die Förderung der seelischen Entwicklung der Kinder zeigen. Aber sie sind wohl immer noch in der Minderheit, und es ist sicher ein zähes Ringen, gegen das Unverständnis von Kollegen und Eltern angehen zu müssen.

Diese Lehrer können sich von der neuen UN-Konvention über die Rechte des Kindes Unterstützung erhoffen. Im Artikel 29, wo es um die Schule geht, steht unter anderem, daß die Ausbildung des Kindes dazu dienen soll, alle Anlagen des Kindes in Hinsicht auf Persönlichkeit und physische und psychische Fähigkeiten voll zu entwickeln. Die Entwicklung der Persönlichkeit wird also als die vorrangige Aufgabe der Schule angesehen.

Der Kindergarten und die Schule sind der Arbeitsplatz des Kindes. Darüber hinaus wird heutzutage eine Menge an organisierten Freizeitaktivitäten angeboten, die mit unserer Kindheit nicht zu vergleichen sind. Kinder spielen Fußball und Eishockey, tanzen und reiten, spielen Geige (am besten natürlich nach der Suzuki-Methode), singen im Chor, üben Selbstverteidigung und Ringkampf, malen und spielen Theater.

Im Grunde kann ich nichts Negatives über diese Aktivitäten sagen, wenn sie nur mit Umsicht und unter einer guten Leitung ausgeführt werden. Ich glaube, daß sie dann Kindern und Jugendlichen sehr guttun, und erinnere mich daran, wie viel mir Sport und Musik in meinem Leben bedeuten. Als Jugendlicher spielte ich Schach und habe dabei viel gelernt. Drei meiner Kinder spielten Fußball, einer davon ist immer noch aktiv. Meine älteste Tochter ist nach dem Abitur auf eine Theaterschule gegangen, und einer meiner Söhne spielt Orgel und singt.

Ich wäre also der letzte, der diese Aktivitäten aus dem Leben moderner Jugendlicher verbannen wollte, und bin vielmehr froh darüber, daß wir in einem Land leben, das dies alles ermöglicht. Was mir allerdings Sorgen bereitet, ist die Einstellung zu einigen dieser Aktivitäten, der dominierende Platz, den sie im Leben mancher Kinder einnehmen, und die Vorstellungen davon, die ich bei einigen Eltern antreffe.

Die Ausrichtung der Aktivitäten ist dann besorgniserregend, wenn sie zu stark von Erwachsenen geleitet werden und zu sehr auf elitäres Verhalten zugeschnitten sind. Dann gibt es kein Spiel mehr. Zu viele Freizeitaktivitäten sind heutzutage ausschließlich von den Erwachsenen bestimmt. Wieviel Benzin wird nicht darauf verwendet, um Kinder zu Übungen, Auftritten oder Wettkämpfen zu chauffieren! Wir überlassen dort das Kind einem erwachsenen Leiter, das kann sogar gern ein etwas autoritärer Mensch sein, denn dann sind wir beruhigt. Der Leiter oder Trainer sagt den Kindern, was sie machen sollen, und sie machen das dann so gut wie möglich, um die Erwartungen des Trainers zu erfüllen.

Ein Sporttrainer in Mora erzählte einmal bei einem Seminar, an dem ich teilnahm: »Es gibt eine Sache, die mich beunruhigt. Ich bin Eishockeytrainer. Zehn Jahre lang pflegte ich eine Trainingsstunde damit zu beginnen, daß ich einfach eine Kiste mit Pucks auf das Eis warf. Die Jungs stürzten sich darauf wie eine Horde hungriger Wölfe. Ich ließ sie dann eine Viertelstunde spielen, bevor wir anfingen. Wenn ich dasselbe heute mache, passiert gar nichts. Die Jungen stehen immer noch in der Box und warten auf mein Signal. Warum machen sie das?«

Bei manchen Kindern, vor allem in den Jahren zwischen zwölf und sechzehn, nehmen die geordneten Aktivitäten fast alle Zeit ein, die sie haben. Das merke auch ich als Kinderarzt, denn es kommen immer Kinder mit Streß-Krankheiten derselben Art zu mir, wie wir sie bei Politikern, Geschäftsleuten oder Müttern von vier Kindern finden. Allein im vergangenen Jahr hatte ich zwei Kinder mit Magengeschwüren, viele mit Magenverstimmungen, Kinder mit Streß-Kopfschmerzen und Streß-Mägen, Kinder, die es schwer haben, abends ins Bett zu finden, und ähnliches.

Die meisten dieser Kinder leben nicht unter schwierigen sozialen Umständen. Vielmehr handelt es sich um Kinder in gutsituierten Familien, die aber unter einem permanenten Streß leiden. Für manche ist der größte Druck, daß sie gut in der Schule sein müssen, für andere wiederum ist es die Anstrengung, alle diese Aktivitäten zu bewältigen, die sie sich vorgenommen haben, und sich dort zu behaupten.

Manchmal bitte ich die Kinder, ihren Kalender vorzunehmen, und wir vergleichen dann, was jeder von uns sich für die nächsten zwei Wochen vorgenommen hat. Es gibt Kinder, die einen engeren Terminplan haben als ich. Außer der Schule haben sie jeden Tag etwas in ihrem Kalender, auch samstags und sonntags, denn dann ist ja Wettkampf! Manche schaffen es nicht einmal, normale Beziehungen aufrechtzuerhalten, weder mit den Familienmitgliedern noch mit den Freunden. Und wo ist dann noch Platz für den Übergang?

Manche Eltern nehmen einen klugen Standpunkt zu den Aktivitäten der Kinder ein. Sie unterstützen sie und ermuntern sie dazu, aber versuchen gleichzeitig, die Bedeutung dieser Dinge herabzuspielen. Sie sagen: »Mach weiter, solange es dir Spaß macht und du nicht das Gefühl hast, unter Druck zu stehen. Nicht länger.« Aber weil ich selbst so oft auf Fußballplätzen und in Konzerten war, habe ich auch viel zu oft Eltern kennengelernt, die es nicht lassen können, ihre Kinder auf eine Art und Weise unter Druck zu setzen, die mich erschreckt. Diese Eltern fordern sehr viel mehr als die Trainer oder Leiter, und ich kenne viele Fälle, in denen diese überzogenen Forderungen der Eltern an ihre Kinder tatsächlich die größte Sorge der Leiter zum Beispiel einer Sportgruppe waren. Diese mußten dann ein Kind ermuntern und trösten, das von seinen enttäuschten Eltern kritisiert und beschimpft worden war. Dann ist es kein Wunder, daß bei mir so viele Kinder mit psychosomatischen Krankheiten auftauchen.

Worauf beruht diese Überforderung? Manchmal denke ich, daß wir zu sehr unsere eigenen alten Wunschträume auf unsere Kinder übertragen.

Ich muß nur ein wenig bei mir selbst suchen, um zu sehen, wie das passiert. 1948 saßen mein Bruder und ich dicht beisammen am Radioapparat und verfolgten die Spiele der schwedischen Fußballmannschaft bei der Olympiade in London. Gunnar Gren war damals ein großes Idol, ich verfolgte seine Karriere in den Sportzeitschriften. Sein Buch *Vom Grünen Wall nach Wembley* wurde eine Art Bibel für mich, als es einige Jahre später herauskam. Mein Bruder bewunderte statt dessen Gunnar Nordahl.

Wir wohnten in einem kleinen Vorort von Uppsala, in dem es keine Jugendfußballmannschaft gab. Wir gründeten deshalb eine eigene Mannschaft, FC Viklund, die aber doch mehr mit dem Übergangsphänomen zu tun hatte als mit der äußeren Wirklichkeit. Die Spiele fanden auf dem Viklunda-Wall auf Anderssons Berg statt, und oft waren Bengt und ich die einzigen Teilnehmer. Wir mußten dann alle Rollen im Spiel gleichzeitig übernehmen, nur manchmal half uns ein Freund.

Ein ernsthafter Fußballspieler wurde ich nie. Während der Schulzeit in Uppsala spielte ich schon ein paarmal in einer Jugendmannschaft mit, aber mehr wurde nicht daraus. Ich verlegte mich statt dessen auf Handball. Aber der Traum von Gunnar Gren und die Vorstellung, ein intelligenter Mittelfeldspieler in einer guten Fußballmannschaft zu sein, verblich nur allmählich. Natürlich habe ich gedacht, daß ich, hätte ich die Trainingsmöglichkeiten gehabt, die meine Kinder heutzutage haben, zunächst Profispieler und mittlerweile dann vielleicht Kneipenbesitzer in Spanien geworden wäre. Und wenn ich Erik in einem seiner guten Spiele sehe, denke ich mir immer: »Was für ein Talent der Junge hat! Wenn er nur alle Möglichkeiten ausnutzte, die ihm zur Verfügung stehen, und dann knallhart auf diese Sache setzte!«

So denke ich manchmal, und dann muß ich mich selbst zur Ordnung rufen. Denn es sind ja meine Träume, die er leben soll, und er hat doch bestimmt genug eigene.

Aber es sind nicht nur die Projektionen unserer eigenen Träume, die ein Problem für uns Eltern sind. Wir haben noch eine andere Angst, die uns mehr antreibt, als vielleicht gesund ist: die Angst vor der Passivität. Man muß heute so aktiv sein! Alle müssen viel machen und immer unterwegs sein. Es gilt als positiv, aktive Kinder zu haben, die alles schaffen und sich auf vielen verschiedenen Bühnen heimisch zeigen. Das gibt auch den Eltern einen gewissen Status, etwas, worüber man reden kann. »Mein Junge ist heute nicht zu Hause, er spielt in Skåne

Golf. Irgendein Pokal, ich habe vergessen, wie er heißt. Er ist in diesem Jahr wirklich vorwärtsgekommen, er hat auch gute Trainer. Beim letzten Wettkampf war er Zweiter.«

Deshalb sind viele Eltern beunruhigt, wenn ein Kind nicht an Aktivitäten dieser Art teilnehmen möchte. Wenn ein Dreizehnjähriger nach der Schule nach Hause kommt, seine Tür hinter sich schließt, die Kopfhörer aufsetzt, sich auf sein Bett legt und drei Stunden lang nachdenkt, dann sind die meisten Eltern bereits nach einer Stunde sehr beunruhigt: »Wie lange willst du hier noch liegen? Hast du keinen Unterricht? Auch kein Training?« Spätestens nach zwei Stunden macht sich eine gewisse Verzweiflung bemerkbar: »Willst du nicht zu Daniel rübergehen? Er sitzt sicher am Computer und fände es nett, ein bißchen Gesellschaft zu haben. Du kannst doch nicht den ganzen Tag hier rumliegen!«

Es gibt Kinder und Jugendliche, die den Übergang in so hohem Maße als Zufluchtsort gebrauchen, daß sie den Kontakt zur Außenwelt verlieren. Sie fliehen, um allem anderen zu entkommen. Meistens ist es aber so, daß die Eltern heutzutage schon durch die notwendigen und wichtigen Phasen, in denen das Kind in den Übergang eintaucht, beunruhigt werden. Gleichzeitig sind erstaunlich wenige Eltern darüber beunruhigt, daß ihre Kinder ständig aktiv sind und viel unternehmen, aber nie Zeit haben, einmal stillzustehen, und nie in sich gehen, um einmal zu spielen, zu denken oder zu träumen. Diesen ständig aktiven Kindern (und Erwachsenen) fällt es auch schwer, Ruhe oder Einsamkeit auszuhalten. Der Übergang wird als Bedrohung empfunden und fühlt sich nur öde an, denn er ist nie wirklich belebt worden. Er ist dann wie der Wald für die Großstadtkinder: »Was sollen wir hier? Hier gibt es ja nichts, womit wir spielen können!« Wer dieses Gefühl hat, versucht oft, die Leere mit neuen Sinneseindrücken wie Radio, Fernsehen, Video zu füllen. Neue Stimmen und neue Bilder aus der äußeren Wirklichkeit sind eine Droge für unruhige Seelen geworden.

Wo ist die Kreativität dann hin? Kreativität setzt Ruhe, Konzentration und den Mut voraus, nach innen zu horchen, bis die Stille gar nicht mehr so still ist, wie es zunächst den Anschein hatte. Den Mut, das Auge des Orkans zu suchen. Den Mut, die Schwelle zu unserem innersten Raum zu überschreiten.

In Tarkowskijs Film *Stalker* wird eine Reise in ein unbekanntes Land beschrieben. Stalker, der Anführer, geht mit drei neugierigen Männern, einem Wissenschaftler, einem Poeten und einem Reporter, durch eine verwirrende, von Menschen verlassene Landschaft. Es könnte eine Umgebung sein, die nach einem Kernkraftunglück evakuiert wurde. Aber die Reise geht gleichzeitig ins Innere.

Stalker führt die Männer zu einem zerbombten Haus. Hier befindet sich »der innerste Raum«, und hier bleibt Stalker stehen. Den Schritt über die Schwelle müssen die Männer selbst tun. Aber der Mut schwindet ihnen, sie wagen es nicht und kehren unverrichteter Dinge zurück.

In seinem Gedicht über Unterricht schreibt Kahlil Gibran:

> »Der Lehrer, der im Schatten des Tempels wandelt, gibt seinem Gefolge eher von seinem Glauben und seiner Liebe als von seiner Weisheit.
> Ist er wahrhaftig ein Weiser, so fordert er euch nicht auf, das Haus seiner Weisheit zu betreten; eher geleitet er euch zur Schwelle eures eigenen Geistes.«[4]

Als Eltern, Lehrer, Trainer oder Gruppenleiter kann ich ein guter Wegweiser, ein Stalker sein. Ich kann das Kind durch eine unbekannte Landschaft führen. Aber den letzten Schritt, den Schritt über die Schwelle zu dem inneren Raum, zu der eigenen Seele des Kindes, den muß das Kind selbst gehen. Und um den Mut hierzu zu bekommen, muß es seinen Übergang benutzen.

Den Übergang zu verlieren bedeutet also, seine Seele zu verlieren. Wir riskieren folglich, viele kompetente Kinder und Ju-

[4] Gibran, Der Prophet, a. a. O., S. 43

gendliche zu bekommen, Kinder, die in vielen Bereichen fähig sind, die sich anpassen können, die in der Gruppe funktionieren, die den Gruppenleitern gehorchen. Und vielleicht sind es ja genau solche Kinder, die wir haben wollen und die unsere Gesellschaft braucht.

Aber wenn wir auf der anderen Seite Kinder haben wollen, die es wagen, allein zu denken, nein zu sagen, wenn die ganze Klasse ja sagt, einfach weil sie glauben, recht zu haben, die es wagen, in eine bedrohliche Situation auf dem Schulhof einzugreifen, um dem persönlichen Risiko zum Trotz einem gefährdeten Freund beizustehen, die es wagen, die Unterrichtsmethode eines Lehrers in Frage zu stellen, trotz der Androhung schlechterer Zensuren – dann sind wir zur Zeit wohl auf dem falschen Gleis. Denn solche Eigenschaften setzen den Kontakt mit dem inneren Raum voraus, Gewohnheit und Sicherheit im Umgang mit dem Übergangsraum.

Ich habe mir meine Meinung in dieser Angelegenheit gebildet. Ich glaube, daß unsere gemeinsame Zukunft davon abhängt, daß genügend Kinder mit dem Mysterium des Übergangs vertraut sind. Wir können keine weiteren schönen Töne ohne wirkliche Musik, keine schönen Worte ohne wirklichen Grund, keine neuen bewundernswerten Fähigkeiten ohne richtige Reflexion, keine Artigkeit ohne Respekt und keine Freundlichkeit ohne Liebe mehr gebrauchen.

Was wir brauchen, ist Tiefe und Grund, Gefühl und Gedanken, Körper, Seele und Geist.

12. Sein und Tun

Kinder und die Leistungsgesellschaft der Erwachsenen

Zeit ist Schmerz, sagt Krishnamurti[5], dieser etwas seltsame Prophet, der, in Indien geboren, aber in England aufgewachsen, in den letzten Jahren so große Scharen von Anhängern um sich gesammelt hat. Einer davon ist ein Kollege von mir, der im Zusammenhang mit einer großen Lebenskrise lange gesucht und schließlich Krishnamurti gefunden hat. Ich bekam das Buch »Frei sein!« von ihm. Manchmal lese ich darin, trotz meiner eingebauten Skepsis gegenüber all diesen Weisheitslehren, und ab und zu treffe ich auf Formulierungen, über die ich dann nachdenke. Zum Beispiel diese: Zeit ist Schmerz.

Wir haben wohl alle den Konflikt schon erfahren, den das Dasein beinhaltet. Auf der einen Seite sollen wir im Hier und Jetzt leben, den Moment festhalten: »carpe diem«, um das Leitmotiv eines unserer modernen Kultfilme, *Der Club der toten Dichter*, zu zitieren. Auf der anderen Seite brauchen wir aber die Verankerung in unserer Geschichte, die Wurzeln, das kollektive Gedächtnis – und gleichzeitig die Notwendigkeit, vorauszuschauen, zu planen, unser Leben zu lenken und tun zu können, was wir wollen. In diesen Dingen ein Gleichgewicht zu finden ist nicht leicht, und während verschiedener Perioden unseres Lebens haben wir das Bedürfnis, die Waagschale in die eine oder die andere Richtung zu verschieben.

Fragen dieser Art waren zu allen Zeiten das zentrale Thema für Philosophen und andere Denker. Einer von ihnen ist Martin Heidegger, der in seinem umfassenden Werk »Sein und Zeit«

[5] Krishnamurti, Frei sein!, a.a.O.

den ganzen Problemkomplex systematisch analysierte. Es würde viel zu weit führen, darauf hier näher einzugehen, und außerdem habe ich natürlich nicht das nötige Wissen, das man dazu bräuchte. Dennoch stoße ich immer wieder auf diese Fragen, weil ich im Gespräch mit Kindern und Jugendlichen oft in Diskussion über die Zeit, über das Sein und das Tun gerate.

Hans Åkerberg, ein Religionspsychologe in Lund, hat einen Begriff geprägt, den ich sehr passend finde. Er spricht von »dem doppelten Leidensaspekt«, und ein Versuch, seine manchmal etwas kryptischen Argumentationen zu vereinfachen, würde so aussehen: Das Leben besteht aus zwei großen Leiden. Das eine liegt vor uns, es ist der Tod. Wir alle müssen sterben, und die meisten von uns fassen den Tod als ein Leiden auf. Wir wollen nicht dorthin und wir hoffen, daß es möglichst lange dauern möge, bis wir uns der Grenze nähern.

Das andere Leiden ist die Gegenwart. Viele von uns neigen dazu, die Situation, in der wir jetzt leben, als ein – glücklicherweise vorübergehendes – Leiden anzusehen:

– »Wenn ich nur dieses Schuljahr überstehe, dann wird alles besser sein. Es ist hart auf der Grundschule, aber im Gymnasium wird die Klasse viel netter sein, und ich werde besser hineinpassen. Da kann ich dann etwas mehr wählen, was ich gerne machen möchte.«

– »Wenn ich nur das Gymnasium fertig habe, dann wird alles besser. Die Schule macht mich fertig. Ich will raus, vielleicht ein Jahr nichts machen, nach England fahren. Oder nur jobben, ich weiß nicht. Bloß etwas anderes als das hier.«

– »Wenn ich nur endlich einen Mann fände, mit dem ich zusammenleben kann, einer, mit dem ich gern Kinder hätte. Dieses unstete Leben ist nichts mehr für mich, es wird mir zu unruhig. Kinder zu haben hat doch wenigstens einen Sinn. Man sieht es ja an den Leuten, die Kinder haben. Sicher ist es eine Menge Arbeit, aber sie sehen doch immer ganz zufrieden aus.«

– »Wenn die Kinder nur größer werden, damit man mal wieder eine Nacht durchschlafen kann. Und diese ständigen Mittelohrentzündungen machen mich bald verrückt. Sicher wird es danach besser. Wenn sie anfangen, ein wenig selbständiger zu sein, dann kann man sie vielleicht ab und an mal allein lassen und ein wenig für sich selbst tun.«

– »Wenn sie nur bald aus dieser elenden Pubertät raus wären. Ich habe das nie geglaubt mit ›kleine Kinder, kleine Sorgen, große Kinder…‹, aber jetzt weiß ich es besser. Wenn man sich nur einen Abend mal keine Sorgen machen müßte und mal etwas anderes als Kritik hören würde.«

– »Wenn ich nur aus dieser Ehe heraus könnte. Das kann ja nun nicht alles für mich in diesem Leben gewesen sein. Ich halte noch ein paar Jahre aus, bis die Kinder größer sind. Aber dann.«

– »Wenn ich nur den Job bekommen könnte, für den ich mich nun schon so lange beworben habe. Da könnte ich mein Wissen und meine Erfahrungen einbringen. Selbst etwas entwickeln und nicht immer abhängig sein von dem, was andere sagen.«

– »Wenn ich nur bald pensioniert werde, damit ich endlich das machen kann, was ich will und was ich die ganze Zeit nicht schaffe. Dann wird mich niemand mehr aufhalten können.«

– »Wenn ich nur wieder gesund werden würde.«

So verschieben wir immer wieder, was wir eigentlich vorhaben mit unserem Leben, auf den freien Raum zwischen den beiden Leidensformen, dem Leiden der Gegenwart und dem des Todes. Dazwischen gibt es ein noch nicht bezeichnetes Gebiet, und solange das zugänglich ist, so lange gibt es Hoffnung für uns.

Unsere existentiellen Krisen fangen an, wenn wir uns plötzlich die Frage stellen: »Aber wird es denn anders werden? Wenn das nun mein Leben ist? Genau so langweilig, so anstrengend und stressig? Sicher können manche Dinge verändert werden, aber das sind doch meist Äußerlichkeiten. Am Ende bin ich der, der ich bin. Wenn es etwas ruhiger wird, sorge ich schon dafür, daß es wieder zuviel ist. Dies ist mein Leben, und es wird nicht anders. Genügt mir das? Ist es gut genug?« Solche Fragen pflegen wir mit der Krise um den vierzigsten Geburtstag zu verknüpfen, wenn wir entdecken, daß unsere verheißungsvolle Zukunft bereits hinter uns liegt. Aber das ist heute nicht immer so. Ich treffe viele sehr viel jüngere Menschen, auch Jugendliche, die dieselben Fragen stellen. Sie denken über ihr kommendes Leben als Erwachsene nach. Sie schauen uns an, und aus irgendeinem Grund wirken wir nicht sehr inspirierend. Wir schaffen es nicht, sie davon zu überzeugen, daß das Leben als Erwachsener voller positiver Erlebnisse, Glück, Abenteuer und Spannung ist. Statt dessen denken sie: »Das Leben als Erwachsener wirkt irgendwie sehr hart. Man muß so stark sein, so harte Ellenbogen haben, immer bereit sein, sich auf Kosten anderer zu bereichern, sich zeigen, sich vordrängeln, tüchtig sein. So bin ich nicht. Und so will ich auch nicht sein.«

Das, was ein freier Raum zwischen Gegenwart und Tod sein sollte, wird überhaupt nicht mehr als frei empfunden, sondern eher als ein Gefängnis. Da ist die Gegenwart freier. Und so geraten viele Jugendliche in rastloses Suchen, die schnell vorbeieilenden Momente zu nutzen, während die kurzen Atempausen mit depressiven Gedanken an die Zukunft gefüllt sind.

So geht es natürlich nicht allen Jugendlichen, vielleicht nicht einmal den meisten. Aber es haben doch so viele Gedanken in diese Richtung, daß wir Grund genug haben, darüber nachzudenken und zu überlegen, was wir dagegen tun können.

An meiner Pinnwand zu Hause hängt ein kleiner Vers, der mir immer wieder im Kopf herumgeht. Es ist ein geistliches Lied aus einem Kinderliederbuch:

> »Als Gott das Wort sprach, das mich schuf, hat er, glaube ich, folgendes gesagt: ›Du bist etwas und du kannst etwas. Ich liebe dich genau so, wie du bist.‹«

Irgend jemand hat dann noch eine weitere Zeile hinzugefügt:

> »...und nicht für das, was du machst.‹«

Sein und Tun – unser ständiges Dilemma. Kann ich als der Mensch, der ich bin, angesehen, geliebt und geschätzt werden?

Oder ist es nur das Äußere, was bewertet wird, wie gut ich in der Schule bin, im Beruf oder als Liebhaber?

Erwin Bischoffsberger, Jesuitenpater und Lehrer in medizinischer Ethik in Stockholm, betrachtet Nordeuropa mehr von außen – er kommt aus der Alpenregion. Er pflegt zu sagen, daß wir hier im Norden unter einer starken Fixierung auf das »Machen« leiden.

Viele der Jugendlichen, die ich treffe, empfinden das genauso. »Keiner schert sich darum, wer ich bin, es zählt nur, was ich mache«, ist ein Thema, auf das wir oft in unseren Gesprächen kommen. Ein Mädchen sagte: »Alle fragen nur, wie es lief. Wie lief es in der Schule? Wie lief der Wettkampf? Wie lief es so mit Anders? Keiner fragt: ›Wie geht es dir?‹«

Schon auf der Kinderstation messen wir Kinder mit dem Leistungs-Maßstab. Wann lernte er laufen? Wann hat er mit den Drei-Wort-Sätzen angefangen? Geht er noch nicht selbst auf die Toilette? Eltern vergleichen und vergleichen.

Das geht im Kindergarten und auf der Schule weiter. Auf den Elternabenden schauen wir Bilder an und blättern in Übungsbüchern. Wir vergleichen Resultate. Wie lief es im Vergleich mit dem vorigen Jahr? Wie lief es im Vergleich mit den anderen?

Wir sind in eine Wettkampfgesellschaft geraten. Und teilweise ist das vielleicht sogar gut. Unser gemeinsames Wohlergehen wäre gefährdet, wenn es nicht dieses Wettkampfmoment als treibende Kraft gäbe. Ein gewisser Wettkampfinstinkt ist sicher auch beim Menschen normal, vor allem im männlichen Verhalten. Die Amerikaner sprechen sogar von »the natural competition behaviour«.

Meine eigenen Spiele als Junge waren zu großen Teilen mit Wettkämpfen ausgefüllt. Sogar in den Spielen, die ich allein spielte, in den Zwischenraumspielen, gab es immer Wettkämpfe. Dasselbe Muster erkenne ich heute bei Jungen ebenso wie bei Mädchen. Was ist biologisch und was kulturell beeinflußt?

Ich will Wettkämpfe und Zensuren nicht von der Tagesordnung streichen, aber ich vermisse heute doch das Gegengewicht. Die Wettkampfspiele und der Sport haben ihren Platz. Politiker und Showmaster können gern um Wähler und Zuhörer kämpfen, und in ökonomischen Dingen ist die Konkurrenz sicher vonnöten.

Aber wir müssen darauf achten, daß nicht unser ganzes Dasein durch den Wettkampf vergiftet wird, denn dann geraten wir in diese Fixierung auf das bloße »Machen«. Dann erkennen wir nur die Leistung an sich an, ohne daß wir den Menschen nach dem bewerten, was er an seinem persönlichen Maßstab gemessen leistet – und darin liegt ja ein großer Unterschied. In diesem Punkt sind viele Jugendliche und Kinder überempfindlich, so wie viele andere Menschen, denen es schwerfällt, sich auf den Wettkampfplätzen zu behaupten, auf denen die Elite die Regeln diktiert.

Es kann so schwer sein, sich auf das bloße Sein zu konzentrieren. Und ebenso schwer kann es sein, über das tolle, verrückte, ungewöhnliche und sehr bemerkenswerte Kind, das wir haben, glücklich zu sein, ohne die ganze Zeit nach Fähigkeiten und Resultaten zu schielen! Vielleicht liegt das daran, daß wir uns selbst immer mit demselben unflexiblen Maßstab messen.

Nur zu »sein« bedeutet auch, zwar immer Erinnerungen an die Vergangenheit und Pläne für die Zukunft zu haben, aber nie den Blick für die Gegenwart zu verlieren. Viele Kinder erleben die Erwachsenen als ständig auf dem Weg irgendwohin, auf dem Sprung, mit tausend unruhigen Gedanken im Kopf. Erwachsene ohne Ausschaltknopf.

13. Gut und Böse

Wie Kinder die Kraft des Guten lernen

Es ist ein schöner Nordlandsommer, als der vierjährige Michael zu Tode gequält wird. Sein ganzes Leben war eine einzige Quälerei. Er wurde geschlagen und getreten, beschimpft und gedemütigt. Manchmal hat seine Mutter ihn gezwungen, ekelerregende Dinge zu essen, dann wieder mußte er hungern. In dieser letzten Nacht wird er an einen Baum vor dem Schlafzelt der Eltern gebunden. Mit einem Seil um den Hals ist er ein hilfloses Opfer für Mücken und Stechfliegen. Im Mund hat er einen Knebel, damit er von niemandem gehört wird. Am Morgen wird er vom Verlobten der Mutter durch einen harten Tritt an den Kopf getötet.

Es ist ein schöner Nordlandsommer, als der vierzehnjährige Fredrik eines Nachts auf dem Friedhof in Åmsele erschossen wird. Zusammen mit seinem Vater hat er ein paar Fahrraddiebe gestört. Fredrik und sein Vater müssen sich hinknien. Der Vater wird mit einem abgesägten Gewehr in den Kopf geschossen und ist sofort tot. Fredrik sieht seinen Vater in sich zusammenfallen. Er wendet seinen Blick zu den Jugendlichen mit dem Gewehr und bittet um sein Leben. »Ich bin doch nur ein Kind«, sagt er. Im nächsten Augenblick wird auch er erschossen. Kurz darauf wird seine Mutter durch viele Messerstiche ermordet.

Für uns, die wir in der Gegend wohnen, in der das geschah, war das schockierend, quälend und fast unwirklich. Kinder und Jugendliche waren natürlich nicht weniger betroffen. Ich hatte Gelegenheit, aus nächster Nähe die Arbeit zu verfolgen, mit der die Kinder in Åmsele versuchten, über den Verlust von Fredrik hinwegzukommen. Und ich habe gesehen, wie schwer das war. Plötzliche Todesfälle, auch durch tragisches Unglück oder manchmal Selbstmord, hatten viele Kinder selbst im nächsten Umkreis schon erlebt. Aber das nicht!

Als die Ereignisse auf dem Friedhof in Åmsele mit dem verglichen werden, was eine Gruppe Kinder bei einem Busunglück in Norwegen miterlebt hatte, sagt ein Mädchen in Åmsele: »Die anderen haben das Leiden erlebt, aber wir das Böse.«

Diese Äußerung erinnerte mich daran, daß ich bei einer Gelegenheit in meinem Leben ähnlich gedacht hatte. Es war im April 1983, als ich zum ersten Mal das palästinensische Flüchtlingslager in Süd-Beirut besuchte. Es war ein halbes Jahr nach dem schrecklichen Massaker, und ich war dort, um die Voraussetzungen für ein »Rädda Barnen«-Projekt im Lager zu untersuchen. Eines Tages ging ich gemeinsam mit der Krankenschwester Nabila durch das Lager. Sie führte mich zu einigen der betroffenen Familien, und ich befragte mit Hilfe der Dolmetscherin Frauen und Kinder. Vor allem die Erzählungen der Kinder erschütterten mich sehr, denn die Versionen der Erwachsenen kann man eher von sich fernhalten. Aber Kinder von dem groben, brutalen Bösen berichten zu hören, das ist unerträglich. Ihre nackten, unsentimentalen Erzählungen lassen keinen Raum für Flucht. Es mußte wahr sein, und in diesem Falle war die Wahrheit nicht vorstellbar. Man schämte sich, Mensch zu sein.

Diese Aprilwanderung durch das Lager von Shatila 1983 veränderte mein Leben. Es ging etwas in mir kaputt, vielleicht eine Art Kinderglaube, etwas, was sich nicht reparieren ließ. Natürlich war ich nicht im engeren Sinne psychisch geschädigt, ich bin seit vielen Jahren nun ein glücklicherer und befreiterer Mensch, aber die Voraussetzungen selbst veränderten sich.

Mit dem Leiden war ich schon vorher vertraut. Kinderarzt zu sein bedeutet, jede Woche Familien in schweren Lebenssituationen zu treffen. Ich kenne viele, die Kinder verloren haben, und noch mehr, deren Kinder behindert oder sehr schwer erkrankt sind. Natürlich habe ich auch selbst einige der Menschen verloren, die mir am nächsten standen.

Ich glaube, daß man sich nie an das Leiden gewöhnen kann, und bin im Laufe der Jahre immer dünnhäutiger geworden. Aber man kann eine Art Verhaltensweise gegenüber Tod und Leiden finden, die es einem möglich macht, nicht zu sehr davor zurückzuschrecken. Ohne eine solche wäre man nicht imstande, mit kranken und sterbenden Patienten zu arbeiten. So hatte ich auch gedacht, daß diese Verhaltensweisen mir beim Treffen mit den Kindern in Shatila helfen würden, aber das war ein Irrtum. Das Leiden hatte ich kennengelernt, aber nicht das Böse.

Man fragt sich, wie Menschen sich so verhalten können. Wie können sie ein Kind quälen und töten? Ich denke, daß ich mittlerweile recht erfahren und auch belesen bin, und kenne deshalb die psychologischen Erklärungen gut, die in diesen Fällen angewendet werden. So weiß ich, daß Menschen, deren Seelen im Kindesalter verletzt wurden, vom Anblick eines wehrlosen Kindes sehr stark provoziert werden können. Vielleicht ist es ihnen gelungen, sich ansonsten an ein normales Leben anzupassen, aber wenn sie ein schreiendes Baby sehen oder wenn sie dem bittenden Blick eines geschlagenen Kindes, das auf den Knien liegt, begegnen, dann passiert etwas in ihnen, das sie nicht unter Kontrolle haben. Plötzlich erleben sie sich selbst wieder in der Rolle des gekränkten Kindes und empfinden Schrecken, Scham und Selbstverachtung. Damit werden sie nicht fertig, und deshalb schlagen sie in blinder Raserei zu, um das auszulöschen, was in ihnen diese Erinnerung wachrief.

Ebenso weiß ich, daß die Täter, die hinter den schlimmsten Gewalttaten gegen Kinder stehen, oft Jugendliche sind und oft unter Drogen stehen. Das Massaker in Shatila ist von einer Gruppe junger Soldaten ausgeführt worden, und man sagt, daß sie mit Kokain vollgestopft wurden, ehe man sie auf den Weg zu ihrem blutigen Auftrag schickte.

Dennoch bleibt das Böse ein Rätsel. Man kann nicht verstehen, daß nicht einmal die Summe aller Erklärungen auch nur annähernd die furchtbare Bestialität erklären kann, mit der man bei den Tätern konfrontiert wird. Man kann als Kind alles mögliche erlebt haben, man kann sehr jung sein und voller

Drogen – aber es muß doch irgendeine Schranke geben! Ein hilfloses Kind zu mißhandeln, zu quälen und zu töten, das paßt in keines unserer rationalen Schemata. Die Unmöglichkeit, das Böse zu erklären, bringt ein anderes Problem mit sich, das ich bisher auf keine zufriedenstellende Weise für mich lösen konnte: Wie würde ich mich in derselben Situation verhalten? Wenn ich in meiner Jugend Soldat in Vietnam, in Afghanistan oder auf den West Banks gewesen wäre? Wenn ich müde und voller Angst unter dem Kommando eines charismatischen Führers gestanden hätte, und wenn ich unter diesen Umständen auf eine Gruppe verschreckter Kinder getroffen wäre mit dem Befehl, Gewalt gegen sie auszuüben – wie hätte ich mich dann verhalten? Es ist so leicht zu sagen, daß ich mich geweigert hätte. Aber weiß man das denn?

Alle Eltern wissen, daß Kinder an unsere niedrigsten Impulse appellieren können. Man kann schrecklich böse auf ein Kind werden, und man kann sich manchmal unglaublich dumm benehmen. Das geht jedenfalls mir so. Hinterher bin ich furchtbar erschrocken, vielleicht mehr als das Kind. Ich habe ihm vielleicht nicht weh getan, aber ich habe übertrieben, habe zu laut gebrüllt und habe nahezu mörderische Gedanken gehabt.

Ich weiß, daß es das Böse auch in mir gibt, aber ich habe es unter einer gewissen Kontrolle. Im ständigen Kampf zwischen Gut und Böse hat das Gute nunmehr die Oberhand gewonnen. Aber wie lange?

Ein amerikanischer Soldat, der an Massakern an der Zivilbevölkerung in Vietnam teilnahm (so etwas ist ja nicht nur in Song My passiert), wurde vor einiger Zeit im Fernsehen interviewt. Sein ganzes Leben war zerstört, und er hatte verschiedene psychotherapeutische Behandlungen über sich ergehen lassen. Er sagte, daß das für die psychotherapeutische Forschung vielleicht ganz interessant gewesen sei, aber daß es doch nicht seine Schuld hatte tilgen können.

Als das Schwerste in seinem Leben bezeichnete er eine Einsicht, die er gewonnen hatte: »Ich habe kapiert, daß es sowohl Gutes als auch Böses in der Welt gibt – und in mir selbst. Das

Problem ist nur, daß bei mir das Böse überwiegt. Wenn ich die absolute Kontrolle über eine Situation habe, kann ich es in Schach halten, aber sobald ich auf Schwierigkeiten treffe, übernimmt das Böse die Kontrolle. Ich bin also meistens ein böser Mensch. Können Sie mir sagen, wie ich mit einer solchen Einsicht weiterleben soll?«

Die entscheidende Frage ist also: Wie können wir unseren Kindern so viel Gutes beibringen, daß sie auch in kritischen Situationen standhalten? Kann man sie gegen das Böse impfen? Hilft es uns, auf die Menschen zu schauen, die persönlichen Mut und gute Taten auch in schwierigen Lagen gezeigt haben – es gab ja auch Soldaten in Vietnam, die sich trotz eines drohenden Kriegsgerichtes weigerten, an Massakern teilzunehmen. Einer, der viel über diese Fragen nachgedacht hat, ist Roger Rosenblatt, Autor und Journalist bei der amerikanischen Zeitschrift »Time«. Er war selbst ein jüdisches Kriegskind, und seine Familie verließ Europa im Zusammenhang mit dem Krieg. Er wollte schon immer einmal durch die Krisengebiete der Welt reisen und Kinder befragen. Zu Beginn der achtziger Jahre setzte er dieses Vorhaben in die Tat um und reiste nach Nordirland, in den Libanon und nach Israel, wo er sowohl israelische als auch palästinensische Kinder befragte, dann weiter nach Thailand, wo er mit Flüchtlingskindern aus Kambodscha sprach, und schließlich nach Hongkong, wo er Bootsflüchtlinge aus Vietnam traf. Es wurde eine Serie höchst bemerkenswerter Artikel für die »Time« daraus, die später auch unter dem Titel »Kinder des Krieges« in Buchform herausgegeben wurde.

Die Interviews mit den Kriegskindern wurden für Rosenblatt eine Reise in sein eigenes Inneres, und er hat dabei viele lebenswichtige Fragen aufgeworfen. Er machte Beobachtungen, die viel diskutiert wurden, so zum Beispiel, daß er bei den schwer betroffenen Kindern nur selten Haßgefühle gesehen hatte. Viele von ihnen hatten gesehen, wie ihre Eltern getötet oder zu Tode gequält wurden. Rosenblatt war erschüttert und provoziert durch ihre Erzählungen, so daß er manchmal die

Frage stellte, ob die Kinder keinen Haß gegen die Menschen fühlten, die ihre Eltern ermordet hatten. Er bekam nur die Antwort: »Dann gibt es nur noch mehr Gewalt, und meine Eltern bekomme ich dadurch nicht zurück.«

Rosenblatt hat viel über das Gute reflektiert, das er in den Kindern zu erkennen meinte und von dem er nur so wenig bei den Erwachsenen wiederfand. Woher kommt – so fragte er sich – die Güte und die Klarsicht der Kinder, wenn sie doch offenbar nicht aus der erwachsenen Umgebung kommt? Seine Schlußfolgerung lautet, daß der Mensch eben doch mehr gut als böse geboren wird, aber daß wir uns später deformieren lassen, wenn wir in einer vom Bösen geprägten Umwelt leben:

»Wenn man als Erwachsener ein befriedigendes Leben haben will, dann muß man fähig sein, diese Güte hervorzuholen und auch in einem komplizierteren Dasein ihr gemäß zu leben.«[6]

Rosenblatt schließt sich hier einer Auffassung der kindlichen Seele an, wie sie auch Philosophen wie beispielsweise Gibran predigen. Die Frage ist nur, ob es wirklich eine solche »ursprüngliche Gutheit« gibt. Werden Kinder gut oder böse geboren?

Im alten Glauben an die Erbsünde (gegen den schon Jesus sich wandte, der aber dennoch bis heute in der Kirche lebendig ist) war man der Ansicht, daß Kinder in Sünde geboren würden. Das Ziel der Erziehung sollte es sein, das Böse aus dem Körper des Kindes zu treiben. Kinder waren von Natur aus schlecht, konnten aber durch Erziehung und gute Manieren ein wenig gebessert werden. Die entwicklungspsychologische Tradition, die mit Hilfe von Sigmund Freud und seinen Schülerinnen und Schülern entstand, wandte sich gegen alle derartigen Ansätze. Man war vielmehr der Meinung, daß das Kind anfänglich weder gut noch böse sei und daß es in der nahen Ver-

[6] Rosenblatt, Kinder des Krieges, a. a. O., S. 194

bindung zu den Eltern geformt würde. Wenn es nur auf genügend Liebe und »Gutheit« stieße, dann werde das Gute auch in ihm Wurzeln schlagen. Das Kind werde zum Spiegelbild der Eltern.

Gemäß dieser Tradition wuchs das Kind während des ersten Jahres in gütiger und einfühlsamer Umgebung auf. Das geschah gleichzeitig mit der Entwicklung des sogenannten »Über-Ich«, und erst im vierten Lebensjahr konnte man erwarten, einen Ausdruck von Mitgefühl beim Kind festzustellen.

Daß dies nicht so ist, wissen Eltern und Menschen, die mit Kindern arbeiten, schon lange. Sie haben gesehen, daß auch schon im Alter von zwei Jahren Kinder einen traurigen Spielkameraden oder die traurige Mutter trösten können. Mit der raschen Entwicklung der Kleinkindforschung ist es einfacher geworden, in solchen Richtungen zu denken. In den letzten Jahren hat sich sogar ein besonderer Forschungszweig entwikkelt, den wir Empathieforschung nennen. Hier versucht man, der frühen Entwicklung von Mitgefühl und Mitleid beim Kind etwas mehr auf den Grund zu gehen.

Mittlerweile ist man sich einig darüber, daß schon ein Kind im Alter von acht bis zehn Monaten Mitleid bezeugen kann, vor allem gegenüber wirklich traurigen Eltern. Das Kind nimmt wahr, daß Mutter oder Vater weinen, sucht Körperkontakt und verändert seine Stimme in einen tröstenden Ton.

Manche Forscher sind der Ansicht, daß solche Mitleidsbezeugungen schon viel früher, im Alter von drei bis vier Monaten, festzustellen sind, und sagen, daß es nur eine Frage der Zeit sei, bis auch dies anerkannt würde. Andere bestreiten dies und halten dagegen, daß das Kind erst sich selbst als eigenständiges Individuum entdecken müsse, um Einfühlungsvermögen entwickeln zu können, auch wenn der Boden hierzu vielleicht schon früher gelegt werde. Hier sind wir mitten in der Diskussion um die frühkindliche Entwicklung, auf die ich schon an anderer Stelle eingegangen bin.

Was die verschiedenen Forschungsrichtungen vereint, ist, daß sie die Fähigkeit, Mitgefühl zu zeigen, als eine angeborene

Naturbegabung ansehen, etwas, was das Kind nicht lernen muß. Aber das Mitgefühl ist ein zartes Pflänzchen, das ständig Wind und Wetter ausgesetzt ist. Wir müssen es schützen und ihm Nahrung geben, damit es überleben kann. Und wenn es einmal abgestorben ist, dann läßt es sich nur schwer wieder neu pflanzen.

Was ist nun notwendig, damit das Gefühl des Kindes sich stark entwickeln kann? Die Nähe des ersten Jahres und das gegenseitige Abhängigkeitsverhältnis zu mindestens einem Elternteil, am besten zu beiden Eltern, sind wichtige Voraussetzungen. In diesem nahen Kontakt wächst das Kind in die Sprache des Guten und der Gefühle hinein. Es erhält selbst Trost und Verzeihen, und seine eigenen Mitgefühlsbezeugungen werden, wenn auch nicht immer bewußt, angenommen.

Allmählich erweitert sich der Kreis; Geschwister, Großeltern, Freunde und Kindergärtnerinnen kommen dazu. Alle langwährenden und kontinuierlichen Verhältnisse zu Mitmenschen sind eine ständige Schule des Mitgefühls. Das Kind lernt, zu geben und zu nehmen, und sieht, daß das Einfühlungsvermögen in andere zurückgegeben wird und Wärme und Zusammengehörigkeitsgefühl weckt.

Auch die Spiele des Übergangsraumes sind wichtig für die Fähigkeit des Kindes zu Gefühlen. In solchen Spielen erprobt das Kind die Konsequenzen guter und böser Handlungen und fühlt nach, wie es ist, Verständnis oder Gleichgültigkeit, Liebe oder Haß zu begegnen. Das Paradoxe daran ist, daß das Kind solche Spiele für sich allein braucht, um seine Fähigkeit, mit anderen zusammenzusein, zu entwickeln.

Nähe und Abhängigkeit, lange und vertraute Beziehungen zu anderen, kreatives Spiel – das sind einige der Grundlagen für das Gute. Aber trotzdem haben wir bisher nur den ersten Schritt gemacht, und zwei weitere sind noch zu gehen. Es genügt nicht, Einfühlungsvermögen zu entwickeln, wir müssen auch verstehen, was wir fühlen, und diese Einsicht auf unsere Handlungsweisen wirken lassen.

Ich treffe viele Kinder, die sich manchmal dumm oder gedankenlos gegenüber anderen Menschen verhalten. Sie können sich gefühlskalt und wenig einfühlsam geben, aber wenn man sie näher kennenlernt, dann entdeckt man, daß dort nicht das Problem liegt. Sie fühlen in Wirklichkeit ziemlich viel, haben aber nie gelernt, diese Gefühle zu ordnen. Statt dessen sind sie verwirrt von allem, was sie fühlen, und verhalten sich darum oft völlig gegensätzlich. Wenn sie einem kleinen Kind zeigen wollen, daß sie es mögen, dann umarmen sie es so fest, daß es weh tut und das Kind zu schreien beginnt. Von der Reaktion überrascht, schubsen sie das Kind fort, so daß es hinfällt und sich stößt. Wenn sie einem Erwachsenen die Wange streicheln wollen, dann wird eine Ohrfeige daraus, und weder das Kind noch der Erwachsene verstehen, was geschehen ist.

Für alle ungeliebten Kinder sind darüber hinaus alle Gefühle gefährlich, die Hingabe oder Zulassen ausdrücken. Wenn man sich an jemanden bindet, dann tut es doppelt weh, ihn zu verlieren. Es gibt eine Grenze, wieviel Enttäuschungen im Leben man ertragen kann. Deshalb kann man bei solchen Kindern eine Art Ambivalenz beobachten – wenn sie jemandem gegenüber Vertrauen spüren, dann stoßen sie ihn doppelt so heftig von sich, damit das Gefühl nicht beantwortet werden kann, denn es ist trotz allem noch einfacher, einsam und ungeliebt zu sein, als neue Hoffnungen aufzubauen, die dann doch nur enttäuscht werden.

Man arbeitet in der Behandlung mit solchen Kindern dann so, daß man versucht, Brücken zwischen Gefühl und Einsicht zu bauen, um dem Kind ein Verständnis seiner Gefühle zu ermöglichen. Das kann ein langer und mühsamer Prozeß sein, wenn es nicht wenigstens schon ein paar gut verankerte Brükkenpfeiler gibt. Eigentlich müßte aber diese Verbindung im Zusammenspiel zwischen Eltern, Kindergärtnerinnen, Lehrern oder anderen wichtigen Personen und dem Kind stattfinden. Das grundlegende Material für eine solche Brücke ist nämlich der ständige Dialog.

Dieser Dialog beginnt bereits im Mutterleib: die Mutter, die kleine Melodien für das Kind singt, der Vater, der mit dem Ohr am dicken Bauch liegt, zuhört, die Bewegungen spürt und anfängt, mit dem Kind zu sprechen.

Dann die Momente am Wickeltisch, die Spiele, das antwortende Lachen. Eltern, die mit ihrem Kleinkind sprechen, heben ihre Stimme in eine Lage, die, wie man festgestellt hat, für das Kind besonders leicht aufzufassen ist. Sie warten auf die »Sprachsignale« des Kindes, durch Körper oder Mund geäußert, und beantworten sie dann. Sie nehmen sie nicht bloß zur Kenntnis, sondern antworten so, daß das Kind verstehen kann und zu neuen Äußerungen ermuntert wird.

Die Sprache, die ein Kind in einer harmonischen Mutter- oder Vaterbeziehung entwickelt, ist in der letzten Zeit viel erforscht worden. Es ist eine intuitive Sprache, die die Eltern sich aneignen, ohne sie in einem Seminar gelernt zu haben – außer der guten Schule, selbst einmal Kind gewesen zu sein. Die Eltern, die am besten mit ihrem Kind reden können, sind die, die auch selbst auf dieselbe Weise ermuntert wurden, als sie klein waren.

Wenn der Kontakt zwischen den Eltern und dem Kleinkind gestört ist, werden Sprache und Gespräch sehr stark davon beeinflußt. Es gibt Wissenschaftler, die der Ansicht sind, daß eine einfache Videoaufzeichnung von einem Moment am Wickeltisch und beim Füttern ein sehr gutes Bild davon geben kann, wie das Verhältnis zwischen Kind und Eltern ist, auch wenn die Eltern wissen, daß eine Aufzeichnung stattfindet, und es ihnen vielleicht schwerfällt, »natürlich« zu sein.

Gegen Ende des ersten Jahres wird die Sprache verbalisiert:

»Wer ist das?« – »Oa«

»Ja, das ist Opa, und siehst du, wen er dabeihat?« – »Au«

»Ja, genau, den Wauwau hat er mit. Wo ist die Oma?« – »Oe«

»Sie ist zu Hause, sie kommt später. Und wo ist die Mama?« – »Dada«

»Ja, da steht sie. Und der Papa?« – »Da«

»Ja, da bin ich, das hast du gewußt, du hast mich gesehen.«

Die Eltern halten das Gespräch in Gang und übersetzen die Antworten des Kindes, geben ihnen einen wahrheitsgemäßen

Inhalt und machen dem Kind gleichzeitig Vorschläge, wie es Personen und Dinge nennen kann, wenn es dazu Lust hat.

Das Gespräch wird gemeinsam entwickelt, solange das Kind noch nicht deutlichere Ausdrucksmöglichkeiten dafür hat, was es fühlt oder denkt. Dann sagen die Eltern vielleicht:

»Bist du nun traurig, weil du nicht mehr Süßigkeiten bekommst?«

»Bist du traurig, weil er mir das getan hat?«

»Bist du enttäuscht, weil du nicht mit einkaufen gehen durftest?«

»Warst du erstaunt, weil dich die Oma geweckt hat?«

»Bist du nun fröhlich?«

Die Eltern haben gesehen, daß das Kind mit einem Gefühl reagiert, und machen nun Vorschläge, wie ein solches Gefühl genannt werden kann. Es ist ja nur eine Idee, ein Vorschlag, keine Vorschrift. Das Schlimmste, was Kinder kennen, sind ja Erwachsene, die immer schon zu wissen glauben, was das Kind fühlt, bevor es das selbst weiß:

»Versuch es nicht, ich sehe, daß du böse bist!«

»So ein Blödsinn, ich weiß, daß du Erbsensuppe magst, du hast sie schon oft gegessen, also los, iß!«

»Ich weiß, daß du Angst hast vor der Pockenimpfung, aber alle Kinder müssen dorthin, und nun gehen wir hin und lassen es machen.« (Eltern haben oft mehr Angst vor der Pockenimpfung als Kinder und übertragen dann ihre Furcht auf das Kind.)

Die Erwachsenen, die solche Antworten geben, haben alle gemeinsam, daß sie behaupten, alles zu wissen, und deshalb auch glauben, das Kind zurechtweisen zu dürfen. Das ist ein schwieriges Problem, eine Gratwanderung. Die wichtigste Regel ist, wie ich glaube, dem Kind zuzuhören, es zu ermuntern, selbst Worte für seine Gefühle zu finden und sich selbst zu formulieren und dann gutzuheißen, was das Kind gesagt hat, ohne weitere vernünftige Verbesserungen vorzunehmen. Sogar im hohen Erwachsenenalter fällt es mir noch schwer, mit Menschen einig zu sein, die besser als ich zu wissen glauben, was ich fühle und meine.

Aber gleichzeitig ist es natürlich wichtig für ein Kind, zu lernen, daß es mit den Eltern nicht nach Belieben umspringen kann. Alle Kinder prüfen die Grenzen dessen, was geht und was nicht geht. Alle Kinder testen auch die Möglichkeiten der Lüge – was kann man erreichen, indem man sich nicht so sehr an die Wahrheit hält? Kann man noch eine Viertelumdrehung weiter gehen, ohne daß die Eltern es merken?

In solchen Situationen versuche ich deutlich zu machen, daß ich nicht bei irgendwelchen kleinen Betrügereien mitmache (wenn es nicht im Spiel ist natürlich, denn ein bißchen Humor kann nicht schaden). Wichtig ist, daß man die Grenze wirklich ganz genau zieht, aber in einer Form, daß das Kind sein Gesicht wahren kann. Auf keinen Fall darf man das Kind erniedrigen oder es vor Geschwistern oder Freunden demütigen. Es genügt völlig, daß das Kind merkt, daß ich etwas gemerkt habe. Manchmal braucht man nicht einmal ein Wort über die Sache zu sagen, vor allem muß man keine Moralpredigten halten, denn in Fragen der Moral haben wir Kindern nicht viel voraus.

Der entwickelte vertrauensvolle Dialog setzt Nähe voraus. Ich muß als Vater oder Mutter so nah sein, sowohl körperlich als auch geistig, daß ich entdecken und verstehen kann, was sich in dem Kind rührt. Das bedeutet, daß ich gesehen haben muß, was geschehen ist, und daß ich auch den Hintergrund kenne.

Dies ist unser großes Dilemma – wir sind da, aber sind doch nicht da. Wir sind vielleicht auf unserem Platz in der Nähe des Kindes, befinden uns aber so weit über seinem Kopf, daß wir nichts sehen oder hören. Oft sind wir auf dem Weg irgendwohin, und Gedanken und Pläne wirbeln in unserem Kopf herum: »Warte, ich komme gleich.« Kinder erleben Eltern oft als zerstreut, rastlos und schwer einzufangen.

Die schwedische Zeitschrift »Wir Eltern« stellte einer Jury von sieben Kindern die Frage, ob Erwachsene Kindern zuhören. Emma, neun Jahre alt, antwortete: »Nein, das glaube ich nicht. Man muß ja schon schreien, um gehört zu werden. Erst wenn man so richtig böse wird, fangen sie an, zuzuhören.

Manchmal ist es so, als wollten sie uns gar nicht zuhören. Wenn Emil und ich uns streiten, dann sagen sie immer, daß ich als Älteste die Verantwortung übernehmen muß. Aber ich finde das nicht richtig. Ich muß ja nicht verantwortlich sein, wenn er anfängt. Und so ist es oft!«

Olle, zwölf Jahre alt, antwortete:

»Meistens tun sie das wohl. Aber es kommt vor, daß sie nur nicken und ›hm‹ sagen, und hinterher wird klar, daß sie nicht ein einziges Wort von dem gehört haben, was man gesagt hat. Dann muß man hingehen und sie anschauen und sagen, daß man etwas hat, was man sagen möchte...«

Emma und Olle berichten von Erfahrungen, von denen ich weiß, daß viele Kinder sie machen. Die Erwachsenen hören zu, aber sind doch nicht bei der Sache. Und da ist es dann schwer, einen wirklichen Dialog in Gang zu halten. Ich fühle mich in dieser Sache selbst betroffen, denn ich bin auch oft so ein zerstreuter Vater, der »Hm« sagt und das Kind bittet, ein wenig zu warten, vor allem, wenn ich viel zu tun habe.

Agneta, meine Frau, kann viel besser ungeteilt und aufmerksam im Kontakt mit Kindern sein als ich. Sie hat genausoviel zu tun wie ich, aber sie hat die Fähigkeit, die Dinge hintanzustellen, die gerade nicht gemacht werden müssen, damit sie ein wenig Ruhe hat. Ich versuche von ihr zu lernen, bin aber noch nicht sehr weit gediehen damit. Ob das etwas mit dem Geschlecht zu tun hat? Das wäre vielleicht ein Trost, aber es fällt mir schwer, daran zu glauben.

Man braucht dazu Selbstdisziplin. Man muß dem Kind Zeit zuteilen, die nur für es allein bestimmt ist. Odd Engström, einer unserer Minister, hat einmal in einem Interview erzählt, daß er in seinem Kalender manchmal Termine für ein Treffen mit Odd Engström, also mit sich selbst, vereinbart. Und ich kenne termingebundene Väter, die ebenso Zeit für ihre Kinder einteilen. Darüber kann man lächeln, gewiß, aber der Gedanke dahinter scheint mir gesund zu sein. Kinder sind auch ehrenwerte und respektable Menschen, die manchmal das Recht auf meine ungeteilte Zeit und Aufmerksamkeit haben. Sie sollen nicht mit kurzen Momenten abgespeist werden oder mit Zeit, die übrig ist, denn bei vielen Menschen bleibt heutzutage keine Zeit mehr übrig.

Das Gutenachtsagen auf der Bettkante ist eine wichtige Möglichkeit, um Kontakt zwischen Eltern und Kindern zu schaffen, alle losen Fäden des Tages zusammenzusuchen, das zu klären, was ungeklärt blieb, und Streit und Ärger zu vergessen.

Das habe ich von meiner eigenen Mutter gelernt. Wir waren ja sieben Geschwister, und sie konnte unmöglich genügend Zeit für jeden einzelnen haben. Aber solange ich denken kann, scharte sie alle, die zuhören wollten, zu einer gemeinsamen Gutenachtgeschichte um sich. Auf diese Weise hörten wir viele Märchen und Kindergeschichten. Dann ging jeder in sein Bett. Aber bevor wir einschliefen, machte meine Mutter noch eine Runde und kam immer zu jedem von uns, zu einem nach dem anderen. Manchmal ging es sehr schnell, dann wieder nahm sie sich mehr Zeit. Aber das Wichtige war, daß sie immer kam. Es lohnte sich, dazuliegen und eine Weile zu warten, auch wenn man müde war.

Ich habe versucht, es genauso zu machen, da ich weiß, wieviel Bedeutung es für mich als Kind hatte. Da ich acht Kinder habe, habe ich mich auf diese Weise durch große Teile der Kinder- und Jugendliteratur gelesen. Und es war auf jeden Fall der Mühe wert, denn es gibt wunderbare Bücher, die den Erwachsenen genausoviel geben wie den Kindern.

Da die Kinder unterschiedlichen Alters sind und verschiedene Interessen haben, habe ich oft jedem Kind einzeln vorgelesen. Meistens lege ich mich zu dem Kind ins Bett, wir lesen, singen manchmal ein paar Lieder, und dann machen wir das Licht aus. Bei den kleinsten Kindern bin ich immer so lange geblieben, bis sie eingeschlafen waren, und wenn sie dann ungefähr fünf Jahre alt waren, haben sie meist erklärt, daß sie nun besser einschlafen können, wenn ich gehe und die Tür einen Spalt offenstehen lasse.

Außerdem habe ich mich dazu entschlossen, niemals ans Telefon zu gehen, wenn ich Kinder ins Bett bringe. Wenn ich mit den Kindern allein zu Hause bin, nehme ich einfach nicht ab, sondern lasse es klingeln. Es würde die ganze Gutenachtatmosphäre stören, und ich möchte den Kindern deutlich machen, daß sie nun im Zentrum stehen. Wenn ich Patienten untersuche, nehme ich ja auch kein Telefongespräch an, sondern bitte, zurückrufen zu dürfen.

Als Allan Larsson schwedischer Finanzminister wurde, wurde er von einem Fernsehreporter gefragt: »Sie haben kleine Kinder, wie soll es nun mit denen werden, wenn der Vater Finanzminister wird?« Er antwortete: »Ich habe mit dem Ministerpräsidenten darüber gesprochen und habe ihm gesagt, daß ich nur Finanzminister werden kann, wenn ich weiterhin jeden Abend meinen Kindern die Gutenachtgeschichte vorlesen kann.«

Wenn ich so etwas höre, freue ich mich, in Schweden zu leben. Gleichzeitig dachte ich bei mir, daß das nun hoffentlich bedeutet, daß sogar der Ministerpräsident, wenn er abends anruft, von Larssons Frau zu hören bekommt: »Es tut mir leid, aber Allan hat gerade eine wichtige Besprechung mit seinen Kindern. Kann er zurückrufen?«

Es ist also eine Voraussetzung für einen wirklichen Dialog, daß wir Zeit und Ruhe für die Begegnung mit unseren Kindern schaffen. Aber der Inhalt des Gesprächs ist natürlich auch wichtig.

Ein wirkliches Zusammentreffen bedeutet, daß zwei Menschen sich einander ohne allzu viele vorgefaßte Meinungen nähern, daß sie darauf eingestellt sind, zu geben und zu nehmen, und daß keiner von ihnen der Ansicht ist, der Weisheit letzten Schluß für sich beanspruchen zu können. Wenn ein Gespräch wirklich etwas bedeuten soll, dann beinhaltet es auch ein Risiko – wir müssen das Risiko auf uns nehmen, uns zu verändern, unsere Meinung und unseren Standpunkt zu korrigieren und auch die Sicht auf die Welt immer wieder zu erneuern. Das ist leichter gesagt als getan, vor allem wenn es um das Verhältnis zwischen Kindern und Erwachsenen geht. Wie leicht geraten wir in die Position des Besserwissers, das heißt, wir gehen davon aus, derjenige zu sein, der weiß, wie alles eigentlich funktioniert. Wir können verstehen, daß das Kind so oder so fühlt, da es ja eine begrenzte Lebenserfahrung hat, und nun werden wir ihm mal erklären, wie es wirklich ist. Wir sind also verständnisvoll, im besten Fall tolerant und immer darauf eingestellt, zu erklären und richtigzustellen.

Alles das ist natürlich wichtig, aber es bleibt ohne Wert, wenn wir nicht gleichzeitig sehen und zeigen können, daß wir genausoviel von dem Kind zu lernen bereit sind. Erst dann erkennt das Kind, daß es wertgeschätzt wird, daß das, was es sagt, auch Gewicht und Bedeutung hat und daß es sogar den Erwachsenen verändern kann.

Linder, fünf Jahre alt, hat in irgendeinem Versteck eine Maske aus den sechziger Jahren gefunden, die einen sehr verbiestert schauenden Lyndon B. Johnson darstellt. Als er sich plötzlich mit dieser Maske bei uns in der Diele zeigt, erschrecken sich unsere beiden Zwillinge, Signe und Hugo, zu Tode. Sie schreien verzweifelt, und es dauert eine Weile, bis sie wieder beruhigt sind. Linder wird ermahnt, und er ist ja auch selbst ein wenig von der heftigen Reaktion der kleinen Geschwister überrascht. Die Maske wird weggelegt.

Einige Stunden später wiederholt sich das Ganze. Linder kommt mit der Maske vorm Gesicht in die Küche, wo Signe und Hugo in ihren Kinderstühlen sitzen. Die Reaktion ist diesmal noch heftiger, ich habe selten so erschrockene Kinder gesehen. Ich werde sehr böse, stürze auf Linder zu, reiße ihm die Maske runter, nehme ihn hart am Arm, schiebe ihn aus der Küche und werfe die Maske hoch auf einen Schrank. Linder stolpert und fällt hin. Er steht schnell auf, kommt zu mir zurück und schreit mit Tränen in den Augen: »Du schlägst mich ja!«

Nach einigen Minuten haben sich die Zwillinge wieder beruhigt. Ich sehe ein, daß ich – wie Erwachsene es oft tun – die Situation falsch interpretiert habe. Ich dachte, daß Linder es darauf abgesehen hatte, die Geschwister zu erschrecken, aber er hatte vielmehr die Maske aufgesetzt, um durch die Küche damit in den Garten zu gehen. Er dachte, die Kleinen seien im oberen Stockwerk. Vielleicht hat er sich gedankenlos verhalten, aber doch niemals gemein. Ich entschuldige mich.

Als ich abends die Gutenachtgeschichte gelesen habe, liegen wir im Bett und unterhalten uns ein wenig. Ich kann nicht vergessen, was passiert ist, und spreche es nochmals an:

»Es war dumm von mir, daß ich dich so hart angefaßt und dich geschubst habe. Du weißt ja, daß ich dich sehr liebhabe, aber manchmal bin ich auch sehr böse auf dich. Ich glaube, das liegt daran, daß du mir so ähnlich bist. Als ich so alt war wie du, war ich auch so umtriebig und hatte lauter komische Ideen.«

Linder hört diese Auslegung des Geschehens geduldig an. Dann sieht er mich an und sagt:

»Weißt du, als du mich so hart angefaßt hast, da habe ich gedacht, daß du mich schlägst. Kinderärzte tun Kindern nicht weh. Also finde ich, daß du das nicht tun solltest. Nun will ich schlafen.«

An dem Abend kann ich nur schwer einschlafen.

»Wenn ich mit einem Kind spiele oder spreche, dann vereinigt sich ein Augenblick meines Lebens mit einem Augenblick des Lebens des Kindes, und diese beiden Augenblicke haben denselben Reifegrad...Wenn ich böse werde, verstehe ich unsere Verbindung nicht, aber ich vergifte einen wichtigen Augenblick im Leben des Kindes durch einen häßlichen und rachegierigen Augenblick in meinem Leben.«[7]

Manche Eltern haben eine große Fähigkeit, Kindern viele Gefühle zu vermitteln. Sie sind offen und strahlen viel Liebe aus. Sie schaffen Nähe, Sicherheit und Wärme für ihre Kinder, und vor allem in den ersten Jahren ist das sicher ungeheuer wichtig. Dennoch ist nicht gesagt, daß diese Eltern auch genauso gut mit ihren Kindern reden können, vor allem nicht, wenn die Kinder größer werden. Andere Eltern sind vielleicht nicht so

[7] Korczak, Das Recht des Kindes auf Achtung, a. a. O.

gefühlsstark, aber sie sind Meister darin, die Gedanken und Gefühle ihrer Kinder zu lesen und ihnen insofern nahe zu sein, als sie verstehen, was sich in den Kindern bewegt. Diese Eltern haben vielleicht ihre Stärke im Dialog, im vertraulichen Gespräch, im Vermögen, dem Kind dabei zu helfen, seine manchmal chaotischen Gefühle zu verstehen und zu ordnen.

Es ist schwer, alles das gleichzeitig zu sein, und genau deshalb ist es einfacher, wenn man zu zweit ist, um einander zu ergänzen. Aber man kann auch viel Hilfe von anderen Menschen aus der Umgebung des Kindes bekommen – von seinen Eltern, von Kindergärtnerinnen, Lehrern, guten Freunden.

Wir haben nun zwei Schritte auf der Treppe zum Guten gemacht, aber der dritte steht noch aus, nämlich der, sein Gefühl und seine Einsicht in positive Handlung umzusetzen.

Es gibt Kinder und Erwachsene, die Meister darin sind, zu verstehen, wie andere Menschen sich fühlen, und die sehr gut verstehen, was es ist, was sie fühlen, die dieses Wissen aber nur darauf verwenden, anderen weh zu tun. Eben durch ihre Fähigkeit, sich in andere einzufühlen, können sie deren empfindlichste Punkte ahnen, um dieses Wissen dann in gemeinem Spiel auszunutzen. Die Meister im Schlagen und im Quälen gehören in diese Kategorie. Sie müssen selten die brutalste Methode anwenden, sondern kommen mit den diskret und exakt abgeschossenen Giftpfeilen aus – sie wissen, worauf sie zielen müssen. Daher werden sie oft nicht entdeckt, im Gegensatz zu den gröberen und eher ungefährlichen Bösewichten.

Wie kommt es eigentlich, daß ein Mensch seine Fähigkeit des Einfühlens und sein Interpretationsvermögen im guten oder im schlechten Sinne anwendet? Und was können wir als Eltern tun, damit unsere Kinder nicht nur Gefühle und die Möglichkeit, diese Gefühle zu verstehen, erlernen, sondern sie darüber hinaus verwenden, um ihren Mitmenschen Gutes zu tun? Hier kommt die Normenbildung ins Spiel, das, was wir unseren Kindern erklären, damit sie lernen, zwischen richtig und falsch und zwischen gut und böse zu unterscheiden. Viele Menschen sind heutzutage bekümmert über die Regellosigkeit in unserer Gesellschaft und sagen, daß ein Kind nie mehr die Normen kennenlernt, um die herum eine gute Gesellschaft aufgebaut ist.

Sicher ist etwas Wahres daran. Vielleicht sind wir in eine Art Normen-Vakuum geraten, in dem immer weniger Menschen für irgendwelche absoluten Werte einstehen wollen. Früher wurde von den Kanzeln herunter gelehrt. Die Zehn Gebote, Luthers Katechismus und die Lehre Jesu boten ganz deutliche und sichere Fundamente, auf denen man – wenigstens theoretisch – stehen konnte. Gewiß ist im Lauf der Geschichte viel Böses im Namen Gottes geschehen, aber die Bibel hatte doch, ebenso wie der Koran, immer ein klares Urteil in einer ganzen Reihe ethischer und moralischer Fragen zu bieten.

Aber heute sind diese Dokumente für viele Menschen nicht mehr von Bedeutung, ohne doch durch etwas anderes ersetzt worden zu sein. Deshalb muß jeder selbst eine eigene Richtschnur in ethischen Dingen entwickeln, und was für den einen richtig ist, ist für den anderen falsch, und was für mich gut ist, ist für andere böse. Einige gemeinsame Regeln müssen wir haben, und die spiegeln sich in der Gesetzgebung wider. Aber Gesetze lassen sich auf besonders viele Arten in Frage stellen. Für einige ist es rechtens, Steuern zu hinterziehen, wieder andere finden es richtig, die Behörden anzulügen, wenn es um Flüchtlinge oder um die Sabotage von Waffentransporten geht.

Für Kinder ist das leicht verwirrend. Was gilt denn nun? Gibt es nichts Absolutes mehr? Gibt es nichts, für das sich alle Menschen gemeinsam einsetzen? Und warum ist das so?

Viele Erwachsene haben Angst, ihre wirkliche Meinung zu sagen, auch im Gespräch mit Kindern. Man will nicht auf sie einwirken, sie nicht indoktrinieren. Aber genau diese Ängstlichkeit macht es dem Kind so schwer, sich zu orientieren. Es ist für Kinder keineswegs erstaunlich, daß Erwachsene unterschiedliche Ansichten haben und Verschiedenes glauben. Aber es ist schwer zu verstehen, und auch sehr erschreckend, wenn sie überhaupt keine Meinung oder keinen Glauben haben.

Ich bin im Laufe der Jahre weniger vorsichtig geworden. Es gibt vieles, was ich nicht weiß oder woran ich nicht glaube.

Aber wenn das so ist, dann sage ich es und gehe das Risiko ein, daß ich eine andere Meinung annehmen muß, wenn ich mehr über die Sache weiß. Es ist für mich nun viel leichter, dazu zu stehen, daß ich an Gott glaube und daß die Lehre Jesu mich in vielen verschiedenen Zusammenhängen stark beeinflußt hat. Daran ändert auch die Tatsache nichts, daß ich gleichzeitig vielen Vorgängen innerhalb der Kirche kritisch gegenüberstehe, vor allem wenn es um den Dogmatismus und alle die Zusätze geht, die nicht mehr viel mit der von Jesus gepredigten Nächstenliebe zu tun haben.

Die neue Konvention zum Schutz der Kinder hat eine wichtige Aufgabe zu erfüllen. Wenn man diese Konvention gründlich liest, dann findet man dort eine ganze Reihe grundlegender Werte, auf die man sich einigen konnte. Es gibt zum Beispiel dort den Gedanken an die Gleichheit aller Menschen und Kinder, die Ächtung aller Diskriminierung und das Streben nach gewaltlosem und friedlichem Zusammenleben. Der Artikel über die Lehren der Schule gibt klare Richtlinien dafür, welche Werte angestrebt werden sollen.

Ich hatte das Glück, als Repräsentant von »Rädda Barnen« an der neuen Konvention mitarbeiten zu dürfen. »Rädda Barnen« selbst ist zwar eine überparteiliche und religiös neutrale Organisation, aber wir arbeiten doch mit vielen anderen Verbänden zusammen, die ein religiöses Profil haben. Als die Konvention fertig vorlag, sagte ein Mitglied des Katholischen Kinderschutzbundes zu mir: »Diese neue Konvention ist phantastisch, denn sie ist ja eigentlich nichts anderes als die Lehre Jesu von der Nächstenliebe, in die Sprache der Vereinten Nationen übersetzt.« Gleichzeitig sagte einer meiner Freunde aus einem islamischen Land: »Daß wir diese Konvention unterstützen können, beruht darauf, daß alle Prinzipien, die dort angestrebt werden, sich im Koran wiederfinden. Wir finden es bemerkenswert und sind froh darüber, daß ihr in Europa nun reif für die Ideen des Koran zu sein scheint, und wir sehen die Konvention als eine Art Durchbruch an.«

Da wir es nun geschafft haben, uns auf internationaler Ebene auf eine Reihe von Prinzipien für den Umgang der Menschen miteinander zu einigen, wäre es doch schade, wenn wir es nicht wagten, sie in unseren Begegnungen mit Kindern und Jugendlichen in den verschiedenen Orten unseres Landes anzuwenden.

Dennoch: Das, was wir unseren Kindern predigen, wird sie vielleicht schließlich und letzten Endes nicht sehr stark beeinflussen. Ich glaube, daß eine ganze Reihe grundlegender ethischer Werte dem Kind angeboren sind. Begriffe wie Freundschaft, Ehrlichkeit und Gerechtigkeit werden von Kindern viel wichtiger genommen als von Erwachsenen. Es ist jedoch ziemlich sicher, daß sie ihre Fähigkeit zu Freundschaft und ihren Sinn für Gerechtigkeit und Wahrheit nicht von den Erwachsenen haben.

Was Kinder am meisten beeinflußt, sind nicht die Worte der Erwachsenen, sondern ihre Taten. Kinder machen nicht das, was wir sagen, sondern das, was wir tun. Wenn es um Ethik und Moral geht, dann bin ich eher über die Erwachsenen als über die Kinder beunruhigt. Ein dreizehnjähriges Mädchen sagte einmal zu mir: »Ich hasse es, nach Hause gehen zu müssen und zu essen!«

»Wieso, bekommst du schlechtes Essen?«

»Nein, das ist gut, aber du solltest hören, was da geredet wird! Zuerst mein Vater, er fängt sofort an, von seinem Geschäft zu reden. ›Mit dem kann man überhaupt nicht zusammenarbeiten, der ist nicht ganz dicht, der macht einem das Leben zur Hölle, der ist viel zu gut bezahlt, wo er doch nichts kann.‹ So geht es ungefähr eine Viertelstunde. Nur mein Vater taugt etwas, Gott sei Dank gibt es ihn. Und meine Mutter kann dann auch nicht länger stillsitzen, sie fängt genauso an. ›Der Direktor ist hoffnungslos, der Studiendirektor interessiert sich nur für das eine, na, du weißt schon, der ist völlig inkompetent, der hat Alkoholprobleme.‹ Und dann die ganzen Beziehungsprobleme, die die anderen haben – alle, außer meiner Mutter, versteht sich. Wenn sie nur einmal etwas Positives über irgendeinen Menschen sagen würden!«

Vielleicht hat sie da ein nicht ganz richtiges Bild wiedergegeben, vielleicht hat sie sich selbst ja schon etwas von der Kunst der Schwarzweiß-Malerei angeeignet. Aber vielleicht auch nicht, denn wir reden schon sehr viel dummes Zeug. Und ihr Bild kann eine andere Sache verdeutlichen: Wenn wir in Wort und Tat unentwegt Engstirnigkeit und Lieblosigkeit vorleben, dann spielt es keine große Rolle mehr, was wir als erzieherische Maßnahme zu unseren Kindern und Jugendlichen sagen. Wir müssen also bei uns selbst anfangen, und das kann eine sehr spannende und dankenswerte Aufgabe sein. Da gibt es eine Menge zu entdecken: das Gute und auch das Böse. Zu unseren menschlichen Rechten und Möglichkeiten gehört es, selbst zwischen beiden wählen zu können. Aber sich auf die Seite des Guten zu stellen ist keine einfache Sache, sondern mit harter Arbeit, ständigen Konfrontationen und manchmal bedenklichen persönlichen Risiken verbunden. Es steht ruhiger Beschaulichkeit auf die denkbar größte Weise entgegen.

Sich auf die Seite des Guten zu stellen bedeutet nämlich, daß man das Böse sehen und bekämpfen muß, sowohl bei sich selbst als auch bei anderen. Und das heißt, daß man immer die Bereitschaft und den Mut haben muß, Aufruhr zu stiften.

14. Das »durchschaubare« Kind ist seelisch gesund

Eltern brauchen Kontakt mit ihrer eigenen Kindheit

Eine meiner wichtigsten Aufgaben als Kinderarzt ist es, zu entscheiden, ob ein Kind gesund oder krank ist, und die richtige Diagnose zu stellen. Das kann allein bei der Definition von körperlichen Krankheiten schon schwierig werden. So ist es zum Beispiel nicht immer leicht, zu entscheiden, ob eine Halsinfektion mit Antibiotika behandelt werden muß oder ob man noch ein paar Tage warten und die Zeit heilen lassen kann. Wenn es aber um die Entwicklung des Kindes oder um psychosomatische Krankheiten geht, dann ist es um so schwerer. Lehrbücher und wissenschaftliche Literatur bieten hier nur selten ausreichende Hilfe. Jeder Arzt ist letzten Endes auf seine Erfahrungen und sein Einfühlungsvermögen angewiesen. Im besten Fall ist er von klugen Menschen umgeben, die ihm bei der Beurteilung helfen oder ihn auf mögliche Fehler aufmerksam machen können. Ich habe den Vorteil, eine solche offene und vertrauensvolle Arbeitsgemeinschaft eingehen zu können, und meine kleinen Patienten und ihre Eltern haben viel Freude daran.

Um nun beurteilen zu können, ob ein Kind gesund oder krank ist, müssen wir erst einmal klarstellen, was Gesundheit überhaupt ist. Das erweist sich nämlich als schwieriger, als man glauben möchte. Es gibt viele Definitionen von Gesundheit; die einzige, die in irgendeiner Weise international anerkannt ist, ist die der WHO aus den vierziger Jahren. Dort heißt es, daß Gesundheit nicht nur die Abwesenheit von Krankheit bedeutet, sondern außerdem »einen Zustand vollständigen physischen, psychischen und sozialen Wohlbefindens«. Abgesehen davon, daß ein solcher Zustand ein wenig illusorisch zu sein scheint, kann man sich fragen, ob es richtig gesund ist, wenn es einem so gutgeht, wo doch der Rest der Welt so schlecht aussieht. Sind ein gesunder Körper und eine zufriedene Seele ein Zeichen für größere Gesundheit als ein gesunder unruhiger Geist, der mit seiner Unruhe auch den körperlichen Zustand beeinflußt?

Menschen, die gegen Ungerechtigkeit und gegen Böses aktiv vorgehen oder Zukunftsangst haben, laufen immer Gefahr, als krank angesehen zu werden – und dann soll es die Aufgabe des Arztes sein, die Gemüter zu beruhigen. Was gut gemeint ist, wird dann eigennützig, und die Medizin wird eine Religion mit dem Krankenhaus als ihrem Tempel.

Diese Tendenz kann ich in meiner täglichen Arbeit feststellen. Viele Menschen wenden sich an den Arzt, um Hilfe in Lebensfragen zu bekommen, und manchmal fühle ich mich fast schuldig, daß es jemandem nicht gutgeht oder daß er krank ist. Es wird uns eine Allmacht zugesprochen, die wir nicht haben, und die Enttäuschung der Menschen ist groß, wenn sie merken, wie begrenzt unsere Möglichkeiten verglichen mit ihren Bedürfnissen und Erwartungen sind.

In der Kinderpsychiatrie ist man immer mehr bestrebt, »objektive« Kriterien dafür zu finden, ob ein Kind krank oder gesund ist. Die Diagnoselisten mit solchen Kriterien sind publiziert und zugänglich, und sie haben sicherlich ihr Gutes, denn man möchte verhindern, daß einem Kind irgendwelche psychiatrischen Diagnosen erteilt werden, die nur auf ungefähren Begründungen beruhen. Aber die Objektivität hat doch ihre Grenzen. Manches kann man messen, aber anderes (und das ist vielleicht das Wichtigste) entzieht sich doch allen Skalen und Meßmethoden.

Ich nehme selbst die anerkannten Diagnosekriterien zu Hilfe, wenn ich eine formelle Diagnose treffe – es wäre ein grober Fehler, wenn ich das nicht täte. Aber in der täglichen Arbeit, wenn ich ein Kind vor mir sitzen habe und beurteilen soll, was für ein Kind das ist und welche Art von Hilfe es braucht, dann gibt es eine Reihe anderer, viel subjektiverer Beurteilungskriterien, die ich mir ausgedacht habe. Es handelt sich dabei um eher intuitive Methoden, die schwer zu beschreiben sind, vor allem, wenn man sich nicht der Kritik von Fachleuten aussetzen will. Dennoch glaube ich, daß jeder von uns, der mit Kindern arbeitet, solche eigenen Methoden hat, und es schadet nichts, sie ab und zu ans Licht treten zu lassen.

Eine der Eigenschaften, die ein gesundes Kind ausmachen, ist für mich, daß es durchschaubar ist. Wenn ich mit einem Kind spreche oder mit ihm spiele, wenn ich all mein Wissen über Kinder anwende, mein größtes Einfühlungsvermögen und ein wenig Selbsteinsicht, dann glaube ich, in das Kind hineinschauen zu können. Es ist selbstverständlich für mich geworden, Kommentare wie »Ich glaube, ich weiß, was du meinst« oder »Ich fange an zu begreifen, wie du das empfindest« zu geben. Diese Sätze kommen von selbst und werden als echt empfunden, nicht bloß als Teil eines ermüdenden Ärztejargons.

Es passiert dann, daß das Kind mir ein Gefühl oder eine Erfahrung in einer Sprache vermitteln kann, die ich verstehe. Sprache muß nicht nur verbal sein. Ich habe schon in einem Zelt in einem großen Flüchtlingslager gesessen und durch einen Dolmetscher versucht, mit einem erschütterten Kind zu sprechen, das keine richtigen Worte für das Unfaßbare finden konnte, das ihm widerfahren war – und ich habe es doch verstanden. Auf der anderen Seite habe ich schon stundenlang in meiner Muttersprache mit einem verbal begabten und differenzierten Kind gesprochen, ohne irgend etwas zu verstehen.

Was mich manchmal hindert, ein Kind zu durchschauen, oder was das Fenster zum Kind beschlagen oder vereist macht, ist, was wir den Selbstschutz des Kindes nennen. Wenn die Erlebnisse sich allzu tief in die Seele des Kindes drängen, dann schützt es sich, indem es sie verkapselt und auch für sich selbst unerreichbar macht. Und damit verliert es auch die Möglichkeit, diese Erlebnisse mir oder anderen mitzuteilen.

Das Beschlagen oder das Eis auf dem Fenster ist ein mit objektiven Methoden sehr schwer abzulesender Gradmesser für den Umfang des Selbstschutzes. Aber für mich ist es eine der wichtigsten Meßmethoden für wirkliche Krankheit. Meine Auffassung von Gesundheit beinhaltet nämlich, daß ich es als gesünder ansehe, erzählen zu können, was geschehen ist, als es nicht sagen zu können, und als gesünder, seine Erlebnisse durch irgendeine Art von Sprache vermitteln zu können, als das nicht zu können. Ich halte es für gesünder, auf das zu reagieren, was geschehen ist, als Gleichgültigkeit zu zeigen, auch wenn die Reaktion sehr drastisch sein und die Umgebung beunruhigen könnte.

Kinder, die Schweres erlebt haben, weisen oft »Symptome« irgendeiner Art auf. Manche werden unruhig, rastlos, unkonzentriert und aggressiv. Andere werden träge und müde und machen manchmal Rückschritte in ihrer Entwicklung. Wieder andere kommen mit psychosomatischen Symptomen zu mir, sie haben Kopfschmerzen oder Bauchweh, es fällt ihnen schwer zu schlafen und sie wollen nichts essen.

Ich betrachte diese Symptome wie die Signale aus einem Rauchmelder. Plötzlich wird es laut, und der Signalton kann sehr eindringlich sein. Aber ob es sich nun um einen richtigen Brand im Haus handelt oder ob jemand das Essen hat anbrennen lassen oder sich zufällig unter dem Rauchwarner eine Zigarette angezündet hat, wissen wir nicht, ehe wir nachgeschaut haben. Die Stärke und die Tonlage des Warnsignals geben darauf keinen Hinweis.

Natürlich darf ich die Symptome nicht vernachlässigen. Als Arzt ist es meine Aufgabe, festzustellen, wo der Fehler liegt. Ich muß ernsthafte körperliche Krankheiten ausschließen können. Und auch wenn ich konstatiere, daß es sich um eine unruhige Seele in einem gesunden, aber doch gestreßten Körper handelt, muß ich vielleicht trotzdem die Behandlung damit beginnen, daß ich den Körper untersuche, um mich so allmählich tieferen Schichten nähern zu können. Eine andere Reihenfolge würden weder Kind noch Eltern akzeptieren. Ebenso kann man bei psychischen und sozial verursachten Symptomen argumentieren. Vielleicht muß man einem Kind helfen, einen Teil der Reaktionen zu beherrschen, damit es weiterhin in den Kindergarten oder in die Schule gehen kann – in diesem Fall muß der Lärm des

Signals gedämpft werden, damit es für die Umwelt erträglich wird und auch für den, der noch dabei ist, das Feuer zu suchen.

Die Linderung der Symptome ist wichtig, wird aber nie die zentrale Aufgabe sein. Im Zentrum unseres Interesses und Engagements muß vielmehr das eigene Erleben des Kindes sein.

Bei jeder Begegnung mit einem geschädigten Kind sind die folgenden Fragen von Bedeutung:

Wie sieht das Erlebnis aus der Sicht des Kindes aus? Dasselbe Geschehen kann von verschiedenen Menschen unterschiedlich aufgenommen werden. Die Beschreibung durch Eltern oder Freunde kann sicher Hinweise geben, aber nie die eigene Version des Kindes ersetzen.

Wie hat das Kind das Erlebnis verstanden? Das Kind stellt in seinem Erleben die Dinge in einen Zusammenhang, der uns zunächst unbekannt ist. Es kann zum Beispiel Teile des Erlebten aus früheren Erfahrungen wiedererkennen. Das Erlebnis bekommt damit für das Kind einen anderen Stellenwert, als wir annehmen. Andere Teile des Erlebten können in einer symbolischen oder mystischen Übersetzung vermittelt werden.

Welchen Selbstschutz hat das Kind mobilisiert, um sich vor dem Erlebnis zu schützen? Hier gibt es Kinder, die nicht an das denken wollen, was geschehen ist, und Kinder, die ihre Situation auf eine distanzierte, erwachsene Weise interpretieren. Andere schämen sich oder reden von allem möglichen Sonstigen, und wieder andere Kinder bekommen plötzlich irgendwo schreckliche Schmerzen oder werden auf alles und jeden böse.

Wie kann das Kind sein Erlebnis vermitteln? Das Vermögen, auszudrücken, was passiert ist, so daß ich verstehe, was das Kind meint, hängt mit der Stärke des Selbstschutzes zusammen. Aber es kann auch andere Ursachen geben, warum es dem Kind manchmal schwerfällt, sich auszudrücken. Vor allem kleinere Kinder, die es schwer haben, chaotische Erlebnisse zu ordnen, und die noch einen nur begrenzten Zugang zur verbalen Sprache haben, können ihre Erfahrungen oft nur unter Schwierigkeiten wiedergeben. Am besten geht das im Spiel.

Um auf alle diese Fragen eine Antwort zu erhalten, müssen wir das Kind fragen, denn niemand anders kann uns helfen. Wir müssen mit dem Kind sprechen, mit ihm spielen und ihm die Möglichkeit geben, sich auf andere Weise auszudrücken, zum Beispiel durch Malen, Zeichnen, Tanzen, Theaterspielen oder Musik.

Aber um auf diese Fragen Antworten zu erhalten und darüber hinaus zu lernen, wie man mit diesen Informationen umgeht, muß man noch etwas anderes tun: Wir müssen unser eigenes Instrument stimmen: als Eltern, Mitmenschen, Kindergartenpersonal, Lehrer, Ärzte und Psychologen. Wir haben alle verschiedene Rollen im gesellschaftlichen Leben, aber alle treffen wir auf Kinder, die – durch uns oder durch andere – in Schwierigkeiten sind. Allzu häufig konzentrieren wir uns nur auf das äußere Verhalten eines Kindes und versuchen, es zu verbessern, ohne wirklich beurteilen zu können, wie die Situation vom Kind aus gesehen wird. Wir erziehen und disziplinieren, lehren und behandeln, erklären und richten aus. Aber es fällt uns schwer, uns auf die totale Hilflosigkeit und die grenzenlose Kreativität des Kindes einzulassen. Wir sprechen viel von der »Perspektive des Kindes«, haben aber Schwierigkeiten, die wirkliche Bedeutung dieses Begriffes zu erfassen.

Eigentlich sollte es nicht so schwer sein. Wir sind doch alle selbst Kinder gewesen, wir haben doch eine achtzehnjährige Praxis als Kinder! Das sollte uns doch schon einmal ein Stück weiterbringen. Das Problem ist nur, daß wir große Teile unserer Kindheit schon verdrängt haben.

Manchmal treffe ich Eltern, die sagen: »Sprechen wir nicht von meiner Kindheit. Sie war die Hölle.« Dann werde ich natürlich traurig, aber gleichzeitig habe ich doch eine wichtige Information erhalten. Die Eltern, die mit dem Bild ihrer eigenen Kindheit als einer schrecklichen Zeit leben, haben oft auch als

Eltern Probleme. Kinder wecken so viele Erinnerungen in einem, von denen man dachte, sie seien für immer vergessen. Und plötzlich benimmt man sich auf eine Weise, die einen selbst und die Umgebung erschreckt. Dann braucht man Hilfe.

Aber ich treffe auch Eltern, die sagen: »Ich hatte eine gute Kindheit. Es ist vielleicht ein wenig unmodern, das zu sagen, aber ich habe tatsächlich überhaupt keine schlechten Erinnerungen.«

Dann pflege ich zu denken: Die armen Kinder! Denn wenn ich mich nicht daran erinnern kann, wie es war, fünf Jahre alt und am allereinsamsten auf der ganzen Welt zu sein, als niemand verstand, wie ich mich fühlte oder wieviel Angst ich hatte, wie soll ich dann meinen eigenen Fünfjährigen verstehen, wenn er so fühlt? Ich will damit sagen: Solche Erlebnisse sind existentiell, sie gehören zum Leben. Keine Kindheit ist nur glücklich, und es ist dennoch eher selten, daß eine Kindheit durch und durch schrecklich ist. Mit der Kindheit verhält es sich wie mit dem Leben überhaupt – sie hat ihre schönen Stunden und ihre schmerzlichen Erlebnisse, ihre Höhepunkte und ihre tristen Zeiten. Für uns als Eltern ist ein enger seelischer Kontakt mit unserer eigenen Kindheit eine große Bereicherung. Für uns, die wir mit Kindern arbeiten, ist dieser Kontakt eine absolute Notwendigkeit, wenn wir den Kindern nicht weh tun wollen.

Die Frage ist nur, wie schafft man das? Alle, die schon einmal schwere persönliche Krisen durchlebt haben, wissen, wie viele Dinge aus der Kindheit da in einem hochkommen können. Erinnerungsstückchen, die man längst vergessen hatte, brechen plötzlich hervor, wenn man selbst am wenigsten damit rechnet.

Wenn ich früher Vorträge für verschiedene Berufsgruppen aus dem Bereich des Ärztewesens gehalten habe, habe ich manchmal gesagt: »Ich hoffe, daß Sie alle ein- oder am liebsten zweimal in eine richtige Lebenskrise geraten – das sollte sozusagen zu unserer Ausbildung gehören.« Das sage ich heute nicht mehr, weil es doch eine zu saloppe Ausdrucksweise ist. Eine tiefe Lebenskrise ist immer ein Kampf auf Leben und Tod, und es ist nie sicher – vor allem, wenn man keine sachkundige

Hilfe bekommt –, ob man sie übersteht, ohne die Lebensfreude zu verlieren. In einer sehr kritischen Phase meines eigenen Lebens war ich jedenfalls sehr froh und dankbar, daß es solche fachkundige Hilfe gab. Vielleicht ist es aber ein Trost zu hören, daß eine gut durcharbeitete Lebenskrise eine besondere Befähigung für die Elternschaft oder die Arbeit mit Kindern darstellt.

In den Elterngruppen, an denen ich teilgenommen habe, haben wir manchmal von den »drei Wegen zur Kindheit« gesprochen. Das sind:

1. Mit seinen Eltern reden

Es geschieht nicht selten in einer Elterngruppe, daß jemand von einem trotzigen Fünfjährigen berichtet: »Es ist hoffnungslos mit ihm, er will immer seinen Willen durchsetzen. Ich werde dann so ärgerlich. Und ob ich recht habe oder nicht, er geht in sein Zimmer, schlägt die Tür hinter sich zu und legt sich auf sein Bett und weint. Was mache ich falsch?«

Ich frage dann meistens: »Als Sie selbst fünf Jahre alt waren, waren Sie da auch so?«

Der Betroffene sieht mich dann meist fragend an und sagt: »Als ich selbst fünf Jahre alt war? Daran erinnere ich mich natürlich nicht. Oder jedenfalls nicht, wie ich mich damals fühlte.«

»Woran erinnern Sie sich dann?«

»Ich habe einige Erinnerungen, aber das sind bloß vereinzelte Erlebnisse. Ich erinnere mich zum Beispiel daran, wie mein Vater mit einem neuen Auto ankam, es war ein kleiner Renault, er war so stolz. Es war ein Abend, das weiß ich noch, ich erinnere mich an die Abendsonne. Zusammen mit einer Menge anderer Kinder standen wir in einem Kreis auf der Straße um das Auto herum und hörten meinem Vater zu, als er erzählte, wie er es bekommen hatte. Da war ich fünf Jahre alt. Und dann erinnere ich mich, daß ich einmal traurig war, wir hatten Fremde zu Besuch, ich glaube, daß mir irgend etwas passiert war, ich weiß nicht mehr genau…«

»Haben Sie darüber mit Ihrer Mutter gesprochen?«

»Nein, wissen Sie, meine Mutter, das ist ein besonderes Kapitel. Ich will nichts Schlechtes über sie sagen, und wir haben eine Art gefunden, miteinander auszukommen, ohne uns andauernd zu streiten. Wir fahren hin und besuchen sie manchmal, bleiben aber nie über Nacht. Und es ist seltsam, sowie man dort ist, ist man wieder vierzehn Jahre alt, irgendwie wird man in diesem Haus nie älter.«

Es ist schade, wenn sich das Verhältnis zwischen Eltern und Kindern mit den Jahren auf einen formellen Besuchs- und Geschenkeaustausch reduziert. Ich glaube nämlich, daß auch alte Eltern später noch von besonderer Bedeutung sein können. Ich kenne junge Eltern, die in Schwierigkeiten mit ihren Kindern geraten sind und die den Mut hatten, ihre eigenen Eltern um Hilfe zu bitten. Dabei baten sie nicht um Hilfe, ihre Kinder verstehen zu können, sondern suchten einen besseren Zugang zu sich selbst. Wenn die ältere Generation begreift, daß es nun ernst ist, daß ihre mittlerweile erwachsenen Kinder sie brauchen, um eine Reihe unklarer Erinnerungen zu verdeutlichen und um auf diese Weise eine Brücke zwischen der Gegenwart und ihrer eigenen Kindheit zu bauen, dann sind diese Eltern meist dazu bereit.

Ich habe selbst eine solche Erfahrung gemacht. Als ich vor einigen Jahren anfing, über dieses Buch für Väter nachzudenken, da wurde mir klar, daß ich wohl selbst eine Menge Kinder hatte, aber daß der Kontakt zu meinem eigenen Vater immer etwas spärlich gewesen war. Er war ein hingebungsvoller Arbeiter, selten zu Hause und selten in wirklicher Verbindung zu seinen Kindern. Ich mochte ihn, aber er war ein Vater auf Abstand. Ich rief ihn an und erzählte ihm von meinem Problem. Ich sagte, daß ich ihn befragen wolle, und nach einigem Zögern sagte er zu. Wir saßen dreieinhalb Stunden zusammen mit einem Tonband zwischen uns, das die Funktion haben sollte, das Gespräch zu dokumentieren, aber auch uns beide dazu zu bringen, uns zusammenzunehmen und das Gespräch nicht dort festfahren zu lassen, wo es früher schon zu stocken pflegte. Dieses Tonband über das Gespräch mit meinem Vater gehört nun zu meinen kostbarsten Besitztümern.

2. Mit Kindern spielen, lesen und singen

Viele Eltern erleben die Freude der Erinnerung, wenn sie sich lösen und mit ihren Kindern spielen, vor allem, wenn es nicht um irgendwelche pädagogischen Spiele geht, mit denen wir belehrend auf das Kind einwirken, sondern um Spiele aus dem Übergangsraum.

Sich Rollen- oder Phantasiespielen hinzugeben ist auch für Erwachsene ein wunderbares Erlebnis und zugleich eine gute Methode, sich selbst und sein Kind kennenzulernen. Ohne daß wir es merken, befinden wir uns plötzlich wieder in der Spiellandschaft unserer eigenen Kindheit. Da gibt es spannende und immer noch lebendige Pflanzen, die sich gut dazu eignen, in den Garten unserer Kinder umgepflanzt zu werden. Aber der kleine Gärtner muß die Souveränität haben, zu entscheiden, was er haben will. Manchmal entdeckt er winzige Kräuter, die wir selbst übersehen haben. Es gibt bei uns eine reichhaltige Literatur für Kinder, die Perspektiven für jung und alt aufzeigt und sich deshalb gut zum Vorlesen eignet. Eine ganze Reihe von besonders guten Büchern sind, seit wir selbst Kinder waren, erschienen, und so gibt es auch viel Neues für uns zu entdecken.

3. Die Orte der Kindheit aufsuchen

Ein dritter Weg zurück in die Kindheit kann eine Studienexkursion sein: die alten Wege, Spielplätze, Wiesen, Schulwege und Schule aufzusuchen, wenn es sie noch gibt.

Viele Eltern haben mir von solchen Wanderungen in die eigene Geschichte erzählt, die manchmal großen Eindruck auf sie gemacht haben.

In der Begegnung mit einem Kind versuchen wir, durch eine Fensterscheibe in das Kind hineinzuschauen. Auf der Suche nach dem durchschaubaren Kind können die Hindernisse, die wir gesehen haben, zahlreich sein. Eine Fensterscheibe hat zwei Seiten. Es kann Dunst und Eis auf der Innenseite geben, je nach dem Ausmaß des Selbstschutzes, den das Kind angelegt hat. Es kann aber auch Eis auf der Außenseite sein, und das beruht darauf, wie groß unser Selbstschutz gegen unsere eigenen Kindheitserlebnisse ist. Manchmal frage ich mich, ob es nicht das ist, was die Sicht am meisten behindert. Aber es ist schwer zu beurteilen, von welcher Seite die Sicht am meisten getrübt ist. Ernst wird es vor allem dann, wenn wir, die wir mit Kindern arbeiten, unsere Fensterscheibe nicht gut genug geputzt haben, das heißt, wenn wir keine Brücken zu unserer Kindheit geschlagen haben. In dieser Hinsicht möchte ich ganz deutlich werden und betonen, daß viele Scheiben freigekratzt werden müssen, wenn die Kinder in der Begegnung mit uns die Unterstützung und die Ermutigung erfahren sollen, auf die sie ein Recht haben.

Ich denke oft darüber nach, wie wichtig unsere Aufgabe als Eltern ist, wenn es darum geht, die Fensterscheibe zum Kind klar zu halten. Wenn wir jeden Tag darauf achten, daß Dunst und Eis verschwinden, dann wird das Kind sich um die Innenseite kümmern. Wenn das Kind merkt, daß wir immer interessiert sind, hineinzuschauen und seinen Blick aufzufangen, durch Gespräche, Spiele, Vorlesen und Singen, dann wird das Kind unsere Fürsorge beantworten.

Aber wenn wir das Fenster auf der Außenseite nicht sauber halten, dann spielt es keine Rolle, wie sorgfältig das Kind putzt. Es sieht dennoch nicht hinaus, es gibt dann kein Gesicht, das den Blick des Kindes aufnimmt. Und dann kann das Fenster ja ruhig beschlagen oder sogar vereist sein.

Diese gegenseitige Fürsorge um die Sicht durch eine Fensterscheibe hindurch ist vielleicht die wichtigste vorbauende Arbeit, die wir als Eltern leisten können, wenn wir das Kind auf schwere Krisensituationen vorbereiten wollen. Denn hierdurch wird das Bedürfnis des Kindes, verschiedene Arten des Selbstschutzes zu suchen, kleiner. Das Kind, das daran gewöhnt ist, hinaussehen zu können und dort ein Gesicht zu sehen, wird als erstes versuchen, diesen oder einen anderen Blick aufzufangen, wenn die Erde anfängt zu schwanken und Explosionen zu hören sind. Erst wenn es dort keinem Blick begegnet, wenn auf der Außenseite der Scheibe Eis ist, erst dann läßt das Kind die Scheibe auch auf der Innenseite zufrieren.

II.

Kinder in Krisensituationen

15. Das gekränkte Kind

Worunter Kinder am meisten leiden, ahnen wir oft nicht

»Das Kind darf nicht körperlicher Bestrafung oder anderer kränkender Behandlung ausgesetzt werden.«

Das schwedische Verbot aller Formen von Gewalt in der Erziehung stammt von 1979. Die Bestimmung findet man im Elterngesetz, wo auch jede andere kränkende Behandlung eines Kindes verboten ist.

Die Frage ist nun, was mit »kränkender Behandlung« gemeint ist. Der Gesetzgeber rechnet offenbar alle Formen körperlicher Gewalt hier hinein. In den Kommentaren zu diesem Gesetz wird auch »Einschließen« genannt, das heißt, daß das Kind zum Ziel der Disziplinierung in sein Zimmer oder eine Kammer eingeschlossen wird. Oder vielleicht auf dem Dachboden, wie in Ingmar Bergmans Film *Fanny und Alexander*.

Krieg, Folter, sexueller Mißbrauch, die Benutzung von Kindern zu schwerer körperlicher Arbeit – alles das sind grobe Kränkungen der Integrität und der Menschenwürde des Kindes; darüber sind sich die meisten wohl einig. Die Mißhandlung von Kindern und gewöhnliches Schlagen gehören auch hierher. Aber wo die Grenze zwischen der physischen Gewalt, die als Kränkung zu bezeichnen ist, und einer gerechtfertigten Zurechtweisung des Kindes liegt, darüber kann man verschiedener Meinung sein.

Ein Vater setzt ein müdes und wütend schreiendes dreijähriges Kind, das wild um sich schlägt, in sein Bett und sagt: »Nun bleibst du hier, bis du dich ein wenig beruhigt hast!«

Er geht, aber läßt die Tür einen Spalt aufstehen. Ist das eine Kränkung? Ist die Grenze dort überschritten, wo man den Jungen in sein Zimmer schickt, oder dort, wo man ihn mit seinen überwältigenden Gefühlen allein läßt, oder wo man die Tür schließt oder sie abschließt? Ich habe dieses Beispiel in verschiedenen Elterngruppen verwendet. Die Diskussionen darüber pflegen lebhaft zu sein, und die Ansichten gehen meist auseinander.

Ich glaube, daß es gut ist, solche Beispiele aus dem alltäglichen Leben miteinander durchzusprechen, um eine klarere Vorstellung davon zu bekommen, was alles eine Kränkung beinhaltet – wer hat nicht schon einmal ein Kind in sein Zimmer geschickt?

Gleichzeitig kann man natürlich einwenden, daß die Frage falsch gestellt sei und daß man nicht durch die Betrachtung eines äußerlichen Geschehens entscheiden könne, was eine Kränkung sei und was nicht. Entscheidend müsse vielmehr sein, wie das Kind die Situation auffaßt und interpretiert, beispielsweise ob das Kind sich bedroht und gekränkt fühlt oder nicht. In unserem Beispiel werden die früheren Erfahrungen des Jungen mit seinem Vater das Erlebnis für ihn bestimmen – etwa der Tonfall in der Stimme des Vaters, die Härte seiner Hände und der Ausdruck in seinen Augen. Ein Junge weiß aus Erfahrung, daß er schnell wieder aus dem Bett krabbeln und die Tür öffnen kann – dort steht dann der Vater, nimmt ihn auf den Arm und sagt: »Lieber kleiner Freund, wie böse wir beide, du und ich, heute waren. Komm und sitz einen Moment bei mir, dann fangen wir einfach noch mal neu an.«

Ein anderer Junge weiß, daß es, wenn er das täte, einen völlig unkontrollierten Wutausbruch und Schläge geben würde.

Aus der Betrachtung bedrohlicher Situationen wird klar, daß das eigene Erleben des Kindes ins Zentrum der Untersuchungen gestellt werden muß. Kinder können die gleiche Gefahrensituation auf völlig verschiedene Weise interpretieren. Je nach ihren früheren Erfahrungen »lesen« sie die Situation, erwägen, wie bedrohlich sie für sie ist und welche Anzeichen einer Zuspitzung sie befürchten müssen. In jeder gewalttätigen Handlung gibt es eine verborgene Botschaft, die selbst noch schlimmer als die Gewalt sein kann.

Nur das Kind selbst kann uns darüber etwas sagen.

Deshalb ist es ein ernstes Zeichen mangelnden Einfühlungsvermögens, wenn man ein bedrohtes Kind mit den Worten abfertigt: »So schlimm war es wohl nicht, ein bißchen was muß man auf dem Schulhof schon aushalten!«

Die extremen Kränkungen des Kindes müssen unbedingt vom Kind mitgeteilt werden, einerseits als Protesthandlung, andererseits, weil sie uns sagen, wie ernst oder kompliziert das Kränkungserlebnis selbst war. Kinder, die Krieg, sexuellen Mißbrauch oder schwere Mißhandlungen durchlebt haben, berichten uns, wie sich ihre ganze Persönlichkeit und Identität verändert hat. Sie fühlen sich in ein Nichts verwandelt, sie sind niemand mehr, sie haben keine Existenzberechtigung. Schließlich wünschen sie sich nur noch, verschwinden zu können. Sie können sich auch schmutzig und befleckt fühlen, so als ob sie schlecht röchen oder als ob der Geruch und der Schmutz nicht wegzuwaschen wären. Das kann so weit gehen, daß sie schließlich sogar den Peinigern recht geben und sagen: »Wie kann man jemanden wie mich mögen, es ist kein Wunder, daß sie sich an mir vergreifen.«

An dieser Stelle geraten wir in einen gefährlichen und schmerzvollen Kreislauf, da die wachsende Hilflosigkeit und Selbstverachtung des Kindes immer größere Gewalt bei den seelisch geschädigten Menschen hervorzurufen scheint, die solche Arten des Übergriffs begehen.

Ich bin selbst geschlagen worden, sowohl als Kind wie auch als Erwachsener, aber es war doch nie so, daß meine Grundfesten dadurch ins Wanken gerieten. Die ernsthafteste Kränkung, die ich erfahren habe, geschah bei einem Besuch in Beirut 1984. Ich saß eines Nachts unten im Treppenhaus, als unser Wohngebiet schwerem Artilleriebeschuß ausgesetzt war. Die Granaten landeten direkt vor dem Haus, und ich hatte Angst um mein Leben. Man kann ein solches Erlebnis jemandem, der nicht dabei war, nur schlecht beschreiben. Das Dröhnen, die Ungewißheit, die Dunkelheit und die Angst wachsen in einem bis zur Erschöpfung.

Als das Schlimmste in dieser Situation empfand ich die Erniedrigung. Mit welchem Recht versuchten die, uns zu töten? Was hatten wir Schlechtes getan?

Wie konnte jemand versuchen, ganz bewußt Leben auszulöschen, unser Leben, auf diese barbarische Art und Weise?

Krieg zu erleben kann in vieler Hinsicht verglichen werden mit dem Erlebnis einer Vergewaltigung, und viele der Flüchtlinge aus den verschiedensten kriegsverwüsteten Ländern, die ich treffe, stellen eben diesen Vergleich an. Man wird in die erniedrigende Situation des Unterlegenen versetzt, in der jede Bewegung, die man macht, von Männern mit gewalttätigen Mitteln diktiert wird.

Das Erlebnis der Kränkung erhält also seine besondere Schwere durch die Erniedrigung. Aber es ist noch komplizierter, und das hängt zum Teil mit dem Selbstschutz zusammen, den das Kind mobilisiert, um zu überleben und das Schreckliche auszuhalten.

Verschiedene Kinder verwenden einen unterschiedlichen Selbstschutz in verschiedenen Situationen, aber auf eine Form des Selbstschutzes trifft man immer wieder, die ich auch bei erwachsenen Menschen erlebt habe, die gefoltert oder vergewaltigt wurden: Das Kind nimmt die Seele aus dem Körper und plaziert sie irgendwo hoch oben unter dem Dach. Von dieser erhöhten Position aus wird das Kind dann Zeuge des Übergriffes auf den eigenen Körper, der Schläge oder der sexuellen Kränkung.

Das Kind ist zwar dabei, nimmt aber alles sozusagen aus dem Abstand heraus wahr. Es wird sowohl Opfer als auch Zeuge. Auf diese Weise wird der Schmerz gelindert. Er ist nicht weg, aber es ist, als beträfe er nicht das Kind selbst, so, als ginge es um jemanden anders.

Wenn ich einem Kind zuhöre, das von einem Kränkungserlebnis dieser Art berichtet, bin ich oft von widersprüchlichen Gefühlen bestimmt. Das Kind berichtet genau und ausführlich. Ich bin von der Erzählung sehr berührt – wie kann jemand ein Kind so behandeln? Aber das Kind berichtet das Ganze auf eine ganz gewöhnliche, nahezu zerstreute Weise, als ginge es um ein ganz anderes Kind oder vielleicht einen Film.

Was das Kind mir wiedergibt, ist die Erzählung des Zeugen, nicht die des Opfers. Durch das kleine Sichtloch, das das Kind für mich auf der Scheibe freigekratzt hat, sehe ich das Erlebnis des Betrachters. Alles übrige liegt im dunkeln. In manchen Fällen erfahre ich es nie, manchmal wird es erst später im Leben entdeckt und dann unter großen Schmerzen hervorgebracht.

Diese doppelte Betrachtungsweise ist bei Kindern wie auch bei Erwachsenen üblich, denen ernsthafte Kränkungen widerfahren sind. Aber beim Kind hat die Betrachtungsweise des Zeugen eine besondere Bedeutung, die sie genauso wichtig macht wie die des Opfers.

Da ich in der Zeit, als ich in Beirut war, unter ständiger Bedrohung lebte, fragte ich manchmal die Kinder um mich herum: »Hast du keine Angst?«

»Ja, natürlich habe ich Angst«, hat manchmal eines gesagt.

»Hast du Angst zu sterben?«

»Sterben? Nein, davor habe ich keine Angst. Es ist Krieg, da kann es passieren, daß man stirbt, das ist wohl nichts Besonderes.«

»Nicht? Was ist dann etwas Besonderes?«

»Ja, stell dir vor, die anderen würden sterben! Wenn Mama, Papa und meine Geschwister sterben würden! Was soll ich dann tun, wo sollte ich hin?«

Ich verstand, daß Verlassensein und Einsamkeit eine größere Bedrohung für diese Kinder darstellten als die Bedrohung des eigenen Lebens. Und so bekam das Erlebnis aus der Sicht des Zeugen eine andere Bedeutung für mich. Zu sehen, wie der Vater in der Dämmerung von der Miliz geholt oder wie der Onkel am Strand erschossen wird, bleibt als eine schreckliche Erinnerung an die Gefahr der totalen Verlassenheit im Gedächtnis des Kindes haften.

In den Gesprächen, die wir mit neuangekommenen Flüchtlingskindern führen, pflegen wir sie zu bitten, von dem schlimmsten Erlebnis zu berichten, das sie hatten. Sie erzählen dann gewöhnlich von etwas, das einem nahen Verwandten oder einem Freund passiert ist. Manchmal wissen wir, daß das Kind selbst bedroht und mißhandelt wurde, aber es geschieht selten, daß das Kind dieses Erlebnis als das schlimmste nennt. Die Eltern sind oft erstaunt darüber und geben uns dann ihre Beschreibung: »Aber das war doch nur ich!«

Das kann natürlich damit zusammenhängen, daß das Kind die Geschehnisse verdrängt hat oder daß es vermeidet, darüber zu reden, da es dadurch nur an die Erniedrigung erinnert wird. Aber es kann auch sein, daß das, was dem Angehörigen passiert ist, tatsächlich die größere Bedrohung für das Kind darstellte.

Die Arbeit mit Kriegskindern hat mir gezeigt, wie schrecklich die Zeugenerlebnisse für Kinder sind. Möglicherweise ist es genauso schlimm für das Kind, zu sehen, wie die Mutter vom Vater mißhandelt wird, wie selbst mißhandelt zu werden. Zu sehen, wie die Mutter geschlagen wird, ist ein verstörendes Erlebnis. Es erfüllt das Kind mit Schuld und Scham, daß es nicht gewagt hat, die Mutter zu schützen. Darüber hinaus gibt es die ganze Zeit die Gefahr, daß die Mutter sterben könnte und daß das Kind dann mit einem Vater allein gelassen würde, dem es nicht vertrauen kann.

Als Arzt habe ich die Pflicht, sofort der Sozialfürsorge zu melden, wenn ich höre, daß ein Kind mißhandelt wird. Ich bin der Meinung, daß diese Pflicht auch dann gilt, wenn ein Kind Zeuge einer ernsten Mißhandlung im Elternhaus wurde.

Aber an dieser Stelle wird es schwierig für viele von uns. Nach den Gesprächen zu urteilen, die ich mit Kindern geführt habe, ist die Rate der Gewalttätigkeiten in heutigen Familien sehr hoch, auch in den sogenannten »gewöhnlichen« Familien, die sich nach außen so schön geben. Am Freitagabend, nach einem Bier oder einer Flasche Wein, wenn alles so gemütlich sein könnte, da geht es manchmal hoch her, und die Hand rutscht leicht aus. Viele Erwachsene werden dann geschlagen, wenn es niemand sieht – außer dem Kind. Am häufigsten kommt es vor, daß der Vater die Mutter schlägt. Aber ich habe auch einige Kinder getroffen, für die das größte Problem ihres Lebens war, daß die Mutter den Vater schlägt und ihn auf verschiedene Weise bedroht. Ein Mädchen berichtete mir von einem Erlebnis, als die Mutter den Vater mit einem Küchenmesser bedroht hatte. Sie war damals sehr erschrocken und hat sich zwischen die beiden geworfen. Als ich das Geschehene mit den Eltern besprach, waren beide sehr verstört. Die Mutter gab zu, mit dem Messer herumgefuchtelt zu haben, aber keiner von ihnen hatte die Situation als so gefährlich aufgefaßt wie das Mädchen. Dennoch frage ich mich, ob nicht das Mädchen die richtigere Auffassung hatte.

Ich kann mir vorstellen, daß wir als Eltern vorsichtiger darin werden, Mittel der Gewalt gegeneinander anzuwenden, wenn wir wissen, wie bedrohlich solche Ereignisse sich für unsere Kinder darstellen können.

Die Tatsache, daß die Zeugenperspektive für das Kind solches Gewicht hat, macht es ihm auch schwerer, Situationen zu verarbeiten, in denen es selbst gekränkt wurde. Der beschriebene Selbstschutz, bei dem sich das gekränkte Kind in die Perspektive des Zeugen versetzt, funktioniert bei Erwachsenen nicht so gut wie bei Kindern.

Zeuge zu sein ist für ein Kind schon schrecklich genug. Am schrecklichsten aber ist es, wenn die Kränkung von seinen eigenen Eltern ausgeht.

Was sieht ein achtjähriges Mädchen, wenn es sich selbst aus der Zeugenperspektive heraus von seinem Vater sexuell mißbraucht oder ausgenutzt sieht? Es sieht sich selbst als ein völlig hilfloses Opfer in einer erniedrigenden Situation, ohne jede Möglichkeit, sich zu wehren oder zu fliehen. Es sieht auch seinen eigenen Vater, der doch sein Schutz und wichtigster Garant für seine Sicherheit sein soll, sich in einen Angreifer verwandeln. Und im schlimmsten Fall sieht es auch noch seine Mutter als passive Zuschauerin aus der Entfernung. Diese Veränderung der Eltern zu sehen, das tut mehr weh als der körperliche Schmerz. Wie soll das Mädchen nun noch irgendeinem Menschen trauen können?

Wir wissen, daß Kinder extreme Belastungen wie Krieg oder lebensbedrohende Krankheiten verarbeiten können, ohne ihre psychische Gesundheit völlig zu verlieren, wenn die Eltern in der Nähe sind und das Kind sich mit den Eltern oder zum Beispiel den Krankenschwestern zu einer starken Allianz gegen das Böse zusammenschließen kann. Bei meiner Arbeit als Kinderarzt hat es mich oft verblüfft, welche ungeheuren Kraftquellen ein Kind in solch schweren Lagen mobilisieren kann. Aber wenn die Allianz zusammenbricht, wenn das Kind verlassen wird oder – noch schlimmer – seine wichtigsten Bundesgenossen als Feinde wiederfindet, dann wird es psychisch schwer verletzt. Die Fensterscheibe friert so stark zu, daß es sehr schwer werden kann, sie irgendwann noch einmal wieder freizukratzen.

Kinder sind Kinder auch insoweit, als es ihnen schwerfällt, komplizierte Ereignisverläufe zu überblicken. Sie haben eine Anzahl ungeklärter Erlebnisse in ihrer Vergangenheit, und dies läßt eine ernsthafte Kränkung noch viel schlimmer werden, als das bei einem Erwachsenen der Fall wäre. Alles wird für das Kind chaotisch und unmöglich zu verstehen. Ein Kind hat auch weniger Kontakte außerhalb der Familie als der Erwachsene und hat es daher viel schwerer, eine verlorene Allianz innerhalb der vier Wände zu Hause durch andere Bündnisse außerhalb zu ersetzen.

Alles das läßt ein und dieselbe Kränkung, wenn der erwachsene Betrachter sie überhaupt sieht, für das Kind völlig andere und schicksalhaftere Folgen haben, als der Erwachsene annimmt. Ein und derselbe Schlag ins Gesicht ist doppelt so hart für ein Kind und dreimal so hart, wenn er von den eigenen Eltern ausgeteilt wird.

Deshalb müssen wir ernsthaft darüber nachdenken, wie viele Kränkungen ein Kind aushält. Denn alle Kinder werden manchmal gekränkt, auch meine eigenen. Die Frage ist nur, wie oft dies geschieht und was wir in die andere Waagschale legen können.

Für mich ist offensichtlich, daß jede Form von Schlägen verboten sein muß, auch Ohrfeigen und leichte Schläge auf den Po. Ende der siebziger Jahre war ich aktiv an der Debatte über Kindesmißhandlung beteiligt und habe mich immer dafür eingesetzt, daß in das Gesetz ein Gewaltverbot für Eltern eingebracht wird. Ich habe meine Ansicht hierüber seither nicht geändert – eher verstärkt.

Es haben mir so viele Kinder berichtet, wie schrecklich es für sie ist, geschlagen zu werden. Auch viele Erwachsene haben mir das gesagt. Auch die Schläge, die ich selbst bekommen habe, auch wenn es nicht viele waren, haben doch ausgereicht, daß ich verstehen kann, wovon die Kinder reden, wenn sie von Erniedrigung sprechen und von dem Haß und der Verachtung, die sie gegen die empfinden, die sie schlagen.

Manche meinen, daß das Verbot von Gewalt keinen Effekt gezeigt habe. Und sicher ist es richtig, daß Kinder nach wie vor Gewalt ausgesetzt sind, auch mehr als zehn Jahre nach Inkrafttreten des Paragraphen. Auch in den letzten Jahren sind Kinder zu Tode mißhandelt worden. Aber ich bin der Meinung, daß es einige Gründe für den Paragraphen gibt und daß wir uns immer aufs neue mit Mut und Einfühlungsvermögen an ihn erinnern sollten. Es gibt einen deutlichen Zusammenhang zwischen Gewalt und einer fortgeschrittenen Kindesmißhandlung. Diejenigen, die generell gewalttätig sind, mißhandeln auch ihre Kinder am meisten. In vielen Fällen, in denen in den letzten Jahren ein Kind zu Tode mißhandelt wurde, hat sich der Täter damit verteidigt, daß er das Kind habe erziehen wollen und daß er nur etwas zu hart zugelangt habe.

Alle Menschen vergehen sich manchmal, in Worten oder in Taten. Manch einer, der sich vorgenommen hat, sein Kind nicht zu schlagen, gibt ihm vielleicht doch mal in einer angespannten Situation einen kleinen Schlag auf den Po. Danach ärgert er sich und bedauert den Vorfall. Er bittet das Kind um Verzeihung und gelobt sich selbst, es nie wieder zu schlagen. Mir ist das selbst oft passiert, und man hört von vielen Eltern ähnliche Geschichten. Ich war damals dreiundzwanzig Jahre alt, mein Sohn war ein Jahr alt und ließ mich keine Nacht schlafen.

Wer im alltäglichen Leben Kindern auf die Finger schlägt oder ihnen einen Klaps gibt, läuft Gefahr, die Gewalt zu steigern, wenn er mal wirklich wütend ist. Plötzlich gibt es einen Schlag ins Gesicht, im schlimmsten Fall mit der geballten Faust. Oder der Zeigestock wird hervorgeholt.

Die Gewalt im Alltag auf das allerniedrigste Maß zurückzunehmen ist deshalb die beste Methode, ein Kind auch in schwierigen Situationen zu schützen.

Wir wissen auch, daß es bei der Kindesmißhandlung immer wieder dieselben Muster gibt, die sich wiederholen. Wer sein Kind schlägt, ist meist auch selbst als Kind geschlagen worden. Andersherum gesehen ist es sehr ungewöhnlich, daß jemand, der ohne Gewalt aufgewachsen ist, auf diese als Mittel zur Erziehung zurückgreift. Nicht einmal in beengten Situationen pflegen diese Menschen Gewalt anzuwenden. Wenn ich also nicht will, daß meine Kinder als Erwachsene einmal ihre Kinder schlagen, dann tue ich gut daran, auch selbst nicht zuzuschlagen. Eine gewaltfreie Erziehung ist die beste Impfung, die ich einem Kind gegen die Versuchung geben kann, selbst Gewalt anzuwenden. Vielleicht müssen wir aber eine oder ein paar Generationen warten, um den vollen Effekt solcher die Gewalt verbietenden Gesetze zu erkennen.

Bereits jetzt hat das Gesetz gegen Gewalt in der Erziehung dazu geführt, daß die Kinder selbst ihre Rechte wahren, zumindest Schulkinder. Alle Kinder wissen, daß Erwachsene sie nicht schlagen dürfen. Manchmal müssen wir sie daran erinnern, daß auch Kinder Erwachsene nicht schlagen dürfen.

Früher – so pflege ich in meinen Diskussionen mit Kindern zu sagen – war man in diesem Punkt ungerecht. Früher durften Erwachsene Kinder schlagen, aber Kinder durften nicht die Erwachsenen schlagen. Nun ist alles gerecht – niemand darf niemanden schlagen. Das ist gut, denn nun müssen wir eine andere Weise finden, miteinander umzugehen.

Kinder wehren sich also heute, wenn sie geschlagen werden. Nicht immer, natürlich, aber doch öfter als früher. Manchmal wagen sie nicht, zu protestieren, manchmal tun die Eltern ihnen leid. Ein sechzehnjähriges Mädchen erzählte mir vor einigen Jahren, daß sie oft von ihrem Vater, der Pfarrer war, geschlagen wurde. »Er wußte es nicht besser«, sagte sie. »Ich finde es nicht gut, aber er ist selbst nur ein armer hilfloser Kerl. Sie dürfen ihn nicht anzeigen. Ich habe beschlossen, noch die paar Jahre auszuhalten und dann von zu Hause auszuziehen.«

Aber Kinder zeigen ihre Eltern heute öfter als früher selbst an. Sie rufen die Sozialfürsorge an oder gehen in der Schule zu einem Lehrer, dem sie vertrauen. Das ist gut, und im günstigen Fall ist das die Hauptursache dafür, daß die Zahl der angezeigten Fälle von Kindesmißhandlung in den letzten zehn Jahren gestiegen ist. Ich bin nicht sicher, ob das eine ausreichende Erklärung ist, denn in derselben Zeit haben wir auch eine Brutalisierung unserer Gesellschaft feststellen können, verbunden mit einer Steigerung maßloser Gewalt. Die Fälle der gewalttätigen Handlungen haben sich vielleicht nicht vermehrt, aber was geschehen ist, ist brutaler geworden. Das kann ich jedenfalls von meinem Standpunkt aus feststellen, wenngleich ich weiß, daß einige der Leute, die solche Fälle untersuchen, dies bezweifeln.

Wie auch immer es sich hiermit verhält, so ist doch offensichtlich, daß die Kinder sich heute ihrer Rechte bewußt sind, und das sehe ich als einen großen Fortschritt an.

Der Erlaß zum Gewaltverbot hat auch in anderer Hinsicht eine positive Auswirkung gehabt. Viele Eltern haben mir erzählt, daß sie ihn in ihren Diskussionen mit ihren Partnern benutzt haben. Wenn man sich kennenlernt, ist man in vielen Dingen meist einer Meinung. Aber wenn dann Kinder kommen, zeigt sich oft, daß man in einer Reihe ethischer Fragen unterschiedlicher Ansicht ist, und die Streitpunkte kommen zutage, wenn man die Erziehung des Kindes diskutiert. Zwei Elternteile können zum Beispiel völlig unterschiedlicher Ansicht sein, wenn es um Schläge oder andere Methoden geht, das Kind zu disziplinieren oder zu bestrafen. In solchen Situationen haben Eltern, die keine Gewalt anwenden wollten, oft den Gewaltparagraphen in ihrer Argumentation verwendet, und das hat ihnen sehr geholfen. Es ist schwer, sich in einer Diskussion über Erziehungsmethoden gegen einen vielleicht verbal sehr geschickten Partner durchzusetzen. Da kann es dann leichter sein zu sagen: »Nun gibt es ja ein Gesetz, das Gewalt verbietet. Ich glaube, daß wir damit anfangen können, uns an dieses Gesetz zu halten. Ich möchte nicht, daß in meinem Hause das Gesetz gebrochen wird.«

Dasselbe Argument verwende auch ich übrigens ab und an, nicht bei mir zu Hause, sondern in Diskussionen mit Befürwortern der Gewalt. Ich habe das zum Beispiel in einer Reihe von Gesprächen mit Flüchtlingsfamilien gesagt. Das kann sehr weit führen, wenn man in eine Diskussion über kulturelle Eigenheiten oder verschiedene Arten der Kindererziehung verwickelt wird. Es ist auch nicht immer gesagt, daß es eine gute Diskussion wird, vor allem nicht in angespannten Situationen. Dann ist es leichter und zugleich neutraler, sich an das Gesetz zu halten. Und meine ganz klare Auffassung ist, daß alle, die in unserem Land leben, versuchen sollten, nach den Gesetzen zu leben, die wir hier haben.

Es gibt viele Mißverständnisse, die Flüchtlingsfamilien und die Anwendung von Gewalt betreffen. Es gibt zum Beispiel in Schweden eine Tendenz, auch klare Mißhandlung in kulturellen Terminologien zu erklären. Aber ich kenne keine Kultur, in der Kindesmißhandlung zugelassen wäre. Die Anwendung von körperlicher Gewalt variiert gewiß, aber daß es in anderen Ländern üblich wäre, Gewalt anzuwenden, ist sicher nicht richtig. Es gibt heutzutage Länder, in denen Gewalt gegen Kinder alltäglicher ist, so zum Beispiel in England, Deutschland und einigen südeuropäischen Ländern, aber es gibt auf der anderen Seite Kulturen, in denen Kinder überhaupt nicht geschlagen werden oder wo das als ein grober Verstoß gegen die geltenden Regeln gewertet wird. So ist es bei einer Reihe von Nomadenkulturen, in denen das Kind eine starke Stellung hat und wo man der Meinung ist, daß Schläge gegen Kinder deren gute Geister vertreiben würden.

In den meisten Fällen, wo ich in Flüchtlingsfamilien Gewalt gegen Kinder beobachten konnte, gab es einen direkten Zusammenhang mit den schweren Erlebnissen und der unsicheren Situation der Familie, nicht mit ihrer kulturellen Ausrichtung. Hierzu ist vor mehr als zehn Jahren eine Untersuchung von James und Jane Ritchie in Neuseeland durchgeführt worden.

Die meisten Einwanderer in Neuseeland kommen von den polynesischen Inseln. Bei einigen von ihnen konnte man viele Fälle schwerer Kindesmißhandlung beobachten. Man vermutete kulturelle Erklärungen dahinter, und das Ehepaar Ritchie wurde hinzugerufen, da die beiden als Ethnologen schon längere Zeit die Verhältnisse auf den betreffenden Inseln untersucht hatten.

Sie konnten berichten, daß gerade diese Bevölkerungsgruppe für ihre besondere Art der Kindererziehung bekannt war. Die Kinder hatten eine sehr geschützte Stellung bis zum Alter von drei Jahren. Es wurde bis dahin überhaupt nichts von ihnen verlangt. Außerdem wurde eine Form der kollektiven Elternschaft entwickelt. Die Kinder wußten, wer ihre Eltern waren, und wohnten meist bei ihnen, aber manchmal übernachteten sie in anderen Hütten und bekamen dort auch Essen. Gewalt gegen Kinder war verboten und kam in keiner Weise vor. Nach ihrem dritten Geburtstag sollten die Kinder aktiv an der Versorgung teilnehmen, und es wurde viel von ihnen verlangt. Aber man schlug sie nie. Dieses ganze Gesellschaftssystem brach zusammen, als die Familien nach Neuseeland übersiedelten. Das Netzwerk wurde zerrissen und damit auch das ganze Normensystem – und die Eltern begannen, ihre Kinder zu schlagen.

Ebenso kann es für viele Flüchtlingsfamilien sein, die vielleicht überdies noch schwere, unverarbeitete Erlebnisse zu tragen haben. Diese Familien brauchen Hilfe, aber kein falsches Verstehen von Sozialarbeitern oder anderen, die der Meinung sind, sie würden sich besonders multikulturell verhalten, wenn sie fünfe gerade sein lassen und die Gewalt akzeptieren.

Zur Sicherheit möchte ich hier noch einmal betonen, daß Gewalt gegen Kinder natürlich überhaupt kein charakteristisches Merkmal für Flüchtlingsfamilien ist. Ich bin der Ansicht, daß auch einheimische Familien ebenso der Gewalt zugeneigt sind und daß auch schwedische Eltern, die großem Streß ausgesetzt sind, Gefahr laufen, ihre Kinder zu schlagen.

Eltern fragen mich manchmal, wo denn die Grenze zu körperlicher Gewalt gegen Kinder verlaufe. Darf man ein quengeliges Kind nicht von einem Zimmer in ein anderes schicken? Auch in diesem Falle glaube ich, daß man gut daran tut, seine Intuition anzuwenden und vor allem darauf zu hören, wie das Kind die Situation auffaßt. Die Kinder, mit denen ich gesprochen habe, ziehen eine klare Linie zwischen einer Situation, in der sie vielleicht ohne guten Grund aus dem Zimmer geschickt wurden, und einer anderen, in der sie geschlagen wurden. Die Schläge werden auf eine völlig andere Weise beurteilt als das Fortschicken.

Wenn es schon schwierig ist, in bezug auf körperliche Gewalt die Grenzen zu ziehen, dann ist es um so schwerer, wenn es um psychische Gewaltanwendung geht. Daß es als eine Kränkung aufgefaßt werden kann, wenn ein Kind eingeschlossen wird, haben wir bereits gesehen. Ein aufsässiges Kind in eine dunkle Besenkammer einzuschließen gehörte früher zu den üblichen Erziehungsmethoden. Aber auch in ein Zimmer eingeschlossen oder aus der Wohnung ausgeschlossen zu werden mit den Worten: »Du kannst wiederkommen, wenn du lieb bist«, das empfinden viele Kinder als erschreckend und erniedrigend. Ich glaube, man muß sehr vorsichtig damit sein, ein Kind mit Zwang aus der Gemeinschaft auszuschließen.

Viele Eltern haben sicher schon, so wie ich, im Auto gerufen: »Jetzt sitzt ihr still, sonst müßt ihr aussteigen!« Die meisten Kinder durchschauen das als eine leere Drohung, die nie in die Tat umgesetzt wird, und nehmen es daher gelassen. Wirklich bekümmert war ich, als ich von einem Kind hörte, daß es tatsächlich einmal am Wegesrand abgesetzt worden war. Das Auto mit der übrigen Familie fuhr davon und verschwand in einer Kurve. Nach einer Weile kam es zurückgefahren und holte ein stilles, aber völlig verschrecktes sechsjähriges Kind. Seither habe ich dieselbe Geschichte von zwei weiteren Kindern gehört.

Eine solche Behandlung des Kindes kann nicht anders als eine Kränkung genannt werden.

Eine andere, distinguiertere Art, ein Kind von der Gemeinschaft zu isolieren, ist das Schneiden. Ich denke an die verärgerten Eltern, die sagen: »Ich spreche nicht mehr mit dir, du brauchst keine Fragen zu stellen, ich werde dir nicht antworten, bevor du dich wie ein Mensch benimmst.«

Danach schweigen die Eltern und behandeln das Kind wie Luft, antworten nicht, wenn es sie anspricht – aber sind gleichzeitig betont überfreundlich zu den Geschwistern. Das Kind wird also vorsätzlich in ein Nichts verwandelt. Das ist eine sehr effektive Methode, Kinder zu disziplinieren, denn nichts erschreckt Kinder mehr, als nichts sehende und nicht antwortende Erwachsene und die Gefahr, in ein Niemand verwandelt zu werden. Deshalb wird diese Methode auch in pädagogischen Zusammenhängen angewendet, wo es um Gehorchen und Zuhören geht.

Was man hierbei übersieht, ist die unterschiedliche Auffassung von Zeit bei den Eltern und den Kindern. Die Erwachsenen messen die Periode des Schneidens nach dem, was sie selbst ertragen, und überschreiten dabei leicht die Grenze dessen, was für das Kind auszuhalten ist – und damit auch die Grenze zur Kränkung der Menschenwürde des Kindes.

Die Pädagogen, die Schneiden systematisch anwenden, gehen dabei von der amerikanischen sogenannten »time out«-Methode aus, bei der die Perioden des Schneidens kurz und der Zeitauffassung des Kindes angepaßt sein sollen. Das mag besser sein, aber besonders sympathisch macht es diese Methode doch nicht.

Eine weitere pädagogische Methode, die sich gefährlich nah an die Grenze zur Kränkung wagt, ist die Verantwortungspädagogik, in der das Kind früh lernen soll, Verantwortung für seine Handlungen zu übernehmen. Das Problem mit dieser Methode ist, daß sie bei unerfahrenen Menschen allzuleicht zu einer stereotypen Art werden kann, Strafen zuzumessen.

Ein fünfjähriger Junge hat eine schwere Scheidung miterlebt, die zuvor durch heftigen Streit zwischen den Eltern angekündigt worden war. Der Junge besuchte eine Tagesstätte, in der er sich sicher und zu Hause fühlte. Nach der Scheidung jedoch zogen der Junge und seine Mutter in eine andere Stadt, und der Junge mußte eine andere Tagesstätte besuchen, in der die Verantwortungspädagogik praktiziert wurde.

Eines Tages saßen alle Kinder zusammen im Spielzimmer und hörten eine Kassette. Es wurde »Emil in Lönneberga« gelesen. Als dort der Vater in seiner dramatischen Weise »Eeeemiill!« rief, wurde der Junge plötzlich unruhig und begann zu treten und um sich zu schlagen. Er wurde weggeschickt in ein anderes Zimmer. Einige Stunden später bewaffnete er sich mit einem Hammer, schlich in das Spielzimmer, holte die Emil-Kassette heraus und zerschlug sie. Danach wurde er vom Personal dazu verurteilt, zu Hause zu bleiben, während die anderen einen Nachmittagsausflug machten. Außerdem durfte er drei Tage nicht ins Spielzimmer. Das ist eine Kränkung, welche pädagogische Bezeichnung man dafür auch immer parat haben mag.

Auf viele Eltern wirkt eine Aufrechnung wie diese provozierend. Was soll man denn tun, wenn man müde ist und mit der Phantasie und Geduld am Ende? Gibt es eine Art und Weise, Kindern Grenzen zu zeigen und ihnen zu sagen, was richtig und was falsch ist, ohne sie zu kränken?

Ja, das glaube ich. Ich glaube, daß es am wichtigsten ist, daß wir ohne allzu viele Hintergedanken unsere spontanen Reaktionen im Umgang mit dem Kind auch offen kritisieren können – so, wie wir es im Umgang mit anderen Menschen auch tun. Wir müssen das Recht haben, müde, böse, traurig und verzweifelt zu sein. Vielleicht verringert es die Gefahr, das Kind zu kränken, wenn wir unsere eigenen alltäglichen Gefühle stärker wahrnehmen und nicht immer ein Schloß davor legen.

Alle Kinder werden irgendwann gekränkt, auch von uns. Solange es sich um vereinzelte, nicht zu grobe Kränkungen handelt, glaube ich, daß das Kind sie verkraften kann. Das ist bestimmt der Fall, wenn wir erkennen können, was geschehen ist, das Kind um Verzeihung bitten und noch einmal von vorn beginnen können. Ein Problem für das Kind entsteht erst dann, wenn wir einseitig und stur auf unserem Recht beharren, das Kind zurechtzuweisen, und davon ausgehen, daß es selbst die Schuld trage.

Ich glaube nicht viel an Erziehungsmethoden. Es ist furchtbar, wenn ein Zuhause in eine kleine Tagesstätte verwandelt wird und wenn wir Eltern zu Personal werden, das auf Kurse geht, um gewisse akzeptierte Methoden zu erlernen.

Wir fragen nicht nach Methoden, wenn es darum geht, sich in einer Beziehung richtig zu verhalten. Also sollten wir damit auch in unseren Beziehungen zu Kindern aufhören. Wenn wir die Kinder als eigenständige Menschen ansehen können, wenn wir sie ebenso sehen können, wie Gibran es tut, dann sind wir schon ein gutes Stück weitergekommen. Wenn wir uns angewöhnen, Kindern wirklich zuzuhören und darauf zu achten, wie sie auf unsere Verhaltensweisen reagieren, und wenn wir festere Brücken zu unserer eigenen Kindheit bauen, dann kommt das meiste schon von selbst. Ich vergehe mich manchmal auch gegen die, die ich am meisten liebe, aber es darf nicht zu schlimm werden, und ich darf nicht versuchen, ein System daraus zu machen.

Ein weiteres Argument dafür, daß man Kinder nicht kränken soll, ist nämlich die Sorge um uns selbst. Alle Eltern wissen, wie man sich fühlt, wenn man seinem Kind Gewalt angetan hat – auch wenn es nur eine Kleinigkeit war –, vor allem, wenn es Abend wird und man es nicht fertigbringt, das Kind um Verzeihung zu bitten, bevor es einschläft.

Wer immer wieder ernsthaft sein Kind kränkt, der gerät leicht in das Niemandsland der Selbstverachtung und der Sinnlosigkeit, wo ein Verzeihen nicht mehr möglich zu sein scheint.

16. Die verschwundenen Eltern

Kinder in Scheidungssituationen

In diesem Kapitel möchte ich eine Reihe von Aspekten zum Thema Kinder und Scheidung diskutieren. Oft haben in der letzten Zeit die Erfahrungen, die ich mit Kriegskindern gemacht habe, für mich auch ein neues Licht auf die Verhältnisse einheimischer Kinder geworfen. Vieles, was in dem diffusen Bild, das unsere Gesellschaft uns bietet, schwer auszumachen ist, wird im bizarren Scheinwerferlicht des Krieges deutlich. Unter der argentinischen Junta mußten viele Kinder miterleben, wie unbekannte Männer kurz vor der Morgendämmerung in die Wohnung einbrachen. Sie griffen den Vater des Kindes, schlugen ihn vor seinen Augen bewußtlos und nahmen ihn dann mit zu einem Auto, wo er in den Kofferraum geworfen wurde. Die Mutter wurde oft geschlagen, manchmal schnell vergewaltigt, manchmal ebenfalls weggebracht. Das Kind blieb zurück. Es konnte auch geschlagen werden, vor allem, wenn es schrie und Anzeichen von Widerstand zeigte.

Gewöhnlich war dies das letzte, was das Kind von seinem Vater zu sehen bekam. Er »verschwand«. Im nachhinein haben wir erfahren, daß die meisten der Männer, die auf diese Weise ergriffen wurden, zu Tode gefoltert und dann in Massengräber gelegt oder von Flugzeugen über dem Meer abgeworfen wurden. Aber das konnten die Angehörigen nicht wissen, auch wenn dergleichen Gerüchte umgingen. Es gehörte nämlich zur Strategie der Unterdrücker, den Angehörigen nie zu erzählen, was mit einem Gefangenen geschehen war.

Eine Reihe von Aktionen erfolgten, um Klarheit in das Schicksal der Verschleppten zu bringen. Am bekanntesten wurden die Demonstrationen der »verrückten Großmütter« in

Buenos Aires. Aber diese Anstrengungen blieben doch meist ohne Ergebnis. Erst hinterher erfuhren wir alles. Viele Kinder in Argentinien sind also mit einem »verschwundenen« Elternteil, Vater oder manchmal auch Mutter, aufgewachsen, die in Wirklichkeit tot waren, die das Kind aber nie sterben sah. Es konnte bei keiner Beerdigung dabei sein und nicht einmal ganz allgemein die Bestätigung erhalten, daß sie tot waren.

Wie trauert man um einen verschwundenen Elternteil? Argentinien hat eine lange Tradition der Kinderpsychologie, und es sind auch einige Projekte ins Leben gerufen worden, die den Kindern der Junta-Opfer helfen sollen. Es ist daraus eine große Erfahrung erwachsen, wie man Kindern von verschwundenen Eltern helfen kann und was für Schwierigkeiten das mit sich bringt. Die Psychologen, die sich damit beschäftigt haben, sagen manchmal, daß das Kind in ein »unlösbares Trauerdilemma« versetzt wird.

Stellen wir uns ein neunjähriges Mädchen vor, das seinen Vater auf die oben beschriebene Weise verliert, und vergleichen wir seine Situation mit der eines Mädchens, dessen Vater freiwillig fortgeht. Er wird ergriffen und in seinem Haus vor den Augen des Kindes mißhandelt und ist seither verschwunden. Wie soll es mit einem solchen Verlust umgehen? Kinder sind Meister darin, die Hoffnung zu bewahren. Oft können sie das besser als die Erwachsenen. Zu Anfang gibt es also überhaupt keine Zweifel. Das Mädchen hofft, daß der Vater bald zurückkommen wird. Es denkt oft an ihn, vor allem, wenn es allein ist und abends, bevor es einschläft. Es versucht sich vorzustellen, wie es ihm wohl gerade geht, und weiß, daß er in Gefahr ist und möglicherweise gefoltert wird. Aber es glaubt an seine Kraft, dem Schmerz entgegenzutreten. Es stellt sich ganz konkret seine Zelle vor und versucht so viele hoffnungsvolle Details wie möglich zu erfinden, mit denen es die trostlose Welt des Vaters bereichert. Es zählt die Tage. Immer wenn ein Auto vor der Tür hält, läuft es hinaus, um zu sehen, ob es der Vater ist, der zurückkommt.

Nachdem die Tage vergehen, ohne daß die Familie eine

Nachricht erhält, wächst seine Unruhe. Es versucht, die Gesichter der Erwachsenen zu lesen, und liegt nachts wach, um ihre späten Gespräche zu belauschen. Wissen sie etwas, was das Mädchen nicht weiß? Jede Nuance in den Stimmen, jeden Ausdruck registriert es. Aber sobald es Zeichen der Resignation feststellt, wird es ärgerlich. Es ist klar, daß der Vater zurückkommen wird!

Oft wird jemand unter den Erwachsenen zuerst mißtrauisch. Vielleicht sagt der Bruder des Vater eines Tages: »Nun ist es schon ein halbes Jahr her. Ich kenne wirklich keinen einzigen, der so lange völlig verschwunden war und dann wohlbehalten wieder zurückkehrte. Ich glaube, wir müssen uns auf das Schlimmste gefaßt machen.«

Da wird das Mädchen ärgerlich: »Wie kannst du so etwas sagen, du bist doch sein Bruder! Wie kannst du sagen, daß er tot ist, ohne es doch zu wissen? Ich glaube auf alle Fälle, daß er lebt.«

Die Tochter hält den Onkel für einen Verräter, und sie beginnt nun, ihre Mutter zu bewachen und ihr ihre Meinung aufzudrängen. Sollte auch die Mutter Mißtrauen zeigen, ist sie nahezu verzweifelt. Sie fängt langsam an zu glauben, daß sie das Opfer einer Verschwörung unter den Erwachsenen ist, deren Ziel es ist, ihren Vater für tot zu erklären. Sie hat schließlich das Gefühl, die einzige zu sein, die noch das Recht ihres Vaters auf Leben verteidigt. »Wenn alle anderen die Hoffnung verlieren, werde ich es auf jeden Fall nicht tun. Wenn er zurückkommt, wird es wenigstens eine geben, die die ganze Zeit die Hoffnung nicht verloren hat.«

Gleichzeitig merkt sie, daß es ihr manchmal schwerfällt, eine gewisse Wut auf den Vater zu unterdrücken. »Er könnte wenigstens mal von sich hören lassen! Er könnte durch jemanden, der freigelassen wurde, grüßen lassen oder eine Nachricht hinausschmuggeln. Irgend etwas könnte er sich schon ausdenken, man weiß ja, daß das anderen auch gelingt. Warum tut er das nicht? Sind wir ihm egal? Und warum mußte er sich überhaupt in diese Sache reinziehen lassen, eigentlich ist es da nicht verwunderlich, daß er irgendwann einmal abgeholt wurde...«

Wenn sie so denkt, bekommt sie ein schlechtes Gewissen und beginnt dafür, den Vater zu idealisieren. Sie verleiht ihm übernatürliche Kräfte und erfindet neue sinnvolle Gründe für sein Schweigen. Sie kommt jetzt in die Phase, die ich das »erste Zerrissensein« nennen möchte, in der sie zwischen Idealisierung und Kritik des Vaters hin und her schwankt und es ihr schwerfällt, ein stabiles Gleichgewicht zu finden. Sie macht sich verschiedene Bilder von ihm. Die Bilder stimmen nicht in sich und schon gar nicht mit der Realität überein. Sollte der Vater in dieser Situation wieder auftauchen (und das tut er manchmal im Zuge der Familienzusammenführung), würde die Tochter Schwierigkeiten haben, zu ihrem Originalvater, dem Vater hinter den Bildern, zurückzufinden.

Wenn der Vater weiterhin verschwunden bleibt, dann wird die Tochter in eine immer kritischere Lage geraten, in der sie es nicht länger schafft, die Verantwortung für die Hoffnung allein zu tragen. Sie wird jeden Tag verzweifelter, wenn er nicht wiederkommt, ihre Einsamkeit wächst, und die Bilder vom Vater werden immer konfliktreicher. Heimlich beginnt das Mädchen, Rückzugsmöglichkeiten zu überdenken: »Wenn er nun wirklich tot ist, dann ist es ja kein Wunder, daß er nichts von sich hören läßt. Und ich bin so böse auf ihn.«

Aber im gleichen Augenblick, wenn sie so denkt und die Versuchung fühlt, aufzugeben, ist sie von schlechtem Gewissen überwältigt. »Nein, so darf ich nicht denken. Wenn ich auch die Hoffnung verliere, dann gibt es ja keinen mehr, der daran glaubt, daß er noch lebt. Und wie soll er dann leben können?«

Hier zeigt sich das magische Denken der Kinder. Das Mädchen fühlt die Verantwortung, nicht nur die Hoffnung zu bewahren, sondern auch das Leben des Vaters. Nun beginnt das »zweite Zerrissensein«, das noch schmerzvoller ist als das erste. Das Mädchen schwankt zwischen einer Hoffnung, die mit Wut und Verzweiflung gemischt ist, und einer beginnenden Trauer, die immer von Schuld geprägt ist und sich deshalb nie richtig entwickeln kann. Ein »unlösbares Trauerdilemma« ist hier wirklich der zutreffende Begriff.

Obwohl das zynisch und brutal klingt, wäre es in einer Hinsicht fast leichter für das Kind, wenn der Vater bereits tot wäre und das Mädchen es auch wüßte. Es wäre ein Schlag, wenn sie den toten Körper des Vaters sähe, vor allem, wenn er Spuren der Folter trüge, dennoch wäre die ganze Situation bereinigt. Sie könnte anfangen zu trauern, die Mutter und der Onkel könnten ihre Verbündeten in der Trauer sein, nicht die heimlichen Feinde im Streit um die Hoffnung. Denn die gewöhnliche Trauer nach einem Todesfall geht ausgetretene Wege. Sie geht durch dunkle Täler und Dickicht, aber führt schließlich doch in offene Landschaft.

Das Schicksal des Mädchens wird von vielen Flüchtlingskindern auch in unserem Land geteilt. Eine Familie aus dem Nahen Osten mit fünf Kindern, zu der ich viel Kontakt hatte, verlor ihren Vater auf ähnliche Weise. An einem Sonntagnachmittag, als die ganze Familie zu Hause versammelt war, klopfte es an der Tür. Der sechsjährige Junge öffnete. Draußen standen zwei Männer, gut gekleidet und freundlich lächelnd. »Hallo, ist dein Vater zu Hause?« »Er ist hier im Haus«, sagte der Junge. »Das ist gut«, sagte einer der Männer und schlug die Tür vor dem Jungen zu.

Zwei Minuten später wurde die Tür eingetreten, und acht Männer in Zivil stürmten die Wohnung. Sie ergriffen den Vater und schlugen auf ihn ein. Sie schlugen auch die Mutter und schrien den Kindern zu, sich fernzuhalten. Dann schleppten sie den Vater hinaus. Durch das Fenster konnten die Kinder sehen, wie der Vater in einen Lieferwagen geworfen wurde, der dann mit ihm verschwand.

Drei Jahre lang haben sie nichts von dem Vater gehört. Die Familie glaubt, daß die Schuldigen innerhalb der Sicherheitspolizei des Landes zu suchen sind, haben aber nie eine Bestätigung dafür erhalten. Nun sind sie in Schweden, und die Kinder sind in einer Phase der Zerrissenheit, wie ich sie gerade beschrieb. Ohne näher darauf eingehen zu müssen, kann sich sicher jeder Leser vorstellen, in welch eine schwierige Lage der damals sechsjährige Junge geraten ist. Jeder weiß, daß man von einem sechsjährigen Kind nicht zu viel verlangen darf. Jeder weiß aber auch, daß eine etwas schlauere Antwort dem Vater vielleicht die Möglichkeit einer Flucht gelassen hätte.

Es gibt so viele dieser Fälle bei Flüchtlingskindern, daß es wichtig ist, daß wir uns über die Erfahrungen informieren, die die argentinischen Psychologen in der Arbeit mit Kindern verschwundener Eltern gemacht haben. Ein Hauptprinzip ihrer Arbeit mit den betroffenen Kindern war, dem Kind durch die Phasen der Zerrissenheit zu folgen und dabei die Extrempunkte zu unterstützen. Wenn ein Kind zwischen Wut und Idealisierung schwankt, darf man es nicht nur in der Idealisierung unterstützen. Und im Schwanken zwischen der Hoffnung und der Trauer darf man nicht nur die Trauer des Kindes unterstützen, auch wenn man selber sehr sicher ist, daß der Vater tot ist.

Das Kind braucht einen Verbündeten, der auch da ist, wenn das Pendel auf einer Seite stillsteht, wo es am unbequemsten ist. Ein solcher Verbündeter muß einen sicheren Stand haben, es muß ein kluger Mensch sein, mit dem man reden und an dem man sich festhalten kann.

Das Wissen um diese Trauerarbeit ist auch wichtig bei der Begegnung mit Scheidungskindern, ob man mit den Kindern nun als Mutter oder Vater, als Angehöriger oder Lehrer zu tun hat. Stellen wir uns ein neunjähriges Mädchen vor, das drei Jahre zuvor die Scheidung der Eltern miterlebte. Sie erzählt selbst:

»Zu Anfang klang alles ganz toll. Es würde viel besser für uns alle werden. Auch weil es dann nicht mehr so viel Streit zwischen Mutter und Vater geben würde. Und das wäre auch für mich gut. Sie haben wirklich viel gestritten, so daß ich damals fast dachte, es sei schön, daß sie sich scheiden ließen. Obwohl ich es eigentlich nicht wollte.

Ich sollte bei Mama wohnen, aber Papa oft sehen. Mama, ich selbst und mein kleiner Bruder blieben in der Wohnung, Papa bekam eine neue Wohnung, ein paar Blocks weiter. Zu Anfang waren wir jedes Wochenende bei Papa und manchmal auch unter der Woche.

Dann hat Mama Göran kennengelernt, und wir sind in sein Haus gezogen. Da war es dann nicht mehr so nah zu Papa, und wir sahen ihn nur noch am Wochenende. Das mußte man ja verstehen, denn es war ja anstrengend, mehrmals in der Woche durch die ganze Stadt zu fahren. Mama fand auch, daß wir ruhig etwas mehr zu Hause sein könnten, nun, da wir es so schön hätten.

Dann ist Papa nach Göteborg gezogen. Er hat dort einen tollen Job bekommen. Und dann ist er mit Stina zusammengezogen. Nun haben wir ihn immer seltener gesehen. Zuerst haben wir versucht, alle vierzehn Tage hinzufahren, aber es waren ja siebzig Kilometer. Wir mußten fliegen, und das war auf die Dauer natürlich etwas teuer. Papa fand auch, daß wir ja nun größer würden und daß es deshalb besser wäre, wenn wir uns in den Ferien, aber dafür etwas länger sähen. Mama fand das auch gut. Sie meinte, daß wir statt dessen bei ihr sein könnten. ›Göran ist jetzt euer Vater‹, sagte sie. Aber das ist er natürlich nicht. Er ist nett, aber er kann doch nie mein Vater sein.

Dann haben Papa und Stina ein Kind bekommen. Es war gewiß eine ziemlich anstrengende Schwangerschaft, und nach der Geburt war sie ziemlich erschöpft. Da wollten Papa und sie ein wenig allein sein. Wir sind nicht hingefahren, bevor das Kind drei Monate alt war. Das war schade, aber man mußte sie ja auch verstehen. Als das Baby vier Monate alt war, war die Taufe. Papa wollte, daß wir hinkommen sollten, aber Mama konnte nicht verstehen warum. ›Das ist doch deren Fest‹, sagte sie. Aber es war ja auch unsere Schwester, oder jedenfalls unsere Halbschwester.

Als ich vorigen Monat Geburtstag hatte, kam kein Geschenk von Papa. Das hat es noch nie gegeben. Er hat auch nicht angerufen, oder jedenfalls erst am nächsten Tag. Da hat er sich dann entschuldigt. Er hätte so viel zu tun gehabt, sagte er. Außerdem wäre er krank gewesen und sei nicht in die Stadt gekommen. Aber sowie er gesund wäre, würde er etwas schicken. Aber das ist jetzt eigentlich egal, finde ich.

Mama sagt, daß das typisch Papa sei, aber sie spinnt ja.«

Auch dieses Mädchen ist in Begriff, allmählich seinen Vater zu verlieren. Er verschwindet nach und nach aus ihrem Blickfeld. Er lebt, aber ist er noch ihr richtiger Vater? In ihrer kämpferischen Trauerarbeit können wir die schmerzhafte Zerrissenheit des Kriegskindes wiedererkennen, das zwischen Wut und Verzweiflung und Idealisierung, zwischen der Hoffnung, daß der Vater wieder aufwacht und zurückkommt, und der Trauer und dem schlechten Gewissen auf der anderen Seite zerrissen ist. Vielleicht ist die Ungewißheit am schlimmsten.

Lassen Sie mich noch einmal die Argumentation auf die Spitze treiben. Wenigstens in einer bestimmten Hinsicht wäre es vielleicht für das Mädchen einfacher, den Vater durch einen Todesfall zu verlieren. Dann könnten Bündnisse zwischen ihr, dem Bruder und der Mutter geschlossen werden anstelle des Spiels und der latenten Feindschaft, die sich nun entwickelt. Dann würde auch das Mädchen das innere Bild eines guten Vater behalten, der sie nicht verläßt, der immer an ihrer Seite ist. Das Schlimmste, was in einer Scheidungssituation wie der eben beschriebenen geschehen kann, ist, daß das Mädchen sein inneres gutes Bild vom Vater in der Wirklichkeit verliert.

Es ist auf jeden Fall nicht schwer, sich in die Lage des Vaters zu versetzen, vor allem nicht für mich, der ich auch schon in einer ähnlichen Situation war. Zu Anfang ist man völlig mit dem Konflikt mit seiner Frau beschäftigt, und wenn man nach vielem Streit endlich soweit ist, daß der Entschluß zur Scheidung fällt, dann fühlt sich das an, als könnte man zum ersten Mal wieder frische Luft atmen.

Erst später entdeckt der Vater, daß er sich auch von seinen Kindern hat scheiden lassen. Das ist mit einem Schock verbunden, und er weiß nicht recht, wie er damit umgehen soll. Er beschließt, einen möglichst engen Kontakt zu seinen Kindern zu halten, aber er hat von Anfang an das Gefühl, daß er dabei ist, seine Kinder ganz zu verlieren.

Als Göran auftaucht, wird er in seinem Mißtrauen bestärkt. Göran ist so einer, der gut mit Kindern umgehen kann, er wirkt groß und väterlich, liebt Puzzles und Waldspaziergänge, und die Kinder scheinen ihn zu mögen. Die Angst wächst, daß Göran schließlich seine Kinder übernehmen könnte, daß er der neue Vater der Kinder wird, während er selbst zum Sonntagsvater und Unterhaltszahler degradiert wird. Das ist bitter und erniedrigend. Aber kann es nicht sein, daß es in dieser Lage für alle Parteien am besten ist, wenn das scheinbar Unaufhaltsame möglichst schnell geschieht? So könnte der Vater des Mädchens denken, ohne zu verstehen, was in ihr geschieht, ohne zu begreifen, wie sie darum kämpft, ihn zu behalten.

Aber glücklicherweise können Väter aufwachen, ich kenne viele Beispiele dafür. Und oft sind es die Kinder, die sie dazu bringen, die sie schließlich davon überzeugen können, daß sie unersetzlich sind. Der Vater, der Jahre später entdeckt, daß die Kinder ihn nicht aufgegeben haben, obwohl er auf dem besten Wege war, die Kinder aufzugeben, wird mit einer Mischung aus neuer Verliebtheit und Scham erfüllt sein. Wie konnte er sich so täuschen?

Wenn er die Kraft hat, zurückzukehren, wird er einiges Wichtige erleben. Das Mädchen braucht vielleicht, wenn es siebzehn ist, einen Vertrauten außerhalb des Hauses, mit dem es sprechen kann, und trifft so vielleicht wieder auf ihren Vater – ob das nun die Mutter verwirrt oder froh macht. Natürlich hat die Mutter allen Grund, sich zu freuen, aber das kann leicht in Verbitterung umschlagen, wenn das Mädchen ihr nun den Rücken kehrt und sie dafür verantwortlich macht, die Beziehung zwischen Vater und Tochter untergraben zu haben – das habe ich auch schon erlebt.

All das kann vermieden werden. Wenn wir begreifen, welchen Schmerz wir dem Kind zufügen, indem wir einfach verschwinden, werden wir alles tun, um dies zu verhindern. Vielleicht können wir Scheidungen nicht vermeiden, aber wir können uns zusammen darum bemühen, daß das Kind ein enges persönliches Verhältnis zu beiden Elternteilen behält. Eltern sind nicht austauschbar. Und Kinder auch nicht.

17. Das Unfaßbare begreifen

Kinder haben Anspruch auf die Wahrheit, auch wenn sie brutal ist

»Man muß etwas begreifen, bevor man anfangen kann zu trauern!« sagt Kingsley Amaning, der Direktor des Flüchtlingskommissariates in Gambella. Das sei jedenfalls »die afrikanische Weise, es zu nehmen«. Es ist eine warme afrikanische Nacht. Das ständige Sirren von Zikaden wird mit gedämpften Stimmen und Klirren von Gläsern vermischt. Dunkle Gestalten huschen unter den Bäumen im Garten des Hotels umher. Wir waren den Tag über unten im Flüchtlingslager Pignudo. Es war heiß und staubig, und wir fuhren fast drei Stunden mit dem Jeep von Gambella bis Pignudo. Jetzt schütteln wir den Staub bei Bier und Cola ab und versuchen zusammenzufassen, was der Tag gebracht hat. In der späten Brise der Nacht bleiben wir sitzen, und das Gespräch wird immer persönlicher.

»Rädda Barnen« betreibt ein Projekt im Lager, und ich arbeite als Abgesandter. Alle Kinder, ungefähr 20 000, die ohne ihre Eltern in das Lager gekommen sind, werden über ihre Herkunft befragt. Mittlerweile sind achtzehn Interviewer aus der Reihe der Flüchtlinge selbst ausgebildet worden. Heute ist die Ausbildung abgeschlossen worden, und ich habe einen zweistündigen Vortrag über Kinder in Lebenskrisen gehalten. Kingsley Amaning ist die ganze Zeit dabei gewesen und hat aufmerksam zugehört. »Ich frage mich, ob die Jungs verstehen, was sie erlebt haben«, sagt er. »Sie kommen aus dem Süd-Sudan, aber wissen doch kaum, was der Sudan überhaupt ist. Noch weniger verstehen sie irgend etwas von den Gegensätzen, die es in dem Land gibt, die tiefen Gräben zwischen Nord und Süd,

Muslimen und Christen, Arabern und Afrikanern oder zwischen den Stämmen.

Früher habe ich in Port Said gearbeitet – da war es vielleicht heiß! Da habe ich Flüchtlinge betreut, die von Eritrea in den Sudan geflohen waren. Hier flüchten sie vom Sudan nach Eritrea. Afrikas Horn ist ein Hexenkessel der Verwirrungen. Wie ein Ameisenhaufen, wenn man den Fuß hineinsetzt. Ich bin nun schon so lange hier und verstehe immer weniger. Wie sollen dann diese Jungen etwas verstehen?«

Seine Stimme ist tief, sein Lachen mitreißend und sein Englisch perfekt. Er kommt aus Ghana, ist in London ausgebildet worden – wo auch seine Familie lebt – und hat in den letzten zehn Jahren an verschiedenen Krisenplätzen in Afrika gearbeitet.

»Du hast viele Kinder, wie kommst du ohne deine Familie so lange klar?« frage ich. »Sie haben es gut in London, hier könnten sie wohl kaum leben. Eigentlich wollte ich in Addis Abeba wohnen, aber daraus wurde nichts. Meiner Frau gefällt es in London besser. Ich bin gewöhnt, allein klarzukommen, seit ich klein war. Ich bin früh von zu Hause weggeschickt worden, zuerst um zu arbeiten, dann um zu studieren. An alle diese Jahre habe ich gedacht, als ich heute deinen Vortrag hörte«, fährt er fort. »Ich weiß, was Lebenskrisen sind! So wie die meisten afrikanischen Kinder weiß ich das. Ich habe das ganze Paket schwerer Erlebnisse mitbekommen, als Kind, als Jugendlicher, später im Leben und nun in diesem Beruf. Wenn ich anfangen würde zu erzählen, dann würde diese Nacht nicht genügen. Und ich weiß nicht, wieviel du vertragen kannst.

Mein Problem war, daß ich so wenig von allem verstand. Ich wußte nichts von Ghana, obwohl ich dort wohnte. All die gewalttätigen und verwirrenden Erlebnisse, die ich hatte, habe ich nie richtig begriffen. Ich habe meine Eltern früh verloren, aber ich habe nie kapiert, warum. Ich bekam natürlich eine Erklärung, aber die hat mich nur noch mehr erstaunt. Außerdem war sie nicht wahr. Als ich zwanzig Jahre alt war, als ich nach England gekommen war und begann, ein in gewisser Weise geordnetes Leben zu führen, wurde ich von einem nahezu manischen Interesse für die Geschichte und Geographie meines Landes heimgesucht. Ich ging durch die Bibliotheken und suchte alle Literatur über Ghana heraus, die ich bekommen konnte. Was ich alles gelesen habe! Und plötzlich fing ich an zu verstehen. Unzusammenhängende und fragmentarische Erinnerungen erhielten einen Zusammenhang, Gruppen von Menschen, die ich in meiner Kindheit getroffen hatte, erhielten einen Namen und eine Herkunft. Konflikte zwischen verschiedenen Gruppierungen wurden offengelegt und bekamen ihre Erklärung. Nachbarländer begannen zu existieren. Und vor allem verstand ich zum ersten Mal, wie tief und unvernarbt die Wunden der Kolonisation immer noch waren.

Ich verschlang diese Literatur und merkte, welchen Einfluß sie auf mich gewann. Ich erhielt meine Identität und meine Menschenwürde zurück. Ich war plötzlich jemand, ein Mensch mit einem Ursprung, ein Mensch mit dem Recht zu leben.

Das Besondere daran war, daß ich erst zum damaligen Zeitpunkt soweit war, daß ich ein paar Erinnerungen verarbeiten konnte. Als ich aber begriff, in welchen Zusammenhängen ich lebte, erhielten auch die persönlichen Erinnerungen Proportionen, und es wurde mir möglich, sie zu ordnen. Ich konnte sie in ihrem Zusammenhang sehen. Und da erst konnte ich anfangen zu trauern.

Ich habe viele afrikanische Freunde, und viele von ihnen haben dieselben Erfahrungen gemacht wie ich. Wenn ihr in den westlichen Ländern von Krisenbearbeitung und Therapie sprecht, will ich euch sagen: Lehrt sie so viel über ihre Herkunft, daß sie begreifen, was sie erlebt haben. Dann können sie anfangen zu trauern, und das geht meist von selbst. Die sudanesischen Lehrer in Pignudo haben das kapiert. Hast du gemerkt, wieviel Zeit ihres Unterrichts sie auf die Geschichte des Sudans verwenden? Das ist genau das, was die Kinder brauchen.«

Es war nicht das erste Mal, daß ich über die Verbindung zwischen intellektueller und seelischer Bearbeitung von Krisen nachdachte, aber Kingsley Amaning argumentierte ungewöhnlich klar und überzeugend, und ich trage seitdem das nächtliche Gespräch in Gambella in meinem eigenen kleinen Gepäck mit mir herum.

Magne Raundalen, ein Psychologe aus Bergen, hat das, was Kingsley Amaning und andere repräsentieren, als die »politisch-kognitive« Perspektive beschrieben. Wenn Kinder begreifen, was um sie herum geschieht, wird das Geschehen nicht mehr als eine so diffuse Bedrohung aufgefaßt, ist es nicht mehr unberechenbar. In kritischen Situationen ist es daher die wichtigste Aufgabe, den Kindern mehr faktisches Wissen zu vermitteln.

Das stimmt auch mit meinen Erfahrungen aus dem Nahen Osten überein. Mein fester Eindruck aus dem Libanon ist, daß die Kinder, die am besten wissen, was um sie herum geschieht, sich auch mental am besten schützen können. So habe ich zum Beispiel palästinensische Kinder getroffen, die unter extrem schweren Bedingungen in den umkämpften Lagern in den südlichen Vororten Beiruts lebten, die aber dennoch ihre psychische Gesundheit irgendwie unversehrt erhielten. Die meisten von ihnen hatten ein deutliches Bild von den Geschehnissen, ein Bild, das mir einfach und schwarzweiß gemalt vorkam, aber das ihnen dennoch in der aktuellen Lage half: Israel und Israels Verbündete sind die Feinde. In späteren Zeiten ist die Lage im Libanon immer chaotischer und unübersichtlicher geworden. Die Feinde waren nicht mehr so leicht wie früher zu identifizieren, letztendlich wußte niemand mehr genau, wer Feind und wer Freund war. Kein noch so guter Lehrer konnte das erklären. Das totale Chaos hat auch die seelische Gesundheit der Kinder auf eine dramatische und schicksalhafte Weise beeinflußt.

Ich habe kürzlich einen neunjährigen Flüchtlingsjungen getroffen, der schwere und verwirrende Erlebnisse hinter sich hatte. Seine Eltern kamen aus dem Nahen Osten, und auch der Junge hatte dort gelebt. Aber er war in ein europäisches Land hineingeboren worden, wo die Eltern sich zum Studium aufhielten. Die Mutter starb unter dramatischen Umständen, und der Junge wohnte eine Zeitlang bei Verwandten in der Heimat der Eltern. Von dort kam er dann zusammen mit seinem Vater nach Schweden.

Der Vater starb allerdings gleich nach der Ankunft in Schweden bei einem Unglück, und der Junge hatte nun keine Eltern mehr. Es zeigte sich, daß er nichts von seiner Herkunft wußte. Er wußte nicht einmal, wie die Mutter geheißen hatte, und schon gar nicht, wie sie aussah oder wie sie gestorben war.

Seine Trauerarbeit wäre unmöglich gewesen, wenn man ihm nicht zuerst Wissen verschafft hätte. Er besuchte den Unglücksort, an dem der Vater umgekommen war, sah das zerdrückte Auto auf dem Schrottplatz und die Leiche seines Vaters an. Alles das hielt er mit einer Kamera fest. Mit Hilfe der Hinterlassenschaften des Vaters klärte er auch das Bild der Mutter. Ein bis dahin nicht entwickelter Film enthielt Bilder von ihr und von dem Jungen, als er klein war. Alles wurde zu einem Album zusammengestellt – ein »Lebensbuch« entstand. Der Junge wird inzwischen von einem Onkel in einem anderen westeuropäischen Land, dem für ihn vierten Land, versorgt. Das Lebensbuch hat er bei sich. Ob es ausreichen wird?

Wie sehen die Lebensbücher unserer eigenen Kinder aus? Was haben sie mitbekommen, und wieviel wissen oder verstehen sie von dem, was mit ihnen geschehen ist? Wieder ist es so, daß die Erfahrungen, die ich mit Kriegs- und Flüchtlingskindern gemacht habe, mich darüber nachdenken lassen, wie wir uns unseren eigenen Kindern gegenüber verhalten.

Wir glauben, daß Kinder in ihrer Trauerarbeit Abkürzungen nehmen können, daß sie trauern können, ohne zu verstehen, um was sie eigentlich trauern. Wenn wir das nicht glaubten, wären wir wohl sorgfältiger darauf bedacht, unseren Kindern das Wissen mitzugeben, das sie brauchen.

Eine gute Freundin von mir erzählte mir einmal von ihrer Kindheit. Sie war neun Jahre alt, als ihr Vater starb. Sie war an dem Tag in der Schule gewesen, und als sie nach Hause kam, wurde sie von ihrer Tante an der Ecke erwartet. Die erzählte ihr, daß der Vater tot sei, daß er plötzlich einen Herzanfall gehabt habe und im Krankenwagen auf dem Weg zum Krankenhaus gestorben sei.

Das Mädchen wurde sofort mißtrauisch. Warum wartete die Tante auf sie und nicht die Mutter? Außerdem gab es etwas in der Art, wie die Tante ihr von dem Geschehenen berichtete, das nicht zusammenpaßte. Die Mutter war aufgewühlt und verzweifelt, bestätigte aber die Erzählungen der Tante. Das taten auch die anderen Erwachsenen, mit denen sie sprach.

Das Mädchen sollte zunächst nicht bei der Beerdigung dabei sein, überredete dann aber doch die Mutter, mitgehen zu dürfen. Hingegen durfte sie den toten Vater nie sehen. Sie wollte ihn sehen, bekam aber nie die Möglichkeit dazu. Das Mädchen fragte sich, warum. Während der Beerdigung bekam sie keine weiteren Hinweise, und erst als sie vierzehn Jahre alt war, bekam sie schließlich heraus, daß der Vater sich umgebracht hatte. Er hatte sich mit einem Gewehr in den Kopf geschossen.

Das Mädchen konnte seiner Mutter die Lüge nie richtig verzeihen.

»In manchen Dingen darf man einfach nicht lügen«, sagte sie. »Ein Kind muß immer das Recht haben zu wissen, was mit seinem Vater geschehen ist.«

Der Bericht meiner Freundin ist keineswegs außergewöhnlich. So war es früher eigentlich fast immer. Kinder durften nichts erfahren. Auch im Gesundheitswesen glaubten wir das Recht zu haben, die Wirklichkeit für die Kinder, denen wir begegneten, zu zensieren. Ich habe einige Erinnerungen aus meiner Kinderarztzeit Ende der sechziger Jahre, wo wir auf jeden Fall den Kindern die Wahrheit vorenthielten und auch oft gelogen haben, damit sie nichts erfuhren. Warum haben wir das getan? Sicher gibt es dafür eine Reihe von Erklärungen. Früher wurden Kinder nicht als Menschen mit eigenen Rechten empfunden. Viele Kinder haben im Laufe der Jahre Antworten erhalten, die alle nur Variationen eines Themas waren: »Das geht dich nichts an. Irgendwann wirst du's schon erfahren. Jetzt lauf und geh spielen!«

Die Welt der Erwachsenen schloß sich ein, die Kinder waren sich selbst überlassen. Mein Vater hat mir erzählt, wie es war, als einige seiner Spielkameraden auf dem großen Hof in Småland, auf dem er wohnte, an Diphtherie starben. Er erinnert sich an einen Fall, als mindestens drei Kinder gleichzeitig starben. Aber er kann sich nicht erinnern, daß irgendein Erwachsener das Ganze jemals erklärt oder mit den Kindern darüber geredet hätte. Die Kinder redeten untereinander, aber die Erwachsenen antworteten niemals auf Fragen.

Die kleinen oder großen Lügen und Halbwahrheiten der Erwachsenen hatten sicher immer das Ziel, die Kinder vor einer allzu grausamen Wirklichkeit zu beschützen. Dem Kind zu sagen, daß sein Vater an einem Herzinfarkt gestorben sei, wurde sicher als weniger grausam dem Kind gegenüber empfunden, als ihm wahrheitsgemäß zu erzählen, daß er sich erschossen hatte. Eine schonende Lüge sollte von dem Kind weniger schmerzvoll empfunden werden – so dachte man.

Aber ich glaube, daß man sich hier in mancher Hinsicht etwas vormacht. Es ist fast unmöglich, ein Kind zu hintergehen, auf jeden Fall für jemanden, den das Kind schon seit längerem kennt. Das Kind ist Meister darin, versteckte Botschaften und Stimmungen zu lesen. Es gibt kaum bessere Lügendetektoren. Wenn ein Kind in wichtigen Fragen betrogen wird, wenn es zum Beispiel um die Ursache des Todes der Eltern oder eines Freundes geht, dann wird es später dem, der es angelogen hat, nur schwer verzeihen können. Das Kind kann den Eindruck erwecken, eine Erklärung bis auf weiteres zu akzeptieren, setzt aber im stillen seine Detektivarbeit fort. Es ist sehr geduldig und beweist auch Erfindungsreichtum und Systematik bei seiner Suche. Es wird oft herausbekommen, wie die Dinge wirklich stehen, und sein Urteil über den, der ihm die Wahrheit vorenthalten wollte, wird dann oft hart ausfallen. Das bringt einen Vertrauensverlust mit sich, mit dem sowohl die verantwortlichen Erwachsenen als auch das Kind nur schwer fertig werden.

Es gibt für mich ganz entscheidende Gründe, einem Kind die

Wahrheit zu sagen, auch wenn sie brutal zu sein scheint. Meine Erfahrung hat mir gezeigt, daß ein Kind, dem nichts gesagt wird, doch intuitiv ahnt, daß irgend etwas nicht stimmt, und daß es sich dann seine eigenen Vorstellungen macht, was geschehen sein könnte – Vorstellungen, die viel brutaler sind als die Wirklichkeit.

Eine Mutter von zwei Kindern, neun und sieben Jahre alt, nahm sich das Leben, indem sie sich erhängte. Das geschah auf einem Besuch der Mutter bei Bekannten, wo sie sich nach einer anstrengenden Beziehungskrise innerhalb der Familie ausruhen wollte.

Der Vater und die Kinder waren natürlich sehr erschrocken. Er erzählte den Kindern, daß die Mutter Selbstmord begangen habe, aber als sie fragten, wie es geschehen sei, brachte er es nicht fertig, ihnen die Wahrheit zu erzählen. Er antwortete, daß er es im Moment einfach nicht sagen könnte, daß er das aber später nachholen würde.

Er nahm Kontakt zu mir auf und fragte mich, was er tun solle. Er wollte sagen, daß die Mutter zu viele Tabletten genommen habe. Diese Darstellung schien ihm schonender zu sein, während er meinte, die Wahrheit nicht berichten zu können. Ich warnte ihn und riet ihm dazu, alles genau so zu schildern, wie es sich zugetragen hatte.

Er erzählte später, daß er allen Mut zusammengenommen und den Kindern gesagt habe, daß die Mutter sich erhängt habe. Das siebenjährige Mädchen sagte zu ihm: »Wie schön! Es war nicht so schrecklich!«

Der Vater war erstaunt und fragte: »Könnte es noch schrecklicher sein?« »Ja«, sagte das Mädchen, »du hast doch gesagt, daß sie Selbstmord begangen habe. Aber nicht wie. Und da habe ich selbst angefangen zu überlegen. Da in der Nähe gibt es doch Eisenbahngleise, und da habe ich gedacht, daß sie sich vor einen Zug geworfen hat und ganz zerquetscht sei. Ich habe sie mir vorgestellt, wie sie da liegt, das war so schlimm.«

Die Wirklichkeit in all ihrer Brutalität ist fast immer noch barmherziger als die Vorstellungen der Kinder. Deshalb sind die »schonenden« Lügen schwer zu ertragen. Sie werden zu einem neuen Trauma in sich selbst.

Diese Erfahrungen haben bei mir bewirkt, daß ich im Gespräch mit Kindern viel ehrlicher geworden bin. Dabei habe ich allerdings weitere Hindernisse entdeckt, die fast noch schwerer zu überwinden sind und die in mir selbst liegen. Manche Wahrheiten sind so schwer und brutal, daß ich sie selbst nicht richtig akzeptieren kann. Indem ich dem Kind nur ein wenig oder eine Halbwahrheit mitteile, tröste ich mich selbst; es ist ein Versuch, mir einzureden, daß doch alles nicht so schlimm sei. Man kann eben einem Kind gegenüber nicht ehrlicher sein als zu sich selbst.

Aber ich beraube in diesem Fall doch das Kind und mich selbst der Möglichkeit, in der gemeinsamen Trauer weiterzukommen. Denn man kann nichts betrauern, was man selbst nicht versteht. Erst wenn wir erfahren dürfen, was geschehen ist, und wenn wir das mit unserem Verstand erfassen können, dann haben wir eine Chance. Denn trauern können wir ganz gut, das Kind und ich. Dazu brauchen wir eigentlich keine Hilfe, außer jemandem, der unsere Hand hält.

18. Angst, Wut und Trauer

Kinder haben ein Recht auf ihre Gefühle – nur wir Erwachsenen haben Angst davor

Wenn Kinder in schwere Krisen geraten, müssen sie auf ihre eigene Weise reagieren können, genau wie wir Erwachsenen. Die Frage ist nur, mit welchen Reaktionen wir rechnen müssen, welche wir als »normal« auffassen können und welche uns beunruhigen sollten.

Drei Grundreaktionen kann man als grundsätzlich gesund ansehen, als direkte und selbstverständliche Antworten auf die Belastungen, die eine schwere Krise mit sich bringt. Das sind Angst, Wut und Trauer.

Vor einer Bedrohung, einer Kränkung, einem schweren Verlust habe ich Angst. Wenn die Drohung dann doch wahr gemacht wird, werde ich wütend, und danach werde ich traurig. Alles das ist natürlich und gesund. Wir dürfen uns nie verleiten lassen, solche Reaktionen »Symptome« im negativen Sinne zu nennen. Sie sind vielmehr ein Zeichen dafür, daß die Seele normal und nicht mit irgendwelchen Störungen funktioniert.

Aber wie ängstlich, wütend oder traurig darf man werden, ohne daß es unnormal ist? Das ist eine schwere Frage, auf die man nicht eindeutig antworten kann. Ich selbst versuche das Recht des Kindes zu wahren, Zuflucht zu seinen ursprünglichen Reaktionen zu nehmen, ohne daß die beteiligten Erwachsenen gleich ins Grübeln verfallen.

Bevor ich die Angst, die Wut oder die Trauer bei einem Kind als übertrieben bezeichne, pflege ich zwei Kontrollen durchzuführen. Zunächst stelle ich mir die Frage: »Habe ich es wirklich geschafft, mich vollkommen in die Lage dieses Kindes zu versetzen? Ist es mir gelungen, die Zusammenhänge ganz mit den Augen des Kindes zu sehen?«

Wenn es mir gelingt, mich einzuleben, verändert sich vielleicht auch meine eigene Perspektive. Wenn ich verstehe, womit dieser Junge bedroht wurde, dann wird seine Angst plötzlich ganz begreiflich. Er fürchtet sich vielleicht vor Dingen, vor denen er in Wirklichkeit gar keine Angst zu haben braucht, aber die Angst an sich ist doch richtig und angebracht. Wenn ich sehe, wie gekränkt dieses Mädchen ist, sehe ich auch ein, daß seine Wut nicht übertrieben ist. Es ist schade, daß die Wut sich nun gegen mich, die Geschwister oder andere Kinder richtet. Ich denke möglicherweise, daß es besser wäre, wenn es seine Wut dorthin richten könnte, wo sie hingehört, aber ich verstehe vielleicht, daß es nicht schafft, den Konflikt in dieser Richtung aufzunehmen. Und dann frage ich mich nicht länger, warum es so wütend ist. Wenn ich letztendlich verstehe, was dieser Junge miterlebt hat, dann erscheint mir seine Traurigkeit nicht länger seltsam. Manche Kinder tragen so viel Trauer mit sich herum, daß ich als Erwachsener es gar nicht erfassen kann, vor allem nicht auf einmal. Wenn ich an meinem Computer sitze, lege ich manchmal eine Diskette ein und bitte den Computer, alle Informationen, die auf der Diskette sind, in seinen Speicher zu lesen. Da kann es passieren, daß der Computer zuviel kriegt: SPEICHER VOLL!!!! steht auf dem Bildschirm vor mir. Es waren zu viele Informationen auf dem File, der Speicher reichte nicht aus. Dann muß ich das File auflösen und in mehrere Teile zerlegen.

So ist es auch mit den Erzählungen der Kinder über Trauer. Manchmal kann meine Seele nicht alles auf einmal verarbeiten. Es schreit in meinem Inneren, und auf dem unsichtbaren Bildschirm vor meinen Augen steht: SEELE VOLL!!!! Die Trauer des Kindes ist nicht übertrieben, sondern meine Seele hat – zumindest in diesem Moment – nicht genügend Kapazität frei.

Die zweite Kontrollfrage, die ich mir stellen muß, ist, ob ich die Mißweisung auf meinem eigenen kulturellen Kompaß ausreichend berücksichtigt habe. Ich lebe in einer ganz speziellen westlichen Kultur, in der wir die Angewohnheit haben, gewisse Dinge auf eine eigenartige, ja fast exotische Art und Weise zu betrachten, wenn man es mal damit vergleicht, wie man im größeren Teil der Welt dieselben Dinge einschätzt. In der Arbeit mit Flüchtlingskindern pflegen wir von »Kulturkompetenz« zu sprechen. Man tut gut daran, wenn man mit iranischen Kindern arbeitet, auch etwas über die persische Kultur und den Islam zu wissen. Gleichzeitig muß man jedoch möglichst früh einsehen, daß man niemals in einer anderen Kultur als in der eigenen wirklich »kulturkompetent« werden kann. Diese Einsicht müssen wir vervollkommnen. Wir dürfen nicht glauben, daß unsere Art, Kinder und seelische Zusammenhänge zu sehen, die gewöhnliche, angemessene oder beste ist. Sie ist vielmehr sehr speziell, kann uns aber gute Dienste leisten, solange wir wissen, was sie auszeichnet.

Ich riskiere gern die ein wenig überspitzte Behauptung, daß wir in unserer Ecke Europas Angst haben vor Angst, Wut und Trauer.

Wir haben Angst vor der Angst. Es ist vor allen Dingen nicht möglich, ängstlich zu sein, wenn man ein Junge ist. Mädchen haben dagegen einen etwas größeren Bewegungsspielraum, bevor Eltern oder Angehörige unruhig werden und um Hilfe bitten.

Dies beinhaltet das Risiko, daß ein Junge, der eine natürliche Angst vor irgend etwas hat, es nicht wagt, diese Angst jemandem mitzuteilen. Die Gefahr, als feige oder als Angsthase verspottet zu werden, ist sehr groß, und deshalb ist es besser, die Angst zu verbergen. Der Preis hierfür kann hoch sein. Eine natürliche Angst vor etwas, das der Junge als eine Gefahr ansieht, geht, wenn sie unterdrückt wird, in eine diffuse Angst ohne bestimmte Richtung über.

Wir haben Angst vor der Wut. Diese Angst ist vielleicht am augenscheinlichsten für den, der die Möglichkeit hatte, andere Kulturen zu studieren. Es wirkt manchmal geradezu komisch, verärgerte Nordeuropäer zu beobachten, die versuchen, ihre Wut zu kontrollieren und sie hinter einer Maske der Vernunft zu verbergen. Die Doppelmoral ist in diesem Fall fast unüberwindlich. Für einen wütenden Dreijährigen muß es ein verwirrendes Erlebnis sein, zu sehen, wie ein sehr verärgerter, aber übertrieben ruhiger Erwachsener sich in all seiner pädagogischen Bildung hinhockt, um dem Kind in die Augen sehen zu können, und dann sagt: »Nun beruhigst du dich bitte! Wir wollen hier zu Hause nicht so böse sein. Laß uns das statt dessen jetzt mal besprechen. Warum hat du das gemacht? Also, erkläre es mir.«

Für einen Dreijährigen ist es viel einfacher, mit einem offen gezeigten Wutausbruch des Erwachsenen umzugehen, als sich einen akademischen Vortrag, zwischen mühsam zusammengebissenen Zähnen hervorgebracht, anzuhören. Wenn wir selbst unsere Wut unterdrücken, dann lautet die darin verborgene Botschaft für das Kind, daß Wut etwas Häßliches und Primitives ist, etwas, von dem man so schnell wie möglich wegkommen muß. Aber auch schon die Vorstufe der Wut kann Probleme mit sich bringen. Unterdrückte Wut kann verschiedene psychosomatische Probleme mit sich bringen. Mit einem Menschen, der seine Wut unterdrückt, ist gewöhnlich nicht leicht umzugehen. Die Wut hat die Neigung, in kleinen Mengen auszutreten, wie aus einem beschädigten Wasserrohr. Das Risiko, dadurch seine Umgebung zu verärgern, ist sehr groß.

Wir haben Angst vor Trauer. Gewiß dürfen wir trauern, wenn wir Grund dazu haben. Aber das muß sich in Grenzen halten. Das Mittelmaß ist am besten. Nicht zu weinen, wenn man es tun sollte, wird »tapfer« genannt.

Auf der Kinderstation, auf der ich arbeite, haben wir darüber im Zusammenhang mit den Blutentnahmen bei Kindern gesprochen. Eine Blutentnahme tut weh, und es ist natürlich, dann ärgerlich und traurig zu sein. Das stört uns so lange nicht, wie das Kind nur stillsitzt, damit es nicht noch mehr weh tut als nötig.

Aber man sagt doch leicht: »Wie tapfer du warst, du hast nichts gesagt! Komm her, du kriegst eine kleine Belohnung, weil du so artig warst.«

Wir versuchen inzwischen, uns anders zu verhalten. Wenn wir sehen, daß ein Kind ängstlich und traurig ist, sagen wir: »Du kannst ruhig weinen, das macht nichts, manchmal kann man es dann besser aushalten. Du bist dann trotzdem tapfer! Und eine Belohnung kriegst du auf jeden Fall.«

Wir haben die unglückliche Tendenz, Kinder oft von höchst natürlicher und berechtigter Trauer abbringen zu wollen. Wenn ein Kind in die Tagesstätte gebracht wird, ist es gesund und natürlich, daß es weint, das ist nichts, was man mit besonderer Aktivität unterbinden muß.

Viele Menschen sind sehr bedrückt, wenn sie ein trauerndes Kind sehen. Ein vierjähriger Junge nimmt an der Beerdigung der Großmutter teil und auch an der Grablegung auf dem Friedhof. Als der Sarg in die Erde gesenkt wird, beginnt er heftig zu weinen. Eine Dame in mittlerem Alter, die selbst ihre Tränen zurückhält, flüstert ihrem Mann zu: »Das ist doch Blödsinn, siehst du, wie er weint. Man sollte Kinder nicht zu so etwas mitbringen, das kann doch nicht gut sein.«

Der Junge kannte die Großmutter gut. Er versteht nun, was passiert. Er ist traurig und weint. Warum weinen die anderen nicht? Der Junge muß für alle mitweinen! Und dann tun sie auch noch so, als sei er ein Problem!

Wenn die Behauptungen, die ich aufgestellt habe, stimmen, dann heißt das, daß wir uns aller gangbaren Auswege aus schweren Krisen, die wir kennen, beraubt haben. Wenn wir es nicht wagen, so ängstlich, so wütend und so traurig zu sein, wie wir es in uns wirklich fühlen, wo sollen wir dann mit unseren Gefühlen hin? Eins ist klar: Vernünftig zu sein und nur darüber zu reden hilft nicht weiter. Man muß zwar auch begreifen, um trauern zu können, aber das allein genügt nicht.

Manchmal müssen wir unsere natürlichen Gefühle ein wenig aufschieben, um den Kopf für die Dinge frei zu haben, die wir erledigen müssen, und um die Umgebung zu schonen. Das ist in Ordnung, solange wir wissen, was wir da tun.

Wer sich einmal an einer Unglücksstelle oder in einer anderen akuten und schwierigen Situation befand, der weiß, wie rational man sogar in bedrängter Lage funktioniert. Die Angst kommt danach, der ganze Körper kann zittern, aber als es nötig war, war man ganz ruhig. Als Arzt habe ich oft Grund gehabt, für diese sinnvolle Einrichtung dankbar zu sein.

Wir können sogar gezwungen sein, die Wut aufzuschieben. Da die Einschätzung der Wut so ist, wie sie nun einmal ist, kann es sich lohnen, sie in gewissen kritischen Situationen zurückzuhalten. Wenn ich zum Beispiel in einer Sitzung schreie und herumtobe, in der ich wirklich allen Grund habe, ärgerlich zu sein, dann kann es passieren, daß ich ausgeschlossen werde. Das wird mir zum Nachteil ausgelegt, ich werde als primitiv und unreif in meiner Art zu argumentieren angesehen. Deshalb sitze ich nach der Arbeit im Auto und schreie auf dem Heimweg und hoffe, daß ich das meiste rausschreien kann, bis ich nach Hause komme.

Wer schon einmal einen Todesfall in der Familie erlebt hat, der weiß, daß auch die Trauer manchmal aufgeschoben werden muß. Es gibt so viel zu ordnen, so viel, das klappen muß. Aber wenn die Beerdigung vorbei ist, die Blumen verwelkt sind und die Freunde aufgehört haben, anzurufen – dann kommt die Trauer, und dann kann ich nicht daran vorbeikommen. Das weiß ich während dieser anfänglich so geschäftigen Zeit, und deshalb ist es nicht schlimm, wenn ich die Trauer ein wenig zurückhalte. Ich muß nur bereit sein, wenn die Trauer mich überkommt.

Eine Familie suchte mich einmal wegen ihrer neunjährigen Tochter auf. Sie hatte einen Monat zuvor ihren Bruder bei einem Verkehrsunfall verloren. Er war von einem Lastwagen überfahren worden, und das Mädchen hatte zusehen müssen.

Die Eltern waren schockiert und verzweifelt. Sie suchten in ihrer Not sowohl bei Ärzten als auch beim Pfarrer Hilfe. Nach einiger Zeit bemerkten sie, daß das Mädchen nicht zu trauern schien. Es weinte nicht, ging wie gewöhnlich in die Schule und sprach niemals von seinem Bruder.

Ich sprach mit dem Mädchen unter vier Augen und bat es zu erzählen, was passiert war. Es schilderte alles mit so viel Klarsicht, Einsicht und Gefühl, wie ich es selten gehört habe. »Weinst du manchmal?« fragte ich. »Ja, aber weißt du, das tue ich nur, wenn ich allein bin«, antwortete es. »Ich kann meine Mutter nicht mit meinem Weinen stören, sie hat so viel mit ihrem eigenen zu tun. Es würde zuviel werden, wenn ich auch noch weinen würde. Also krieche ich ein wenig unter die Bettdecke, bevor ich einschlafe. Da kann ich weinen, ohne daß mich jemand sieht. Und außerdem weine ich manchmal auf dem Klo.«

Das Mädchen hatte den Kontakt zu seinen Gefühlen nicht verloren, und ich machte mir keine Sorgen. Es hatte das Befreiende des Weinens kennengelernt. Aber es weinte eben für sich allein.

19. Das Kind nach einem Trauma

Symptome verstörter Kinder

Ein plötzliches und unerwartetes Ereignis, das das Gefühlsgleichgewicht eines Kindes oder eines Erwachsenen ernsthaft durcheinanderbringt, nennen wir ein psychisches Trauma. Es ist schwer, eine zutreffende Übersetzung dieses Fachbegriffes zu finden. Manchmal sprechen wir von einem »Schlag«: »Er ist nach diesem Schlag nicht wieder auf die Beine gekommen.« Aber »Schlag« birgt die Assoziation sowohl von Faustschlag als auch von Gehirnschlag und kann leicht verwirren.

Ebensooft sprechen wir von »Schock«: »Er hat den Schock noch nicht überwunden.« Im medizinisch-psychologischen Sprachgebrauch ist »Schock« die Bezeichnung für die Reaktion des Körpers und der Seele auf ein akutes Ereignis, die aber nicht während des Ereignisses selbst stattfindet. Auch hieraus entstehen daher leicht Mißverständnisse. Vielleicht müssen wir uns einfach daran gewöhnen, vom psychischen Trauma zu sprechen.

In diesem Buch habe ich verschiedene psychische Traumata aus der Sicht des Kindes behandelt: Kränkungen, Todesfall und Scheidung. Ich habe behauptet, daß es gesünder ist, auf ein Trauma zu reagieren, als es nicht zu tun. Ich habe drei gesunde Arten der Reaktion aufgezeigt: Angst, Wut und Trauer.

Aber manchmal funktionieren diese normalen Arten zu reagieren nicht, oder sie reichen nicht aus. Sie können durch Ursachen blockiert werden, die ich im vorigen Kapitel berührt habe. Aber es kann auch sein, daß ein Trauma so stark ist, daß kaum ein Kind auf Anhieb all den Schmerz und die Einsamkeit erfassen kann, die daraus folgen. Das Ganze muß dann auf eine längere Zeit aufgeteilt werden.

Kinder beginnen, »Symptome« zu zeigen, wenn Angst, Wut und Trauer nicht voll in Anspruch genommen werden können. Ich möchte hier gleich betonen, daß solche Symptome nicht automatisch als unnormal betrachtet werden dürfen. Es gibt psychische Traumata von einer solchen Schwere, daß jeder von uns irgendwie darauf reagieren müßte. Wer von uns kann Folter verarbeiten, ohne Folgeerscheinungen davonzutragen? Wer wird mit einer Vergewaltigung fertig?

Es gibt verschiedene Ansichten über die Funktion und den Inhalt von Symptomen. Manche sehen sie als ausschließlich negativ an und setzen das unmittelbare Wohlbefinden ins Zentrum aller Anstrengungen. Die Symptome müssen daher so schnell wie möglich behandelt werden, denn sie stören sowohl das Kind als auch seine Umgebung.

Andere sehen die Symptome als einen Prozeß in der Bearbeitung der Geschehnisse durch das Kind an. Sie werden als positiv und notwendig geschätzt, und sie zu unterdrücken wird als Kunstfehler gewertet. Das Kind soll Hilfe bei der Verarbeitung des Geschehenen bekommen. Dazu sollen die dem schlechten Befinden des Kindes zugrundeliegenden Ursachen behandelt werden, und dann werden auch die Symptome automatisch verschwinden. Eine dritte Art, Symptome zu bewerten, gewinnt immer mehr Anhänger, und ich selbst gehöre dazu. Symptome werden insoweit als positiv angesehen, als sie uns mitteilen, daß irgend etwas nicht in Ordnung ist. Die Symptome sind ein Feuermeldegerät. Aber sie sind kein Weg zur Verarbeitung der Geschehnisse. Sie sind für das Kind nur dann von Nutzen, wenn jemand den Lärm hört, aber sie enthalten kein eingebautes Feuerlöschsystem.

Das Aussehen der Symptome beruht auf einer ganzen Reihe von Faktoren. Die Natur des Traumas spielt eine Rolle. Plötzliche, aber schnell vorbeigehende Ereignisse, zum Beispiel ein unerwarteter Todesfall, beeinflussen das Kind auf eine Weise. Aber kontinuierlicher Streß, zum Beispiel ein langanhaltender Kriegszustand oder ein schwelender Familienkonflikt, bringt andere Folgen mit sich. Unterschiedliche Kinder reagieren auch unterschiedlich auf dieselbe Art von Trauma. Einige haben die Tendenz zu nach außen gerichteten Reaktionen – sie werden unruhig und aggressiv. Andere richten ihre Reaktionen nach innen – sie werden deprimiert, erleiden Rückschritte in ihrer Entwicklung und zeigen verschiedene psychosomatische Symptome. Solchen Kindern begegne ich oft als Kinderarzt, und ich habe sogar in dieser Gruppe große Unterschiede festgestellt, die familiengebunden zu sein scheinen. Einige Kinder haben oft Kopfschmerzen, wenn sie Sorgen haben, andere bekommen Magenschmerzen.

Oftmals gibt es andere Familienmitglieder, nicht selten ein Elternteil, die auf dieselbe Weise reagieren. Wir sprechen manchmal von »Kopfwehfamilien« und »Magenfamilien«. Ich habe schon viel darüber nachgedacht, ob es sich hier um ein genetisches oder um ein soziales Erbe handelt. Vielleicht ist es eine Kombination aus beidem. In manchen Familien lernt das Kind, daß die Mutter Kopfschmerzen bekommt, wenn sie müde und gestreßt ist. Die Kopfschmerzen werden eine Art akzeptierte Sprache, die auch das Kind sich aneignet. In anderen Familien sind es die Magenbeschwerden des Vaters, die auch das Reaktionsschema des Kindes bestimmen.

Mir ist in der letzten Zeit immer klarer geworden, daß die Reaktionen des Kindes auch von der Arena beeinflußt werden, in der sie meist auftreten. Dieselben gestreßten Kinder zeigen also verschiedene Symptome in verschiedenen Umgebungen. Vielleicht ist das der Grund dafür, warum verschiedene Personen, die das Kind in unterschiedlichem Milieu antreffen, so uneins über das eigentliche Befinden des Kindes sein können.

Wenn die erste Funktion des Symptoms darin liegt, als eine Alarmklingel zu funktionieren, dann ist es ganz natürlich, daß sie dem angepaßt werden, der darauf reagieren soll. Das Kind versucht, auf der Wellenlänge der Feuerwehr zu senden. In der Schule ist es selten sinnvoll, verschlossen und deprimiert zu sein, denn die meisten finden es am schönsten, wenn die Kinder nicht stören. Um nun also die Lehrer auf sich aufmerksam zu machen, muß man provokativ auftreten, auf jeden Fall den

Unterricht stören und am besten Mitschüler oder Lehrer schlagen oder bedrohen.

Wenn das Kind dann in die kinderpsychologische Sprechstunde kommt, dann hält es nicht an der harten Linie fest. In der Kinderpsychiatrie ist man kaum noch an streitbaren und störrischen Kindern interessiert, man meint, daß diese in die Sozialfürsorge gehören. Eine größere Aufmerksamkeit erfährt das Kind hier, wenn es deprimiert und regressiv auftritt. Das inspiriert die Behandelnden.

Und wenn das Kind auf die Kinderstation kommt, dann zeigt es sein Einfühlungsvermögen dadurch, daß es wenigstens das Gespräch damit einleitet, daß es von seinem Körper redet. Ich bin ja Arzt, und wenn ich mich für irgend etwas interessieren könnte, dann für körperliche Vorgänge.

Diese Argumentation mag ein wenig salopp erscheinen, aber ich bin überzeugt, daß sie im Kern die Wahrheit trifft. Die Schlüsse sind bereits gezogen. Der erste heißt, daß das Erscheinungsbild der Symptome nicht überbewertet werden darf. Wichtig ist nicht, wie die Alarmglocke klingt, sondern daß man sie überhaupt hört. Die andere Folgerung ist die, daß wir, die wir mit Kindern arbeiten, beim Auftreten von Schwierigkeiten unsere Arbeit koordinieren müssen. Jeder von uns erhält seinen Puzzlestein, aber um das Bild sehen zu können, müssen wir gemeinsam versuchen, zumindest einen Teil des Puzzles zusammenzufügen.

In den letzten Jahren hat man mehr Wissen darüber gewonnen, wie Kinder in schweren und unerwarteten Krisensituationen reagieren. Einige der Symptome, die wir sehen, treten häufiger auf als andere, und sie scheinen auch eine besondere Bedeutung für das Kind zu haben. Sie geben uns eine Reihe wichtiger Hilfen an die Hand, wie wir Kindern, die in Schwierigkeiten geraten sind, helfen können.

Das Nacherleben eines Traumas geschieht viel öfter, als wir denken. Es kann auf drei Arten passieren:

1. Viele Kinder können **in wachem Zustand plötzlich Fragmente der ursprünglichen Handlung aufs neue durchleben.** Plötzlich fühlen sie wieder den Schmerz oder die Erschrockenheit. Das Nacherleben währt nur wenige Sekunden – im Englischen nennt man das »flash back«, um zu unterstreichen, wie blitzschnell die Rückkopplung zu der schmerzhaften Erinnerung geschieht. Es dauert aber dennoch lange genug, um das Kind sehr zu quälen.

Bei einem meiner regelmäßigen Besuche in einem Krankenhaus in Süd-Lappland treffe ich immer eine Flüchtlingsfamilie aus Beirut. Die Familie ist kürzlich nach Schweden gekommen und besteht aus Mutter, Vater und zwei Mädchen, drei und fünf Jahre alt.

Als ich eines Tages in das Krankenhaus gehe, sehe ich einen großen Container vor der Tür stehen. Ich denke nicht länger darüber nach, aber als ich gerade eines der Mädchen untersuche, hört man ein schreckliches Dröhnen draußen vor dem Fenster. Sogar ich schrecke hoch. Nach meinen eigenen Kriegserfahrungen im Libanon bin ich immer noch überempfindlich gegenüber dieser Art von großem, unerwartetem Lärm.

Ich fasse mich schnell wieder, und mir wird klar, daß das Dröhnen von Ziegelsteinen herrührt, die vom Dach des Hauses in den Container geworfen werden. Die Mädchen schreien wie verrückt. Sie sind furchtbar erschrocken, werfen sich über die Eltern, zerren an ihnen und zeigen auf die Tür.

Die Eltern sind auch blaß, haben sich aber schon wieder gefaßt. Als das Dröhnen beginnt, springen sie von ihren Stühlen auf, und ihre Blicke treffen sich. Nun haben sie sich wieder hingesetzt, drücken die Mädchen an sich und lächeln mir bemüht zu. »Sie wollen in den Schutzkeller«, sagt der Vater. »Sie glauben, daß es Granaten sind.«

Die Eltern nehmen die Mädchen auf den Arm und gehen zum Fenster. Sie zeigen auf die Dachziegel, die in den Container herunterfallen, und versuchen zu erklären. Ich schaue auf meine Uhr. Es dauert mehr als sieben Minuten, bis ich die Untersuchung fortsetzen kann. Ein Nacherleben dieser Art ist besonders deutlich bei Flüchtlingskindern zu erkennen, aber es kommt auch bei anderen Kindern vor, die schwere Erlebnisse hatten. Ich habe mißhandelte Kinder sich zusammenkrümmen und weinen sehen, wenn ein Erwachsener seine Hand in Schulterhöhe erhob, vielleicht nur, um jemandem zuzuwinken oder um irgend etwas aus einem Regal zu nehmen.

Nacherleben ist sehr schmerzvoll, und Kinder tun alles, um es zu vermeiden. Ein achtjähriger Junge weigerte sich mehrere Jahre lang, den Raum zu betreten, in dem er seine Katze tot gefunden hatte. Als Erwachsener versteht man das vielleicht nicht sofort. Wenn man ein Kind zwingt, den Schmerz nachzuerleben, indem man es gegen seinen Willen in ähnliche Lagen versetzt, dann birgt das immer die Gefahr, alles zu verschlimmern. Die Behandlung von Kindern mit schweren Problemen dieser Art kann gewiß eine solche »Gewöhnung an die Gefahr« mit sich bringen, dies muß jedoch unter sachkundiger Leitung geschehen, wo man gleichzeitig die Bedeutung des zurückliegenden Traumas für das Kind auch in anderer Hinsicht bewertet.

2. **Der immer wiederkehrende Alptraum** ist eine andere Form des Nacherlebens. Der Traum kommt Nacht für Nacht zurück und endet mit einem dramatischen oder unklaren Ereignis. Er ist mit großer Angst verbunden, und das Kind wacht schweißgebadet und zu Tode erschrocken auf. Ein zehnjähriges Mädchen, dessen Vater nach einer Scheidung ins Ausland gezogen war und fast ein Jahr lang nichts von sich hören ließ, erzählt von einem solchen Traum: »Einige Männer brechen des Nachts bei uns ein. Sie entführen mich. Ich schreie nach Papa, aber er kommt nicht. Sie führen mich in ein dunkles Zimmer. Ich habe Todesangst und weine. Da taucht Papa von irgendwoher auf. Wir rennen durch einen langen Gang, finden eine Tür und fahren in einem Auto weg. Wir fahren auf einer Autobahn. Plötzlich werden wir von einer Polizeikontrolle angehalten. Ein Polizist geht auf Papa zu. Er hat eine Pistole in der Hand. Da sehe ich, daß er einer der Entführer ist. Ich versuche zu schreien, aber es geht nicht. Da wache ich auf.«

In dem Traum dieses Mädchens ist der Zusammenhang mit dem durchlebten Trauma offensichtlich, auch wenn der Traum noch andere Grundlagen hat. In anderen Fällen ist der Zusammenhang für das Kind, aber auch für die Eltern schwerer zu durchschauen. In einer Therapie kann das geklärt werden, aber es ist nicht sicher, ob eine Therapie zwingend nötig ist. Oft verblaßt der Traum, wenn das Mädchen aus eigener Kraft oder mit Hilfe der Angehörigen sich durch das hindurcharbeitet, was geschehen ist.

3. Eine dritte Form des Nacherlebens ist das, was wir »**Nacherleben durch Handeln**« nennen. Das Nacherleben geschieht auf einer unbewußten Ebene, das Kind begreift also nicht, woran es rührt, aber lebt seine Angst und seinen Schrecken so aus, als ob es wieder in dieselbe Situation des Traumas versetzt sei.

Ich habe fast nie einen weißen Kittel an, wenn ich Kinder untersuche. Wenn ich einen trage, dann passiert es fast jeden Tag, daß ein Kind sich schrecklich erschrickt, wenn ich nur auftauche. Der weiße Kittel fungiert als Signalflagge und verursacht manchmal eine starke Panikreaktion, vor allem bei kleineren Kindern. Das Kind weiß sicher nicht warum und kann das Ganze auch nicht erklären. Aber die Eltern und ich verstehen, daß das mit einem Besuch beim Ohrenarzt oder mit einer Notaufnahme zusammenhängt, wo das Kind einer nicht ganz schmerzfreien Behandlung ausgesetzt werden mußte. Das Kind erlebt das Trauma nach und agiert seine Angst aus. Viele Kinder, die plötzliche und völlig unkontrollierte Wutausbrüche bekommen, ohne daß irgend jemand verstehen kann warum, sind Opfer eines Nacherlebens dieser Art. Es ist dann eine wichtige Aufgabe für den, der auf solche Kinder im Kindergarten trifft, herauszubekommen, was hinter der Fassade passiert, die man von außen sieht. Man braucht dazu viel Geduld und manchmal viel Phantasie, aber wenn man dem zugrundeliegenden Trauma auf die Spur kommt, dann hat man auch den Schlüssel für alle verschlossenen Türen.

Eine **seelische Taubheit** ist ein anderes gewöhnliches Symptom nach schweren Traumata. Ich meine hiermit nicht den ersten Schockzustand, der die Zeit kurz nach einem Trauma kennzeichnet. Mit dieser Art Schock sind alle Ambulanzmitarbeiter und das Personal in der Notaufnahme wohl vertraut.

Meine erste Erfahrung mit einem solchen traumatischen Schock machte ich als Fünfjähriger, als ich Zeuge eines Motorradunfalls wurde. Zusammen mit meinem Bruder sah ich einen jungen Motorradfahrer vom Weg abkommen und an einem Abhang verschwinden. Wir liefen hin und sahen ihn auf den Weg zurückklettern. Er war blutverschmiert und blutete im Gesicht und am Kopf.

»Sagt mal, Kinder«, sagte er, »habt ihr einen Schraubenschlüssel? Ich glaube, da ist was kaputtgegangen.« Er zeigte auf das Motorrad. Unser Opa kam zur Hilfe. Es fiel ihm schwer, den Mann zu überreden, daß er ins Krankenhaus müßte. Gleich darauf wurde der Mann ohnmächtig und mußte mit dem Krankenwagen abgeholt werden.

So sieht also der traumatische Schock aus, aber die seelische Betäubung, die ich nun beschreiben will, zeigt sich anders. Sie kommt später, wenn sich die größte Aufregung gelegt hat. Das Kind gerät dann in einen Zustand der Abwesenheit und Unwirklichkeit.

Ein zwölfjähriger Junge wird Zeuge, wie die Mutter vom Vater mißhandelt wird. Die Mutter kommt ins Krankenhaus, der Vater wird von der Polizei abgeholt. Der Junge wohnt bei einer Tante. Nach einiger Zeit beginnt er, sich in sich zurückzuziehen. Er geht wie gewöhnlich in die Schule, scheint sich aber für die meisten Dinge nicht zu interessieren. Er bleibt dem Fußballtraining fern und geht seinen Freunden aus dem Weg. Die Tante versucht mit ihm zu reden, aber er verweigert jeglichen Kontakt. Vor allem will er nicht über seine Eltern reden.

Seinen besten Freund, einen gleichaltrigen Jungen, beunruhigt sein Verhalten. Der Freund bittet ihn, zu erzählen, wie er alles erlebt habe, und erinnert ihn, daß sie doch früher immer alles miteinander besprochen hätten. Der Junge antwortet: »Ja, ich weiß. Aber das hier kannst du nicht verstehen. Niemand versteht es. Ich muß allein damit fertig werden.«

Manche fassen eine solche Abschirmung gegen alles andere als ein Zeichen für eine Depression auf, aber so muß es nicht sein. Es ist wahrscheinlicher, daß manche Ereignisse so durchgreifend, verwirrend und schwer zu ordnen sind, daß jeder von uns in einer solchen Situation in sein Zimmer gehen und eine Weile die Tür hinter sich zumachen müßte. Wir müssen einen neuen Kurs auf dem Kompaß festlegen, bevor wir es wagen, weiterzufahren, und in dem Moment, wo wir das Gehäuse des Kompasses auf die richtige Gradzahl drehen, möchten wir nicht gestört werden.

Ich meine damit, daß ein gewisses Maß an Verschlossenheit für eine begrenzte Zeit auch bei Kindern als eine im Grunde gesunde Reaktion auf ein schweres Trauma aufgefaßt werden kann. Aber das kann sehr provozierend auf die nächste Umgebung wirken. Man beunruhigt sich leicht über ein Kind, das sich mit all seinem Schmerz zurückzieht. Wenn wir nicht sehen, was in dem Kind geschieht, stellen wir uns das Schlimmste vor. Dennoch ist es klug, sich in dem Moment zurückzuhalten. Das soll nicht heißen, daß wir das Kind sich selbst überlassen, sondern wir müssen eine Haltung großer Geduld finden und Respekt für die Integrität des Kindes und für sein Bedürfnis nach Alleinsein wahren.

Das Kind wird irgendwann kommen und durch den Türspalt hinausschauen, ob wir noch da sind. Dann ist es wichtig, daß wir uns während des Wartens nicht auf allzu lange Wanderungen begeben haben.

Unruhe, Rastlosigkeit und Konzentrationsschwierigkeiten sind andere wichtige Symptome bei Kindern, die schwere Erlebnisse hinter sich haben. Das Kind ist möglicherweise untragbar für die Gruppe in der Tagesstätte oder für die Schulklasse und wird aufgrund seiner Unruhe für weniger begabt gehalten, als es eigentlich ist.

Ein sechsjähriger Junge kommt zu mir zu einer Untersuchung. Er geht in die Vorschule, aber es klappt nicht gut mit ihm. Er ist ständig in Bewegung, kann nicht stillsitzen oder sich konzentrieren, ist unruhig und störrisch, schlägt sich oft mit den anderen. Er wird als allzu »unreif« eingestuft, um im kommenden Herbst mit der Schule beginnen zu können. »MBD?« (= Minimal Brain Dysfunction) – steht auf der Überweisung.

Der Junge ist ein Adoptivkind. Nach Schweden kam er im Alter von einem Jahr. Von seinen ersten Lebensmonaten weiß man nicht viel, aber als er ins Kinderheim kam, wies er Spuren von Verwahrlosung und sogar Mißhandlung auf.

Die Adoptiveltern bekamen ein paar Jahre nach seiner Ankunft in Schweden ein leibliches Kind, auch einen Jungen. Es gab ständig Konflikte zwischen den beiden Jungen. Der Vater entwickelte ein Magengeschwür, und es gab auch einen latenten Konflikt zwischen den Eltern. Eine Scheidung wurde in Erwägung gezogen, aber nie realisiert. Es stellte sich heraus, daß der Junge alles dies wußte, was für die Eltern eine Überraschung war. Die Beurteilung des Psychologen erweist, daß der Junge von der Begabung her weit über dem Durchschnitt liegt. Eine Reihe von traumatischen Episoden in seinem Leben kann aufgedeckt und durchgearbeitet werden; ein langer Prozeß beginnt. Der Junge kann in die normale Schule gehen. Er hat zwar einige Jahre lang Schwierigkeiten, aber ich kenne ihn als einen ungewöhnlichen, sehr empfindsamen und kreativen Jugendlichen.

Schlafstörungen sind sehr alltäglich. Viele Kinder haben nach dem Trauma Schwierigkeiten, abends einzuschlafen. Es geht ihnen am besten, wenn sie sehr beschäftigt sind, mit den Freunden zusammen oder in der Schule. Aber gegen Abend wird es still im Haus, auch der Fernseher wird ausgeschaltet, und sie geraten in Panik. Sie müssen wieder aufstehen, ein wenig herumlaufen, das Radio anmachen, etwas Milch trinken, eine Zeitung lesen. Schließlich schlafen sie erschöpft ein, viel zu spät und mit dem Gedanken daran, daß sie am nächsten Tag wieder in die Schule müssen. Andere Kinder schlafen ein, wachen aber mit Alpträumen auf.

Manche Symptome fallen nicht auf, wenn man das Verhalten des Kindes beobachtet, treten aber hervor, wenn man mit dem Kind über das spricht, was es erlebt hat. Dazu gehört zum Beispiel das **verschobene Zeitgefühl**.

Wer schon einmal eine schwierige Situation miterlebt hat, der weiß, daß es im nachhinein ungeheuer schwer sein kann, Zeiten einzuschätzen. Ein alltägliches Ereignis in der Notaufnahme eines Kinderkrankenhauses sieht so aus:

Ein Notarztwagen fährt mit Blaulicht vor. Aus dem Auto springen zwei erschrockene und nahezu verzweifelte Eltern und laufen in die Notaufnahme. Im Arm halten sie ein Kind, das ungefähr ein Jahr alt ist und relativ gesund und wohl aussieht, abgesehen von den ein wenig geröteten Wangen. Schon dieser Anblick läßt mich wahrscheinlich die Diagnose Fieberkrampf stellen. Es ist schrecklich, wenn man als Eltern zum ersten Mal die Fieberkrämpfe des Kindes miterlebt. Die meisten denken dann, daß das Kind stirbt.

Wenn sich der erste Schreck gelegt hat und beide Eltern und ich davon überzeugt sind, daß es dem Kind jetzt gutgeht, bitte ich die Eltern, mir zu erzählen, wie der Krampf aussah. Ich erhalte dann eine äußerst präzise Beschreibung eines Fieberkrampfes, die ich nicht bezweifeln werde. Aber dann frage ich meist der Form halber: »Was denken Sie, wie lange der Krampf gedauert hat?« Und ich weiß, daß ich darauf alle möglichen Antworten bekommen kann. Ich weiß auch, daß die Beschreibung, die ich nun bekomme, absolut nicht korrekt sein wird.

Nicht nur die Dauer des Traumas ist im nachhinein schwer einzuschätzen. Auch die Reihenfolge in einem komplizierten Handlungsverlauf ist unter Umständen sehr schwer exakt anzugeben. Folgendes Beispiel kann zeigen, wie sich das äußert:

Ein vierzehnjähriges Mädchen ist unterwegs und joggt auf einem beleuchteten Weg. Es ist schon fast dunkel, und sie läuft allein. Plötzlich steht ein Mann direkt vor ihr. Er zerrt sie vom Weg, wirft sich über sie und vergewaltigt sie hinter einigen Büschen. Sie wehrt sich und schreit, es kommen einige andere Läufer vorbei, der Vergewaltiger bekommt Angst und läuft davon. Das Mädchen schleppt sich auf den Weg, hält einen Mann an und berichtet ihm schockiert, was geschehen ist. Der Mann kümmert sich um sie, bringt sie zu seinem Auto und fährt sie ins Krankenhaus.

Die Polizei hört den Mann am gleichen Tag an, wartet aber mit dem Verhör des Mädchens bis zum nächsten Morgen. Da gibt sie eine exakte Beschreibung der Vergewaltigung und eine so präzise Beschreibung des Täters, daß er am selben Tag verhaftet werden kann. Er hat mehrere Mädchen überfallen, und die Polizei hatte bereits einen bestimmten Mann im Verdacht.

So lange ist alles in Ordnung. Aber dann sagt das Mädchen: »Es war alles so seltsam. Ich lief auf diesem Weg. Dann hielt ich aus irgendeinem Grund an und sprach mit einem Mann. Wir kamen auf Vergewaltigungen zu sprechen, ich weiß überhaupt nicht warum. Dann lief ich weiter – und dann wurde ich vergewaltigt! Es war wie ein Vorzeichen. Ich wurde gewarnt, aber habe doch nichts verstanden.«

Die Polizisten bitten sie, den Mann zu beschreiben, mit dem sie über die Vergewaltigungen gesprochen hat, und sie beschreibt den Mann, der sie zum Krankenhaus gebracht hat. Er wird nochmals angehört und berichtet wieder seine Version. Er hatte das Mädchen nicht getroffen, bevor es ihn anhielt und ihm von der Vergewaltigung berichtete.

Das Mädchen wird nun nochmals gefragt und erzählt eine dritte Version. Sie wird als so unzuverlässige Zeugin eingeschätzt, daß der verhaftete Mann wieder freigelassen wird.

Aber das Mädchen verhielt sich doch genau so, wie man es von einem Kind (und einem Erwachsenen) im Zusammenhang mit einem traumatischen Erlebnis dieser Art erwarten würde. Das Zentrum des Traumas, in diesem Fall die Vergewaltigung selbst, erinnert man mit peinigender, fast überdeutlicher Schärfe. Alles dagegen, was nicht direkt mit dem Trauma zusammenhängt, wird undeutlich. Es ist, als würde es so viel psychische Energie kosten, das Trauma zu bewahren, daß es nicht mehr für das reicht, was sich an der Peripherie des Traumas befindet.

Für uns alle, die wir mit Kindern zu tun haben, ist es notwendig, das zu wissen. Wie oft schon ist Kindern mißtraut worden, nur weil die Erwachsenen nicht wissen, wie ein Mensch im Zusammenhang mit einem Trauma gewöhnlich reagiert! Wie oft schon sind Kinder, die von Mißhandlungen oder Mißbrauch erzählt haben, als nicht glaubwürdig angesehen worden, wenn sie mit großer Präzision vom Übergriff selbst berichteten, aber dann Details und Reihenfolgen an der Peripherie durcheinanderbrachten! Das vergewaltigte Mädchen zum Beispiel wäre viel weniger glaubwürdig gewesen, wenn es ebenso detailliert von der ganzen Jogging-Tour berichtet hätte.

Bei näheren Gesprächen mit Kindern, die schwere Traumata durchlebt haben, kann man manchmal auch eine Reihe anderer Symptome feststellen. Dem Trauma wird oft eine **magische Erklärung** verliehen. Das Kind kann zum Beispiel das, was geschehen ist, als eine Warnung oder eine Strafe auffassen. Es kann manchmal auch eine **diffuse Schuld** empfinden, ohne richtig erklären zu können, warum.

Schließlich muß auch erwähnt werden, wie viele Kinder nach einem Trauma eine wachsende Angst vor der Zukunft empfinden. Viele glauben, daß ihr Leben kurz sein wird. Die Konfrontation mit dem Unerwarteten, mit dem Tod oder dem Bösen hat ihre Lebensperspektive zusammenschrumpfen lassen.

Die amerikanische Kinderpsychologin Lenore Terr hat diese letzteren Symptome ausführlich in einer Reihe von Publikationen beschrieben. Sie betont, daß Kinder solche Überlegungen sehr selten im Familiengespräch preisgeben, aber oft im vertraulichen Gespräch unter vier Augen mit jemandem, der außerhalb des engen Familienkreises steht.

Das macht wieder deutlich, wie wichtig es ist, daß das Kind erwachsene Freunde außerhalb der Familie hat, die immer zur Verfügung stehen.

Und es erinnert uns auch daran, daß wir, die wir es zu unserem Beruf gemacht haben, Kindern und Familien in Krisen zu helfen, unser Urteil nie auf die Erzählung der Erwachsenen über das Kind gründen dürfen. Wir müssen die eigene Version und Erklärung des Kindes suchen.

Alle die Symptome, die ich beschrieben habe, werden heute oft unter dem Begriff »Post-Traumatic Stress Disorder« (PTSD) zusammengefaßt, womit die Streß-Krankheit nach einem Trauma gemeint ist. Ich komme mit diesem Begriff nicht so gut zurecht. Auf der einen Seite gibt es keinen Zweifel, daß die Wissenschaftler, die diesen Begriff geprägt und in ihren Beschreibungen von Kindern in Lebenskrisen angewendet haben, ein neues Licht auf etwas geworfen haben, was früher im dunkeln lag. Auf der anderen Seite sollte man aber lieber davon Abstand nehmen, alle diese verschiedenen Reaktionen bei Kindern unter einem Begriff zusammenfassen zu wollen. Alle Kinder reagieren von ihren Voraussetzungen her individuell.

Meine stärksten Vorbehalte gegenüber dem Begriff habe ich aber doch bei dem Wort »Disorder«, was ja Krankheit bedeutet. Meiner Ansicht nach dürfen diese Symptome nicht mit Krankheit gleichgesetzt werden. Sie sind vielmehr die gesündesten Reaktionen, die es gibt, wenn ein Trauma so schwer ist, daß das Kind danach nicht sofort Zugang zu all seiner Angst, Wut und Trauer haben kann.

Es gibt eine viel schlimmere Alternative, und zwar, daß ein Kind überhaupt nicht reagiert. Es gibt Kinder, denen es gelingt, ihr Erlebnis vollständig zu verschließen, so daß sie auf den ersten Blick als ungewöhnlich stark und hart im Nehmen erscheinen. Neue Erkenntnisse, unter anderem aus der Arbeit mit Kriegskindern, zeigen, daß gerade diese Kinder auf längere Sicht einen sehr hohen Preis für ihre »Tapferkeit« bezahlen müssen.

Alle, die Kinder in schweren Lebenssituationen treffen, ob nun Eltern, Mitmenschen, Kindergärtnerinnen oder Krankenhauspersonal, müssen also bereit sein, umzulernen. Die Kinder, die starke Symptome nach einem Trauma zeigen und uns dadurch beunruhigen, können seelisch gesündere Kinder sein als die, die sich unberührt zeigen. Hier gilt wirklich der Satz aus der Bibel: »Die Schwachen werden die Starken sein, und die Starken werden die Schwachen sein.«

20. Ein Weg zur Heilung

Fünf Regeln zur Hilfe für Kinder in Notsituationen

Bei meiner Arbeit als Kinderarzt begegne ich oft Kindern, die sich in schweren Lebenslagen befinden. Die Arbeit mit Kindern in Krisen ist tatsächlich zum roten Faden in meinem Berufsleben geworden. Ich beklage mich nicht darüber, denn kaum eine andere Arbeit hat mir so viel gegeben. Kindern in schweren Lebenslagen helfen zu können ist für mich eine dankbare und inspirierende Aufgabe, vor allem seit ich mir die Fähigkeit der Kinder bewußt geworden bin, in Polarlandschaften ebenso wie in heißen Wüsten überleben zu können.

Dennoch stelle ich mir immer öfter die Frage: Warum kommen die Kinder zu mir? Warum suchen Kinder und Eltern einen Internisten auf, um über Lebensfragen und Krisen zu sprechen? Es kann sein, daß ich mich besonders für psychische und psychosomatische Fragen interessiere, aber reicht das als Erklärung aus? Es gibt doch eine Reihe von näherliegenden Anlaufstellen für das Kind, bevor es zum Arzt kommt. Warum funktionieren sie nicht?

Zuerst sind da natürlich die Eltern. Es gibt kaum eine wichtigere Aufgabe für sie, als das Kind vor Gefahren zu schützen und sich um das Kind zu kümmern, wenn es in Schwierigkeiten geraten ist.

In den letzten Jahren habe ich immer häufiger über die Rolle des Vaters in diesem Zusammenhang nachgedacht. Der Hauptgrund dafür ist, daß ich bei so vielen Kindern sah, wie sich in Krisen die Verzweiflung gegen den Vater richtete. Es gibt in unserer Kultur ein Traditionsmuster, in welchem der Vater für die Sicherheit der Familie einzustehen hat, während die Mutter dem Kind am nächsten ist und ihm hilft, wenn es Sorgen hat. Das hat dazu geführt, daß sich viele Kinder daran gewöhnen, daß die Mutter die Trösterin ist, während der Vater irgendwo im Hintergrund existiert, bestenfalls als äußerer Garant der Sicherheit, ansonsten aber abgewandt und abwesend, im schlimmsten Fall als Bedrohung oder Feind.

Aber viele Kinder, die ich treffe, drücken auch etwas anderes aus: eine Trauer darüber, daß der Vater, wenn es darauf ankommt, sich als feige und ausweichend erweist und in keiner Weise den Ansprüchen gerecht wird, die das Kind an ihn stellt.

Ich glaube, daß wir als Väter eine viel wichtigere Rolle für unsere Kinder spielen könnten, als wir es heute tun, vor allem wenn sie in Schwierigkeiten geraten. Es gibt heutzutage Tendenzen, die unser Zusammensein noch unentbehrlicher machen als je zuvor. Die Gefahren, die heutzutage unsere Kinder bedrohen, sind so viel komplizierter als früher. Das Bedürfnis der Kinder nach Trost ist sicherlich unerschöpflich, aber Kinder brauchen auch nahestehende Menschen, die erklären und helfen können, schwierige Zusammenhänge zu ordnen, die sich für ihre Angelegenheiten engagieren und sich für sie und ihre Rechte in allen Lagen und an allen Orten einsetzen.

Ich meine natürlich nicht, daß Mütter das nicht können. Im Gegenteil – es ist ja genau das, was sie schon immer durchzusetzen versuchen und viel zu oft ganz allein bewerkstelligen müssen. Ich meine, daß die Aufgabe so schwer ist, daß man beide Eltern braucht, mit ihren unterschiedlichen Rollen und Erfahrungen.

Schließlich ist es für heranwachsende Jungen auch wichtig, sich mit einem Vater identifizieren zu können, der an ihrer Seite steht und der ihnen mit Worten und Taten zeigt, was der Kampf um das Gute heutzutage von einem Mann erfordert.

Meine Überzeugung ist, daß für uns Männer die Zeit gekommen ist, unsere Funktion als Väter in den Vordergrund zu stellen, und diese Überzeugung brachte mich letztendlich auch dazu, dieses Buch zu schreiben. Wir brauchen mehr Wissen über Kinder, um glaubwürdig zu sein, und dieses Wissen möchte ich vermitteln.

Noch eine andere Schutzinstanz muß belebt werden, und zwar die Großeltern und die anderen Erwachsenen in der nächsten Umgebung des Kindes, denen das Kind vertraut – die erwachsenen Freunde.

In Maria Gripes eindrucksvollen Büchern über Elvis Karlsson spielt der Großvater von Elvis eine entscheidende Rolle im Überleben des Jungen in einer sehr schwierigen Lage. Der Großvater ist immer da. Er besucht Elvis, bestätigt ihn, hält ihn bei guter Laune und gibt ihm Mut, weiterzuleben.

Heute spielt vielleicht die Mutter eines Freundes eine große Rolle für ein Kind. Oder der Vater des Freundes oder der Fußballtrainer, wenn er einsichtig ist, versteht und auch einmal etwas wagt.

Die dritte Schutzinstanz wird von den Menschen gebildet, die in ihrer Arbeit täglich Kindern und Jugendlichen begegnen. Ich denke da an Kindergärtnerinnen, Sportgruppenleiter und Lehrerinnen und Lehrer, aber auch an Polizeibeamte, Jugendgruppenleiter und andere.

Wir in der Gesundheitsfürsorge kommen erst an vierter Stelle.

Wenn ich mit Eltern, Angehörigen und Menschen spreche, die täglichen Kontakt mit Kindern haben, dann habe ich das Gefühl, daß eine große Unsicherheit darüber herrscht, wie man Kindern in schweren Lebenssituationen begegnen sollte. Viele haben Angst, Fehler zu machen, noch mehr weh zu tun – und so tut man so, als würde man nichts bemerken. Und wenn dann die ganze Situation aus dem Ruder gelaufen ist, werden – oft in einem viel zu späten Stadium – die Experten eingeschaltet. Immer noch gibt es den festen Glauben, daß Experten nicht nur eine richtige Diagnose, sondern überhaupt alles wieder richtigstellen können.

Ich glaube, daß wir diese Entwicklung umkehren müssen. Die Experten, zu denen ich selbst in meinem Arbeitsleben gehöre, haben in manchen Fällen eine wichtige Aufgabe. Aber für die meisten Kinder in schweren Lebenskrisen ist das, was von den anderen Schutzinstanzen geleistet werden kann, viel wichtiger. Das Arbeitsprogramm, das ich hier vorführen will, ist aus der Arbeit erwachsen, die ich, zusammen mit meinen Mitarbeitern, mit Kindern und Familien in extremen Krisensituationen durchgeführt habe. Es ging dabei um Flüchtlingskinder mit schweren Kriegserlebnissen und andere Kinder, die schweren Kränkungen und Verlusten ausgesetzt waren. Viel Inspiration haben wir auch aus der Arbeit gewonnen, die man in Åmsele und Vindeln nach dem dreifachen Mord auf dem Friedhof im Sommer 1988 geleistet hat.

Das Programm ist eine Merkliste mit einer Reihe von Punkten, die man beachten muß, wenn ein Kind in große Schwierigkeiten gerät. Die Merkliste ist nicht nur für Experten gedacht, sondern für die Menschen, die das Kind im täglichen Leben treffen, die zu den nächsten Schutzinstanzen gehören. Die Regeln sollen hier, mit kurzen Kommentaren und anschaulichen Beispielen versehen, wiedergegeben werden.

1. Struktur

Geben Sie den Tagen Struktur und Inhalt! Verändern Sie so wenig wie möglich! Bringen Sie das Kind nicht woanders hin! Wenden Sie die guten Strukturen an, in denen das Kind lebt! Nehmen Sie eine deutliche Führungshaltung an!

Kommentar: Für ein gefährdetes Kind sind Ordnung und Struktur wichtiger als für ein Kind in Sicherheit. Gleichzeitig gibt es aber immer eine Tendenz, daß auch die äußere Struktur anfängt zu wanken, wenn ein Kind in Schwierigkeiten gerät. Bei einem Todesfall in der Schule wird der Unterricht abgebrochen, wenn das Kind mehr als sonst die gewohnte Gruppe und die sichere Führung braucht. Bei einer Scheidung wird das Kind aus dem gewohnten Kindergarten oder der Schule genommen. Eine Konfliktsituation auf dem Schulhof kann zu überstürzten Veränderungen führen. Bei einem Todesfall in der Familie darf das Kind nicht in die Tagesstätte oder in die Schule gehen, obwohl es vielleicht jetzt am dringendsten die Unterstützung der Gruppe dort benötigt.

Wenn etwas Plötzliches und Unerwartetes im Leben eines

Kindes geschieht, dürfen die Grundregeln nur so wenig wie möglich geändert werden, und das Kind muß weiterhin in seiner Umgebung bleiben können, in der es sich sicher fühlt.

Zu einer guten Struktur gehört auch, das Kind von Verantwortung zu befreien. Es sollte so lange wie möglich Sicherheit fühlen können, indem es Erwachsene um sich hat, die wissen, was getan werden muß. Zu Hause kann das schwer durchzuführen sein. Auch die Erwachsenen in der Familie müssen das Recht haben, zu reagieren, wenn etwas Unerwartetes geschieht, und es kann manchmal unmöglich sein, sich vorzubereiten. In der Tagesstätte oder Schule sollte man hingegen eine bessere Vorbereitung haben. Dort sollte man gelernt haben, wie man Konfliktsituationen begegnet, wie man ein Kind bei einer Scheidung unterstützt und wie man sich bei plötzlichen und unerwarteten Todesfällen verhält. Solche Bereitschaftspläne sind ebenso wichtig und überdies öfter einzusetzen als Verhaltensregeln für Feuer und Krieg.

Beispiel: Ein Mädchen in der Klasse wird von seinem Vater getötet, der danach auch sich selbst umbringt. Am nächsten Morgen wird die Klasse von dem Geschehnis durch den Direktor und den Klassenlehrer informiert. Es wird ihnen gesagt, daß der Unterricht an diesem Tag nicht stattfindet, daß aber niemand nach Hause gehen soll. Der Direktor nimmt statt dessen die ganze Klasse mit zu sich nach Hause. Sie verbringen einen Tag gemeinsam ohne vorher geplantes Programm. Sie kochen, essen, gehen spazieren und sitzen zusammen, weinen und sprechen über das, was geschehen ist.

Der Direktor benutzt hier die gesunde Struktur, die eine gut funktionierende Klassengemeinschaft in sich trägt. Die Kinder werden sich immer an diesen Tag erinnern, an die Trauer wie an die Gemeinschaft.

2. Mit dem Kind sprechen

Erklären Sie dem Kind, was geschehen ist! Seien Sie vollkommen ehrlich! Geben Sie so eingehende Informationen wie möglich, je nach Alter und Reife des Kindes! Geben Sie dem Kind die Möglichkeit, seine Erlebnisse in Wort, Schrift, Zeichnungen oder Musik auszudrücken! Sprechen Sie mit dem Kind über die Zeit vor dem Trauma! Ermöglichen Sie dem Kind Zugang zu seiner Geschichte!

Kommentar: Ein Kind muß verstehen, was geschehen ist, um trauern zu können. Halbwahrheiten und Lügen werden von ihm früher oder später entdeckt, und das Urteil des Kindes über den, der es in einer kritischen Zeit seines Lebens betrügen wollte, kann sehr hart sein.

Das Kind braucht einen Vertrauten, der sieht, versteht und bereit ist, die Last eine Zeitlang tragen zu helfen. Aber das Kind muß selbst seinen Vertrauten auswählen und selbst den Zeitpunkt bestimmen, wann es bereit ist, zu erzählen. Die Aufgabe des Erwachsenen ist es, dazusein und sich bereitzuhalten. Wenn das Kind durch den Türspalt hinausschaut, muß der Vertraute dort warten.

Scheidungskinder haben das Recht, die Jahre vor der Scheidung als gute Kindheitsjahre zu erinnern, Fotoalben oder Videofilme aus dieser Zeit dürfen nicht weggeworfen werden oder verschwinden, die Versuche des Kindes, von glücklichen Zeiten zu reden, dürfen nicht mit einer Grimasse kommentiert werden. Das Kind, das ein Geschwister oder einen anderen nahen Angehörigen verloren hat, hat das Recht, sich in Gedanken und in der Phantasie mit dem Toten zu umgeben, ohne daß die Erwachsenen schweigen oder ausweichen. Statt dessen soll sich das Kind daran gewöhnen, daß der Tote in der Gemeinschaft weiterlebt, indem man auf dieselbe positive und unbeschwerte Weise von ihm redet wie vorher, als er noch lebte. Und das Flüchtlingskind hat das Recht, sich an seine Kindheit in der Heimat mit Stolz und Freude und nicht nur als an eine Hölle zu erinnern.

Beispiel: Während des Wochenendes brennt eine Tagesstätte unter ungeklärten Umständen bis auf die Grundmauern nieder. Viele Menschen sammeln sich um das brennende Gebäude, auch viele Kinder aus der Tagesstätte und ihre Eltern.

Die Leiterin der Tagesstätte trifft am selben Abend eine Übereinkunft mit der Kirche, um deren Gemeindehaus für einige Tage nutzen zu dürfen. Sie ruft am Sonntagabend alle Familien an und fordert sie auf, am Montag wie gewöhnlich zu kommen – aber zum Gemeindehaus.

Der Montag beginnt mit einer Versammlung. Dort berichtet ein Feuerwehrmann nicht nur von dem, was geschehen ist, von der wahrscheinlichen Brandursache (in diesem Fall ein Kurzschluß), sondern auch darüber, wie ein Brand entsteht und wie man ihn löscht. Es werden ihm viele Fragen über die aktuelle Löschaktion gestellt, und er antwortet, so gut er kann. Danach gehen die Kinder von dem Gemeindehaus zu der ausgebrannten Tagesstätte. Der Feuerwehrmann erklärt weiter.

Zu einer weiteren Versammlung zum Mittagessen kommt die Leiterin der Sozialfürsorge. Sie verspricht den Kindern auf der Stelle, daß die Tagesstätte wieder aufgebaut werden wird und daß es möglich sein wird, eine gute Lösung für die Übergangszeit zu finden.

Am nächsten Tag dürfen die Kinder Brände malen und Feuerwehr spielen. Solche Aktivitäten finden noch lange nach dem Brand statt, oft aufgrund der eigenen Initiative der Kinder.

Zwei Monate später machen die Kinder und die Kindergärtnerinnen eine Ausstellung. Die Geschichte der alten Tagesstätte wird auf einigen Bilderwänden beschrieben. Man hat Fotografien vom Heim bei Eltern und Personal gesammelt. Die größeren Kinder haben ein Modell ihrer alten Tagesstätte gebaut, und die kleineren haben Innenansichten gemalt. Neben dem Modell wird die Skizze des Architekten für die neue Tagesstätte gezeigt.

3. Rituale

Bewahren und verstärken Sie die Rituale, an die das Kind seit langem gewöhnt ist! Geben Sie dem Kind zu den gewohnten Zeiten Essen, seien Sie genau mit den gewöhnlichen Abendritualen! Feiern Sie Geburts- und Namenstage, essen Sie Ostereier und lassen Sie Weihnachten, trotz allem, was geschehen ist, ein richtiges Weihnachten sein. Schaffen Sie selbst neue Rituale um das, was geschehen ist, und ermuntern Sie das Kind, es auch zu tun! Lassen Sie das Kind an den Ritualen der Erwachsenen teilhaben!

Kommentar: Rituale sind immer ein wichtiger Teil des Alltags des Kindes und erhalten in Krisenzeiten besondere Bedeutung. Rituale und Symbolhandlungen helfen, Ordnung ins Chaos zu bringen, sie schenken ohne Worte Gemeinschaft und bieten eine Sprache, um das auszudrücken, wofür die übliche Sprache noch keinen Ausdruck hat.

Es geschieht leicht, daß alle die normalen Rituale, die das Leben des Kindes einteilen, umgeworfen werden, wenn etwas Unerwartetes geschieht. Das verstärkt die Verwirrung des Kindes. Es kann auch sein, daß die Erwachsenen es überhaupt nicht als angebracht empfinden, Feste zu feiern. Diese bedeuten Kindern aber mehr als den Erwachsenen, und gerade wenn die Dunkelheit am stärksten ist, braucht man mehr als gewöhnlich alle Lichtquellen, die der Kalender hergibt. Als Erwachsene haben wir uns daran gewöhnt, daß gewisse Rituale in schwierigen Zusammenhängen wiederkehren. Dazu gehört zum Beispiel das Anschauen des Toten und die Beerdigung. Aber es passiert leicht, daß wir in falscher Sorge das Kind dieser Rituale berauben, die auch für das Kind eine Funktion erfüllen. So lange wie möglich sollte dem Kind angeboten werden, mitzugehen. Kinder haben oft ein besseres Gefühl für Symbolhandlungen als Erwachsene und sind in dieser Hinsicht voller Erfindungsreichtum. Sie wollen junge Vögel begraben, Unglücksplätze besuchen, Blumen niederlegen, wo jemand gestorben ist, das Bild eines verreisten Vaters aufstellen, möglichst nah bei sich am Körper ein kleines Ding tragen, das einem weggezogenen Freund gehört hat, ein Abendgebet für jemanden beten, der krank ist. Alle derartigen Initiativen von seiten des Kindes sollten unterstützt und bejaht werden.

Beispiel: Mitten im April kommt ein Junge aus der vierten Klasse auf dem morgendlichen Weg zur Schule bei einem Autounfall ums Leben. Als das Unglück bekannt wird, wird der Unterricht abgebrochen, und die Klassenkameraden werden nach Hause geschickt. Als sie am nächsten Morgen wiederkommen, hat der Hausmeister die Bank des Jungen aus dem Klassenraum entfernt. Die Reaktionen unter den Freunden des Jungen sind heftig. Sie verlangen, daß die Bank zurückgestellt wird. In der ersten Pause gehen ein paar hinaus und pflücken Blumen, die sie dann auf die Bank des Verunglückten legen. Sie bitten um eine Vase. Als der Lehrer am nächsten Morgen in die Klasse kommt, brennt eine Kerze auf der Bank, und frischgepflückte Blumen stehen in der Vase gleich daneben.

Der Lehrer hat sich inzwischen von seinem ersten Schock erholt und hält eine kleine Andachtsstunde für den Jungen. Am Tag vor der Beerdigung bekommt die Klasse Besuch von der Pfarrerin. Sie berichtet schlicht, was geschehen wird, und nach einer Weile fragt ein Mädchen aus der Klasse auch, was sie in ihrer Ansprache sagen wird. Sie nimmt einen Gruß an die Eltern mit, von der ganzen Klasse unterschrieben.

Die Bank bleibt das ganze Schuljahr über stehen, und es wird ein Bild von dem Jungen daraufgestellt. Jeden Morgen stehen dort frischgepflückte Blumen, und die Kerze darf jeden Tag während der ersten Stunde brennen.

4. Organisierte Aktivitäten

Helfen Sie dem Kind, seine Erstarrung, Verwirrung und Rastlosigkeit mit organisierten Aktivitäten zu durchbrechen! Geben Sie den Spielen des Kindes mehr aktive Unterstützung, bis es das selbst wieder übernehmen kann! Unterstützen Sie alle Initiativen, die das Kind selbst unternimmt, um den Schmerz zu lindern und das Böse zu bekämpfen! Helfen Sie ihm, seine Aktivitäten zu organisieren, damit es das ausdrücken kann, was es sagen will!

Kommentar: Nach schweren Erlebnissen geraten viele Kinder in Verzweiflung und Erstarrung, die eine Zeitlang als natürlich und angebracht angesehen werden können, die aber, wenn sie bestehen bleiben, Angst, Wut und Trauer blockieren können. Die Trauerarbeit erstarrt, und das Spiel stirbt.

Ein erfolgversprechender Weg kann dann sein, sich in der Trauer an die Arbeit zu halten. Es kann eine Zeitlang wichtiger sein zu arbeiten, als zu sprechen.

Das Spiel braucht besondere Zündhölzer und jemanden, der hineinbläst, damit es brennt. Der Erwachsene muß also das Kind mitnehmen, im Spiel oder in der Arbeit. In der Trauerarbeit nach schweren Erlebnissen kommen Kinder oft an einen Punkt, an dem sie sich an dem Bösen rächen wollen, indem sie das verändern, was sie als die Ursache für das Geschehen ansehen. Wenn ein Schulkamerad überfahren wird, dann wollen sie sich um eine Geschwindigkeitsbegrenzung kümmern, einen Fußgängerüberweg oder Beschränkungen des Autoverkehrs. Wenn jemand niedergeschlagen wird, wollen sie die Gewalt einschränken und den Verleih von gewaltverherrlichenden Filmen verbieten. Wenn ein Flüchtlingskind ausgewiesen werden soll, wollen sie die Ausweisungen stoppen.

Alle diese Initiativen müssen unterstützt werden. Sie sind oft gut begründet, da sie einer direkten Erfahrung entspringen. Außerdem haben sie einen heilenden Einfluß. Die Rolle des Erwachsenen muß hierbei sein, dem Kind zu helfen, seine Forderungen und Ziele auf eine konstruktive Weise und so, daß sie jemanden erreichen, zu formulieren, auch wenn der Erwachsene vielleicht nicht in jeder Hinsicht die Meinungen des Kindes teilt.

Beispiel: Ein Junge wird während der Sommerferien zusammen mit seinen beiden Eltern ermordet. Die Lehrer in der Orientierungsstufe, die der Junge gerade verlassen hatte, und in der Mittelstufe, in die er nun hätte eintreten sollen, verwenden viel Zeit des folgenden Schuljahres darauf, zusammen mit den Schülern das extrem schwere Trauma zu verarbeiten, das noch dadurch verstärkt wird, daß ein weiteres Mädchen aus der Schule im Herbst unter tragischen Umständen ums Leben kommt.

Bei dieser Arbeit spielen die organisierten Aktivitäten eine wichtige Rolle. Die Initiative kommt durchweg von den Schülern, aber die Lehrer sehen es als ihre Aufgabe an, Zeit für das bereitzustellen, was die Schüler machen wollen, und ihnen zu helfen, sich auszudrücken und mit ihrer Botschaft gehört zu werden.

Gedichte, Lieder und Aufsätze werden geschrieben, ein Theaterstück über die Gewalt wird einstudiert, und all das wird an einem Abend zum Luciafest aufgeführt, zu dem auch der Jugendminister eingeladen wird.

Videoverleihgeschäfte werden überwacht, ebenso wie der Kulturausschuß des Landes, und die Forderung nach einer Zensur von Videofilmen wird gestellt. Die Verleger verschiedener Massenmedien bekommen von den Schülern Briefe, die damit auf die Verarbeitung der Vorgänge in der Presse reagieren. Sie haben den Eindruck, daß die Täter im Vergleich zu den Opfern viel zuviel Raum erhalten und daß sie nach und nach als eine Art Idole dargestellt werden.

Kritische Stimmen meinen, daß da eigentlich die Ansichten der Lehrer zur Sprache kommen und daß die Schüler nur als Sprachrohr dienen. Diese Kritik ist unberechtigt und demonstriert eine weitverbreitete Unterschätzung der Möglichkeiten des Kindes, selbständig zu denken.

5. Zusammenarbeit unter Eltern

Nutzen Sie die Kraft, die die Zusammenarbeit mehrerer Eltern bei schweren Erlebnissen ihrer Kinder geben kann! Stärken Sie in kritischen Situationen die Zusammenarbeit zwischen Tagesstätte, Schule und Eltern! Schaffen Sie eine Routine dergestalt, daß sofort, wenn ein Ereignis eintritt, das mehr als ein Kind betrifft, Elterntreffen in kurzen Abständen einberufen werden! Gehen Sie niemals davon aus, daß die Sozial- oder Gesundheitsfürsorge in der Angelegenheit tätig werden wird, aber nehmen Sie gern Kontakt auf, wenn das für das Kind von Nutzen sein kann!

Kommentar: Eine Familie, die schweren Erlebnissen ausgesetzt wird, wird leicht isoliert, und das ist für das Kind am schlimmsten. Familien, die mit der betroffenen Familie zu tun haben, wie auch andere Erwachsene und Personal in der Tagesstätte oder Schule haben oft viele Kräfte, die für das betroffene Kind von großem Nutzen sein können, die aber viel zu oft ungenutzt bleiben. Niemand wagt zu stören oder sich aufzudrängen, viele haben Angst, Fehler zu machen. Kindergärtnerinnen und Lehrer können hier eine Schlüsselrolle einnehmen, indem sie betroffene Eltern zusammenrufen und auf diese Weise gemeinsame Bemühungen zur Unterstützung des betroffenen Kindes und seiner Familie initiieren.

Beispiel: Ein Auto mit Kindergartenkindern wird auf einem Ausflug von einem jungen Mann, der betrunken am Steuer sitzt, gerammt. Der Verursacher des Unfalls stirbt an der Unglücksstelle. Drei Kinder werden ernsthaft verletzt ins Krankenhaus gebracht.

Das Personal des Kindergartens startet einen Telefonrundruf und beruft ein zusätzliches Elterntreffen am folgenden Tag um vier Uhr ein. Alle werden über das Unglück informiert und erhalten zudem neueste Nachrichten über den Zustand der verletzten Kinder. Man einigt sich darauf, ein informelles Elterntreffen mit Kaffeetrinken in der nächsten Zeit jeden Tag um vier Uhr abzuhalten. Die Mitarbeiterinnen erhalten jeden Tag neue Informationen von den betroffenen Familien über den Zustand der Kinder, was dann den anderen Eltern mitgeteilt wird.

Während dieser Treffen werden eine Reihe spontaner Initiativen ins Leben gerufen. Die Kinder im Krankenhaus bekommen Briefe und Bilder, die betroffenen Familien bekommen Blumen. Die zuständige Abteilung der Polizei erhält ein Schreiben mit der Bitte, stärker gegen Alkohol am Steuer vorzugehen, und die Mutter des umgekommenen Mannes bekommt einen mitfühlenden Brief.

21. Die erstaunliche Kraft der Kinder

Visionen vom Gesehen-Werden und dem geheimen Raum in uns selbst

Es ist Zeit für die Elchjagd in Västerbotten, und die Jagd setzt ihren Stempel sowohl der Natur als auch den Tischgesprächen auf. Der Weg nach Mala ist immer schön, aber in der ersten Septemberwoche leuchten die Bäume mattgelb und rotbraun im diesigen Regen, Männer in grünen Kleidern mit orangefarbenen Bändern an den Mützen sitzen auf ihren Baumstämmen an den Wegen und vor den kleinen Jagdhütten, Rauch steigt von den Feuern auf, und müde Jagdhunde lungern ziellos auf der Straße herum.[8] Die Elchjagd symbolisiert für viele das ursprünglich Männliche, auch wenn die Lokalzeitungen von einer zwanzigjährigen jungen Frau berichten, die am ersten Tag der Jagd ein Elchkalb und einen Bären schoß. Die Kinder verfolgen die Jagd durch die Erzählungen der Eltern, und einige der größeren Kinder dürfen mit hinaus. Linder hat in der Tagesstätte von der Elchjagd gehört und philosophiert eines Abends: »Erst schießen sie den Elch tot, und dann machen sie ihn wieder fertig.«

Er hat gehört, daß man das Elchfleisch *fertig macht*, so daß es in Portionen verwahrt werden kann, hat das aber so aufgefaßt, als würde man den Elch wieder *fertig*, also ganz machen!

Die Vision der Ganzheit und daß etwas wieder heil gemacht werden kann, das ist vielleicht eine der ursprünglichsten und wichtigsten Visionen des Kindes. Vielleicht sagt sie auch viel über das Wesen der Vision selbst.

[8] Bei der Elchjagd in Schweden muß jeder Jäger ein leuchtend orangefarbenes Band an der Mütze tragen, damit er in den dunklen Wäldern erkennbar bleibt (Anm. d. Übers.).

Die Vision hat mit Sehen zu tun, sie ist ein Eindruck, ein Bild von etwas, das weit hinter der Wirklichkeit liegt. Oft stellt man die Vision auf eine Zeitachse und sagt: Eine Vision ist etwas, das in der Zeit weit vorn liegt, im Gegensatz zu realistischen oder kurzfristigen Zielen, die nach einem einfachen Zeitplan erreichbar sind. Das Wort Vision kann in dieser Hinsicht fast ein Schimpfwort sein, und in unserer Zeit darf die Vision höchstens noch als negatives Spiegelbild der herrschenden Meinung dienen. Wir stehen mit beiden Beinen auf der Erde, formulieren realistische Ziele, arbeiten methodisch und zielgerichtet und kriegen auch wirklich etwas fertig.

Aber vielleicht machen wir es uns gleichzeitig viel zu leicht. Wir leben nämlich auch in einer Zeit, in der der Zeitbegriff selbst in Frage gestellt wird, nicht nur von der modernen Physik. Was ist vorher, und was ist nachher? Sind wir auf dem Weg in die Zukunft, oder kommen wir von der Zukunft und sind auf dem Weg zurück in die Vergangenheit? Was ist Zeit, und was ist Raum? Die Physiker sprechen immer häufiger von der Raumzeit. Das sind Fragen, über die zu diskutieren Erwachsenen schwerfällt, die aber Kindern sehr liegen. Es gibt ein Phänomen, sagen die Physiker, das trotz allem die Vorstellung unterstützt, daß die Zukunft nach dem Jetzt kommt, und das ist das Gesetz der Entropie, das Gesetz von der Wahrscheinlichkeit der größtmöglichen Unordnung. Wenn man eine Vase auf den Boden wirft, dann geht sie in Stücke. Wenn man nun die Stücke auf den Boden wirft, dann wird die Vase nicht wieder ganz, sondern die Stücke zerbrechen weiter.

Aber in der Vision wird die Vase wieder ganz, der Elch erhebt sich nach dem Schuß, geheilt, und verschwindet im Wald. In der Vision sammeln wir die Fragmente von allen zerbrochenen Vasen der sich voranwälzenden Zeit und versuchen, sie zu neuen Mustern, neuen Ganzheiten zusammenzufügen. Dadurch erhält die Vision einen anderen Sinn als das, was wir Ziel nennen. Die Vision wird zur Antwort des Menschen auf das Gesetz der Entropie, ein notwendiger Versuch, die Wirklichkeit zusammenzuhalten und die Ganzheit zu sehen. Ohne Visionen gehen die Ziele in der größtmöglichen Unordnung verloren und werden schließlich völlig gleichgültig.

Kinder haben das schon immer begriffen, aber die Erwachsenen lassen sich nicht immer überzeugen. Ein erwachsener Mann oder eine Frau mit allzu großen Visionen werden gern kindisch genannt.

Ich werde in diesem Kapitel drei der tragenden Visionen beschreiben, denen ich oft in meinen Gesprächen mit Kindern begegnet bin.

Die Vision vom lebenden Baum

»Hier hast du ein Bild von mir«, sagte Jeanette eines Tages bei einem ihrer vielen Besuche im Kinderkrankenhaus.

Ich sehe mir das Bild – oder mehr Gemälde – an, das mit Buntstiften auf gewöhnlichem karierten Papier gemalt ist. Ich sehe eine kleine weiße Kirche in heftigem Schneefall. Neben der Kirche steht ein großer Baum in intensivem Blau.

»Siehst du, was es sein soll?« fragt Jeanette. »Das ist ein Gurkenbaum im Schnee. Siehst du den Gurkenbaum? Das ist ein besonderer Baum. Obwohl es schneit, so wie da, ist doch der Baum ganz blau!«

Jeanette ist sieben Jahre alt und kommt aus einem kleinen Dorf in den Bergen. Sie hatte eine ernste Krankheit und ist lange Zeit immer wieder untersucht worden, so daß ich sie mittlerweile recht gut kenne. Sie war ein bedrohtes Kind, hat aber immer eine große Kraft gezeigt.

Es ist der Baum, der auf diesem Bild so wichtig ist. Nicht die Kirche. Sie ist da, sehr unansehnlich, und sie leuchtet von innen – sicher sind Menschen darin. Vielleicht sitzen wir da zusammen und wärmen uns im Dunkel des Winters.

Der Schnee fällt über das ganze Bild, da ist wirklich dichter Schneefall! Der Schnee ist weich und bettet alles Harte ein. Aber er ist kalt. Was lebt, wird zugedeckt. Nur der Baum nicht.

Warum ist der Baum blau? Ist das nur, weil sie zeigen will, daß es sich hier um einen ungewöhnlichen Baum handelt, der wie kein anderer ist? Oder denkt sie an den blauvioletten Schimmer der Birken über dem Schnee, wenn der Frühling im Anzug ist?

Ich weiß es nicht und will auch nicht alles wissen. Der Gurkenbaum im Schnee ist für mich eines der stärksten Lebensbilder, die ich je gesehen habe. Der Baum ist Jeanettes Vision des Unsterblichen, des widerspenstigen und naseweisen Lebens, das sich nicht auslöschen läßt. Es ist ihre Version des wieder »fertig gemachten« Elches.

Die Vision des Lebens als eine unkränkbare, unzerstörbare Kraft gibt es tief im Inneren der meisten Kinder, und ich glaube, es gibt sie dort von Anfang an, wie eine Art Taufgeschenk des Lebens selbst. Sie bringt eine grundlegende Solidarität mit allem Lebenden und einen selbstverständlichen und völlig unkomplizierten Glauben an die Auferstehung in irgendeiner Weise mit sich. Der Respekt gegenüber dem Leben, gegenüber der Gleichwertigkeit aller Menschen, gegenüber Tieren und allem Lebendigen entspringt dieser grundlegenden Vision. Und wir haben allen Grund, uns zu fragen, was wir tun können, um dieser Vision Nahrung und Lebenskraft zu geben.

Die Vision, daß einen jemand sieht

Ich bringe Linder in den Kindergarten, wir werden dort von Britt empfangen. »Hallo Linder«, sagt sie, »hast du die neuen Stiefel an? Das ist gut, es regnet heute, und wir wollen heute vormittag rausgehen.«

Sie weiß und erinnert sich, daß Linder kürzlich neue Stiefel bekommen hat und daß er gern draußen ist. »Also, laß uns reingehen, das Frühstück steht schon dort und wartet. Es gibt Honigpops, die magst du doch am liebsten. Und wenn wir draußen waren, darfst du den Zuckerkuchen probieren, den du gestern gebacken hast.« Sie weiß, was er am liebsten zum Frühstück ißt, und erinnert sich, daß er und Mats gestern den Kuchen gebacken haben. Er war eigentlich für das Elterntreffen am Abend gedacht, aber sie ahnt, daß er gern selbst etwas davon hätte. Deshalb hat sie ein wenig für ihn beiseite geschafft.

»Wir gehen jetzt zum Fenster und winken dem Papa«, sagt sie und wirft mir über die Schulter einen Blick zu. Sie tut so, als ob sie flüstert, aber ist doch laut genug, daß Linder sie verstehen kann: »Gestern haben Sie das Winken vergessen. Das war nicht gut, Linder ging zum Fenster und hat sich gewundert, wohin Sie wohl verschwunden waren. Heute machen wir es richtig.« Kurz darauf sehe ich sein sonniges Gesicht und einen sicheren und bestimmten Gruß dort hinter der Fensterscheibe, bevor er zusammen mit Britt in Richtung Honigpops verschwindet.

Die ganze Zeremonie dauert nur wenige Minuten, aber als ich mich auf mein Fahrrad schwinge und davonfahre, denke ich darüber nach, wieviel sie beinhaltet. In einer Reihe von Punkten hat Britt Linder bekräftigt und gezeigt, daß sie ihn gesehen und verstanden hat. So hat sie seiner Vision Nahrung gegeben, was es bedeutet, genau auf dem Platz gesehen zu werden, auf dem man sich gerade befindet.

Die Vision, gesehen zu werden, gehört zu den ursprünglichsten bei Kindern – und auch bei Erwachsenen.

Vielleicht entsteht sie in dem engen, symbiotischen Verhältnis zwischen Mutter und Kind, zunächst im Mutterleib, dann durch das Stillen, die körperliche Nähe, Berührungen, Blickkontakte. Wenn man niemals diese Vision erfahren hat, sich der totalen Aufmerksamkeit eines anderen Menschen nie sicher sein konnte, dann ist das vielleicht das größte Handicap, das ein Mensch in seinem Leben mit sich tragen muß.

Bei meiner Arbeit mit Kriegs- und Flüchtlingskindern bin ich oft daran erinnert worden, welche Kraft in dieser Vision steckt und welche ungeheure Angst es mit sich bringt, wenn die Vision der Nähe und des Gesehen-Werdens und Entdeckt-Werdens verlorengeht. Es hat mich erstaunt, daß Kriegskinder so selten Angst haben zu sterben, selbst vernichtet zu werden. Die große Angst, die sie wahnsinnig macht, ist die Angst, verlassen zu werden.

Eine Frau, die den Zweiten Weltkrieg als Kind erlebte und eine lange Zeit im Konzentrationslager war, berichtet: »Sie fragen, was mich überleben ließ. Das weiß ich genau. Eines Tages kam eine dänische Delegation des Roten Kreuzes in das Lager. Sie gingen dort herum und schauten. Plötzlich entdeckte mich eine Frau aus der Delegation. Sie trennte sich von den anderen und kam auf mich zu. Sie stand eine Weile dort und sah mir direkt in die Augen. Es war nicht lange, und sie sagte nichts. Aber ich fühlte, daß sie mich sah und daß sie begriff, wie es mir ging. Ich träumte oft von ihr, und es war der Ausdruck in ihren Augen, der mich während der Zeit bis zum Ende des Krieges am Leben erhielt.«

Die Vision, was es bedeutet, gesehen zu werden! Sie öffnet auch unsere eigenen Augen, gibt uns die Möglichkeit, zu sehen, zu verstehen, uns einzuleben, liebevoll zu sein. Deshalb ist es so wichtig, sie unversehrt zu bewahren.

Britt hielt Linders Vision am Leben, als sie ihn an einem ganz gewöhnlichen Alltagsmorgen im Kindergarten traf. Und wir als Eltern tun es sicher auch, jeden Abend, wenn wir zu unseren Kindern hineingehen, uns auf die Bettkante setzen, dort eine Weile ohne Hast sitzen, bereit, so lange wie nötig zu bleiben, wenn das Kind gerade an dem Abend von seinen Ängsten berichten will.

Die Vision vom geheimen Raum

Kinder drücken die Vision vom geheimen Raum oft auf eine einfache Weise aus. Sie sprechen von ihrem »Geheimnis« und davon, daß alle Menschen verschiedene Geheimnisse haben. Dem liegt der Glaube zugrunde, daß niemand ganz richtig verstehen kann, wer ich bin, vielleicht nicht einmal ich selbst. Aber eine wichtige Aufgabe im Leben ist es, sein Geheimnis zu finden und zu wagen, die Schwelle zur eigenen Seele zu überschreiten.

Alle, die lange und eingehende Gespräche mit Kindern geführt haben, wissen, daß man früher oder später immer zu einem Raum kommt, in den man nicht hineinsehen kann und wo man, zumindest wenn man hellhörig und liebevoll ist, voller Respekt warten muß.

Der geheime Raum hat mit dem Ich und mit der innersten Identität zu tun und ist damit ein Zeichen des wahrhaftigen Menschen. Ein Mensch ohne geheimen Raum wird zu einer Arbeits- und Triebmaschine.

Es gibt viele Märchen, in denen der geheime Raum ein tragendes Motiv ist. Ein Mann reist fort und hinterläßt seiner Frau einen Schlüsselbund. Jeder Schlüssel führt zu einem Raum. Sie darf alle Zimmer aufschließen außer einem. Wenn sie dieses öffnet, wird es ihr schlecht ergehen.

Bruno Bettelheim, der amerikanische Psychoanalytiker, meint, daß der geheime Raum die verbotene Sexualität symbolisiert. Verschlossene Räume haben nach der klassischen psychoanalytischen Theorie oft mit der Gebärmutter und der verdrängten Sexualität zu tun. Aber der geheime Raum hat für Kinder oft eine weiter gehende Bedeutung als diese. Er hängt mit der Eigenart der Kindheit zusammen und ist ein Garant dafür, daß das Leben sich nie gänzlich erklären läßt und sich so auch nicht in Leere und Sinnlosigkeit auflösen kann.

Während das Kind davon träumt, gesehen und bekräftigt zu werden, ist es oft von einer unerklärlichen Wut gegen jemanden erfüllt, der sagt: »Ich weiß wohl, wer du bist!«

»Niemand kann wissen, wer ich bin«, ruft das Kind aus der Tiefe seines geheimen Raumes. »Ich bin vielmehr niemand, weil ich immer auf dem Weg bin. Wenn du sagst, daß ich so oder so bin, dann war das vielleicht gestern richtig. Aber heute nicht mehr, denn ich bin in Bewegung. Und ich habe meinen geheimen Raum bei mir.« Deshalb sind alle Versuche, ein Kind ausgehend von zeitlich beschränkten Beobachtungen zu beschreiben, wie es Lehrer und Eltern tun, im Grunde sinnlos und gleichzeitig ein großer Betrug an einer der wichtigsten Visionen des Kindes, der Vision vom geheimen Raum. Die einzige Art, wie wir uns einem Kind nähern können, wenn wir es verstehen und sehen wollen, ist, dem Kind von Angesicht zu Angesicht gegenüberzutreten, zwischen Visionen und Träumen. Vielleicht brauchen wir alle vor allem die Vision vom geheimen Raum. Denn an dem Tag, an dem wir alle Ecken ausgeleuchtet haben, wird alles leer sein.

Eine Vision ist mit leichtem Pinselstrich gemalt. Wenn die Details zu deutlich werden, verliert die Vision an Spannung. Wer der Vision zu nahe tritt, in der Hoffnung, eine Beschreibung der Methode zu finden, wird enttäuscht. Aus der Nähe betrachtet gehen die Pinselstriche nur in verschiedene Richtungen, das Bild löst sich auf und wird sinnlos.

Vielleicht ist dieses Kapitel eine Vision in sich – eine Vision davon, daß alle Kinder Visionen brauchen. Ich sehe Kinder vor mir: Kinder, die blaue Bäume malen, die von Ganzheit und Leben träumen. Kinder, die von Nähe träumen, davon, gesehen und bekräftigt zu werden. Kinder, die vom geheimen Raum träumen, von einem geheimen Vater in der geheimen Stadt auf der anderen Seite des Meeres, von einem geheimen Planeten am anderen Ende des Weltalls. Kinder, die allen unseren eifrigen Versuchen des Beschreibens und Erklärens trotzen. Warum sehe ich gerade diese Kinder? Vielleicht weil sie Freunde aus meiner eigenen Kindheit sind. Ich bin seit einigen Jahren ein erwachsener Mann. Früher dachte ich, daß die Kindheit vor dem mittleren Alter und dem hohen Alter kommt, aber nun weiß ich es besser. In der Raumzeit sind wir Kinder, Erwachsene und Alte zur selben Zeit, mit Wechselwirkung. Ich kann meine Kindheitsvisionen und die Weisheit des Alters bewahren, um sie im Kampf gegen die größtmögliche Unordnung, die Entropie, zu gebrauchen. Die Visionen helfen mir, das, was auseinanderzubrechen scheint, zusammenzuhalten und Neues aus dem zu schaffen, was in Stücke ging. Daraus wird das Kaleidoskop eines Lebens – ich schüttele die Fragmente, und es bilden sich neue Formen! Ich nähere mich dem erschossenen Elch, sehe die gebrochenen Augen, mache ihn wieder fertig zum Leben und schaue ihm nach, wie er im großen geheimen Wald verschwindet.

Nachwort

Das Jahrhundert des Kindes – Vorkämpferinnen und Vorkämpfer für die Rechte des Kindes

»Die Zeit ruft nach Persönlichkeit, aber sie wird vergeblich rufen, bis wir die Kinder als Persönlichkeiten leben und lernen lassen; bis wir sie eigene Gedanken denken lassen, eigenes Können erwerben, sich ein eigenes Urteil bilden lassen...«[9]

Wir schreiben das Jahr 1900, und diese Worte sind von Ellen Key. In ihrem Buch »Das Jahrhundert des Kindes« läuft sie Sturm gegen die Auffassung ihrer Zeit von Kindern und Kindererziehung. Der Grundgedanke ist klar und heute noch unverändert aktuell: Kinder sind Menschen mit eigenen Menschenrechten. Kinder sind also nicht die Besitztümer der Eltern. Kinder dürfen nie darauf reduziert werden, lediglich Gegenstand der Erziehung, Lehre und Versorgung anderer zu sein.

Ellen Key stellt in dem Buch ihre »Schule der Zukunft« vor, eine Schule, die mehr darauf abzielt, die Persönlichkeit des Kindes und seine Fähigkeit zu Kreativität zu fördern, als fertige Wissenspakete zu vermitteln. Sie kritisiert die damalige Schuldisziplin und geht ins Gericht mit aller Gewalt im Umgang zwischen Kindern und Erwachsenen:

»Das Unnatürliche und Unschöne im sinnlosen Leiden des Kindes ist, daß ich mein Bewußtsein nicht davor verschließen kann, daß es mich schaudert, wenn ich die Hand eines Menschen ergreifen soll, von dem ich weiß, daß er seine Kinder schlägt, und ich habe vor Gram wachgelegen, wenn ich auf

[9] Key, Das Jahrhundert des Kindes, a. a. O.

der Straße hörte, daß einem Kind mit Schlägen gedroht wurde.«[10]

Das Buch weckte viel Aufsehen. Man sah ihre Ideen als nahezu umstürzlerisch an. In den ersten Jahren des 20. Jahrhunderts war die Stellung der Kinder nach wie vor sehr schwach. Der Herr des Hauses hatte uneingeschränkte Macht, seine Kinder auf die Weise zu erziehen und zu züchtigen, die er für richtig hielt. Ebenso verhielt es sich mit den Lehrern in der Schule. Auch nahezu hundert Jahre später sind einige der von Ellen Key dargestellten Ideen manchen Leuten immer noch unverständlich – wie sollten sie also in der Gesellschaftsdiskussion der damaligen Zeit anders aufgenommen werden?

Nun war es nicht nur »Das Jahrhundert des Kindes«, das Ellen Key in Verruf brachte. Sie hatte ungefähr gleichzeitig ihr Buch »Über Liebe und Ehe« (1904) herausgebracht, einige Thesen über den Umgang zwischen Männern und Frauen. Sie sprach sich für Offenheit, Gleichberechtigung und eine Bejahung der Sexualität aus. Alles das zusammen war einfach zuviel. Ellen Key wurde dem ausgesetzt, was wir heutzutage eine Rufmordkampagne nennen, und sie entschied sich, einige Jahre ins Ausland zu gehen, bevor sie später wieder nach Schweden zurückkehrte.

Es ist nur natürlich, daß man jetzt wieder auf Ellen Key aufmerksam geworden ist. Das liegt zum einen daran, daß das »Jahrhundert des Kindes« allmählich seinem Ende zugeht und damit natürlich die Frage gestellt werden muß: Was hat sich geändert? Zum anderen liegt es aber daran, daß sie wirklich eine der ersten und mutigsten Vorkämpferinnen für die Rechte des Kindes war. Wenn jetzt die neue Konvention über die Rechte der Kinder vorliegt, dann hat sie einen großen Anteil daran. Aber zu Beginn unseres Jahrhunderts stand sie mit ihren Ansichten noch ganz allein.

Der Erste Weltkrieg kam dazwischen, und die Entwicklung stand während einiger für Europa tragischer und zerstörender

[10] Key, Das Jahrhundert des Kindes, a. a. O.

Jahre still. Aber in dieser Zeit geschah dennoch viel, das neues Licht auf die Kindheit und die Wirklichkeit des Kindes werfen sollte. In Wien hatte Sigmund Freud seine ersten Schriften publiziert. Und der Krieg selbst machte in seiner Brutalität deutlich, wie schutzlos das Kind war.

Nach dem Krieg begann eine Tauwetterperiode in der Auffassung der Rechte der Kinder, und es ist kein Zufall, daß wir heute oft zu den Schriften zurückkehren, die in dieser Zeit publiziert worden sind. Das Gedicht von Gibran über die Kinder von 1923 hat hier, jedenfalls für mich, eine besondere Stellung. 1923 veröffentlichte auch die Internationale Vereinigung für Jugendhilfe die erste Deklaration über die Rechte des Kindes. Die ersten Organisationen, »Rädda Barnen«, die schwedische, und ihr englisches Pendant waren bereits 1919, also unmittelbar nach dem Ende des Krieges gebildet worden. Neben der direkten Hilfe in den vom Krieg betroffenen Ländern in Zentraleuropa sah man die neue Deklaration als die wichtigste Aufgabe der Organisation an.

Die erste Deklaration für die Kinder lautet insgesamt wie folgt:

1. Das Kind muß die Möglichkeit bekommen, sich auf eine normale Art und Weise sowohl körperlich als auch geistig zu entwickeln.

2. Kinder, die hungern, müssen Essen bekommen. Kinder, die krank sind, müssen ärztliche Behandlung bekommen. Kinder, die geistig verstört sind, müssen versorgt werden. Kinder, die sich verirrt haben, müssen zurückgebracht werden. Waisen und ausgesetzte Kinder müssen versorgt werden.

3. Das Kind muß als erstes Hilfe in Notsituationen erhalten.

4. Das Kind muß Schutz und Versorgung gegen jede Form von Ausnutzung erhalten.

5. Das Kind muß in dem Wissen erzogen werden, daß alle seine besten Eigenschaften der gesamten Menschheit zugute kommen.

Diese Deklaration wurde 1924 vom Völkerbund angenommen und erscheint nach wie vor bemerkenswert aktuell. In ihrer Einfachheit und ihren konzentrierten Formulierungen ist sie bis heute kaum von einem späteren Dokument übertroffen worden.

1924 wurde in Schweden das erste Gesetz für Kinder erlassen. Es ist bedenklich, daß wir vor dem Ersten Weltkrieg kein besonderes Gesetz zum Schutz der Kinder hatten. In Norwegen gab es ein solches Gesetz, während wir in Schweden zwar ein Tierschutzgesetz, aber kein Kinderschutzgesetz hatten.

In den zwanziger Jahren wurde auch der polnisch-jüdische Kinderarzt Janusz Korczak einer breiteren Öffentlichkeit bekannt. Sein bemerkenswertes kleines Buch »Das Recht des Kindes auf Achtung« erschien in Polen 1929.

Korczak sprach sich entschieden dafür aus, auch Kinder als Menschen mit grundlegenden Rechten zu betrachten. Er ging dabei von seiner täglichen Erfahrung als Kinderarzt und Pädagoge aus – im Gegensatz zu vielen anderen Ideologen der Kinderforschung dieser Zeit stand er auf dem Boden der Wirklichkeit, und das merkt man auch in dem, was er schreibt. Oft drückt er sich unerwartet drastisch aus. In seinem Buch »Wie man ein Kind lieben soll« sagt er:

»Ich fordere die Magna Charta Libertatis als ein Grundgesetz für das Kind. Vielleicht gibt es noch andere – aber diese drei Grundrechte habe ich herausgefunden:

1. Das Recht des Kindes auf seinen Tod.
2. Das Recht des Kindes auf den heutigen Tag.
3. Das Recht des Kindes, so zu sein, wie es ist.«[11]

Vielleicht stutzt man zunächst bei dem ersten Grundsatz, in dem Korczak die Kinder vor dem übermäßigen Beschützen, das die Kinder einzwängt und versteinert, bewahren will.

[11] Korczak, Wie man ein Kind lieben soll, a. a. O., S. 40

In den anderen Grundsätzen greift er eine Tendenz an, die es heute genauso gibt wie in den zwanziger Jahren, nämlich, daß man das Kind als eine Art Investitionsobjekt betrachtet. Man vernachlässigt das Heute und das Jetzt der Kinder und verlegt alles Interesse und alle Investitionen auf ihre Zukunft als Erwachsene.

Der dritte Grundsatz spricht das an, was ich schon in den Überlegungen zu Sein und Tun dargelegt habe.

Korczak starb 1942 in Treblinka, wohin er einer Gruppe jüdischer Heimkinder folgte, obwohl ihm angeboten worden war, im Warschauer Ghetto als Arzt verbleiben zu können. Ich denke, daß er sich über die neue Konvention zum Schutz des Kindes, die 1989 von den Vereinten Nationen angenommen wurde, freuen würde, zumal sie erst durch eine polnische Initiative formuliert wurde – die polnische Regierung hatte im Zusammenhang mit dem Internationalen Jahr des Kindes 1979 einen Vorschlag zu einer neuen Konvention überreicht.

Aber bis dahin sollte noch viel Zeit vergehen. Die Diskussionen über die Rechte des Kindes verstummten in den dreißiger Jahren. Die Schwarze Pädagogik breitete sich über Europa aus, und es trat erneut eine lange Periode ein, in der die Kinder nur das Eigentum der Erwachsenen waren, eine Periode, in der sie lernen sollten, gehorsam zu sein und nicht aufzufallen.

Aber es war auch in dieser Zeit, daß neue Argumente für die Kinder gefunden wurden. Die Bedürfnisse des Kindes wurden immer eingehender beschrieben. Die Entwicklungspsychologie, die ihren Ursprung in Wien hatte und schließlich in England ausformuliert wurde, machte immer deutlicher, wessen ein Kind wirklich bedarf, um ein angstfreier, normaler und kreativer Erwachsener zu werden.

Sigmund Freuds Tochter Anna wie auch seine Schülerin Melanie Klein gingen beide vor Ausbruch des Zweiten Weltkrieges nach London und gründeten dort ihre jeweilige Schule innerhalb der Psychoanalyse. Beide haben, jede auf ihre Weise, eine große Bedeutung für die Entwicklung unseres Wissens über die grundlegenden Bedürfnisse des Kindes.

Diejenigen, die dann später diese Lehren unterrichteten, haben zumeist die Bedürfnisse des Kindes ins Zentrum der Aufmerksamkeit gerückt, nicht seine Rechte. Ich kann mich nicht erinnern, daß während meiner Ausbildung zum Kinderarzt während der sechziger Jahre einmal das Wort »Rechte des Kindes« gefallen wäre. Hingegen erinnere ich mich an viele Vorlesungsstunden über die Bedürfnisse des Kindes.

Dennoch ging die Arbeit an den Rechten des Kindes weiter, wenn auch eher im verborgenen. Als die Vereinten Nationen nach dem Ende des Zweiten Weltkriegs gegründet wurden, konnte man in den internationalen Übereinkünften, die getroffen wurden, die alte Kinderdeklaration von 1924 finden. Sie wurde durch ein paar Artikel ergänzt und in dieser Form bis 1959 beibehalten, als die nun geltende Deklaration über die Rechte der Kinder in Kraft trat.

Diese Deklaration wurde von vielen Ländern unterzeichnet, darunter auch Schweden. 1959 begann ich mit dem dritten Semester auf der Medizinischen Hochschule in Uppsala. Ich habe wirklich versucht, mein Gedächtnis und eine Reihe alter Aufzeichnungen zu durchforsten, aber ich kann mich nicht erinnern, daß auf dieses Ereignis in der Uni eingegangen worden wäre. Ich habe auch einige Personen gefragt, die zu dieser Zeit Lehrer am Institut waren, aber niemand konnte sich an das Erscheinen der neuen Deklaration erinnern. Sie muß doch relativ unbemerkt vorübergegangen sein.

Es gab statt dessen ein anderes Ereignis, das die Rechte des Kindes betraf und große Aufmerksamkeit erregte. Im Schulerlaß von 1958 wurde nämlich ein Verbot der körperlichen Bestrafung und anderer kränkender Behandlungen eingeführt. Ragnar Edenman, der damals verantwortliche Minister, hat mir von den empörten Reaktionen erzählt, die er bekam. In vielen Briefen, Leserbriefen und Artikeln wurde der Beschluß in Frage gestellt. Es hatte den Anschein, als würden Schule und Gesellschaft in sich zusammenfallen, wenn die Lehrer die Schüler nicht mehr schlagen durften.

Gegen Ende der fünfziger Jahre kam auch der erste Fall von

Kindesmißhandlung in Schweden vor Gericht, aber erst in den siebziger Jahren kam die Diskussion um Mißhandlung ernsthaft in Gang. Natürlich hatten Eltern ihre Kinder auch schon vorher mißhandelt, vielleicht sogar schrecklicher, aber erst jetzt waren wir offenbar reif genug, der furchtbaren Wahrheit ins Auge zu sehen, daß Eltern ihre Kinder manchmal bis zum Tod quälen. Ein staatliches Gesetz gegen Kindesmißhandlung wurde erlassen, und später auch eines über die Rechte des Kindes. Diese ersten Gedanken zu dem Thema erwirkten dann das allgemeine Züchtigungsverbot, das 1979 eingeführt wurde.

Aber nicht nur in Schweden wurde in den siebziger Jahren über Kindesmißhandlung diskutiert. Eigentlich kam dieser Streit aus den USA, wo Wissenschaftler wie Henry Kempe und David Gil in wichtigen Beiträgen darauf aufmerksam machten, wie es zu Kindesmißhandlung kommen kann. Die eigenen Kindheitserlebnisse der Eltern spielen eine Rolle, sind aber nicht die einzige Erklärung. Es gibt viele Eltern, die eine schwierige Kindheit hatten und ihre Kinder dennoch nicht mißhandeln, vielmehr kann es sein, daß sie ihre schweren Erfahrungen zu einem besonderen Verständnis für die hilflose Lage des Kindes nutzen. Die sozialen Verhältnisse, unter denen Eltern leben, sind genauso entscheidend, denn je angespannter die Situation ist, desto größer ist die Gefahr für das Kind.

In den siebziger Jahren waren wir also an einem wichtigen Wendepunkt in der Diskussion über die Kinder, und ich glaube, daß der Streit um die Kindesmißhandlung vielen Menschen die Augen öffnete. Es genügte nicht mehr, nur über die Bedürfnisse des Kindes zu sprechen. Im schlimmsten Fall kann das nämlich zu einer allgemeinen Selbstzufriedenheit führen, von der die Kinder gar nichts haben. Man sagt sich, daß Kinder gewisse Bedürfnisse haben und daß wir tun, was wir können, um diese Bedürfnisse zu befriedigen, denn wir alle mögen ja Kinder.

Das neue Interesse an den Rechten des Kindes galt nun der Einsicht, daß das Kind sogar das *Recht* habe, diese Bedürfnisse befriedigt zu sehen, und daß das keinesfalls lediglich dem Gutdünken der Eltern überlassen werden dürfe. Das bedeutete, daß man auch von seiten der Gesellschaft darangehen mußte, den Kindern ihre Rechte zu garantieren.

Die Deklaration über die Rechte des Kindes von 1959 mit ihren zehn Grundsätzen galt nach wie vor. Aber sie war mit vielen Mängeln verbunden. Eine UN-Deklaration ist ja nicht juristisch bindend, höchstens moralisch. Und mit der Moral ist es in der Welt ja oft nicht weit her. Man kann eine Reihe von Beispielen von Ländern geben, die zwar die Deklaration unterschrieben, aber viele ihrer Regeln gebrochen haben. In einem solchen Fall kann die Weltgemeinschaft nichts tun, denn es gibt keine Folgen, die mit einer Deklaration verbunden wären. Außerdem ist, wie gesagt, der Inhalt der Deklaration den meisten Menschen unbekannt.

Während des Internationalen Jahres des Kindes 1979 legte Polen einen Vorschlag für eine neue Konvention über die Rechte der Kinder vor. Eine Konvention ist ein stärkeres juristisches Instrument als eine Deklaration. Das Land, das eine Konvention unterschreibt, verpflichtet sich, die eigene Gesetzgebung den Regeln der Konvention anzupassen, und es gibt innerhalb der UN ein System, um dies zu überwachen.

Es gab viele Diskussionen über diesen Vorschlag. Manche meinten, daß eine Deklaration doch ausreiche, andere stellten grundsätzlich in Frage, daß Kinder eigene Gesetze bräuchten – man sagte, daß das vielleicht in einer Konvention über die Rechte der Familie enthalten sein könne. Aber in diesem Punkt kam den Kindern die Diskussion über die Kindesmißhandlung zugute. Es war vollkommen klar, daß das Kind manchmal vor den eigenen Eltern geschützt werden muß, und es gibt kaum eine andere Instanz, die diesen Schutz übernehmen könnte, als die Gesellschaft selbst.

Es wurde eine Arbeitsgruppe unter der Menschenrechtskommission gebildet, und die Arbeit begann. Zehn Jahre später, im November 1989, war die neue Konvention so weit fertig, daß sie in der Versammlung der Vereinten Nationen vorgestellt werden konnte.

Am 12. Juni 1990 zwischen 22.40 Uhr und 22.55 Uhr wurde im schwedischen Reichstag die Frage diskutiert, ob man die neue Konvention über die Rechte der Kinder unterzeichnen solle. Es waren ungefähr zwanzig Abgeordnete zugegen, die Diskussion wurde von vier Frauen geführt, im Zuschauerraum gab es eine einzige Zuhörerin, Simone Ek von »Rädda Barnen«.

Maj-Inger Klingvall meinte, daß die Politiker eine größere Verantwortung für die Kinder übernehmen müßten. Sie sagte, daß die Konvention selbst nicht die Welt verändern werde, dennoch solle Schweden sich ihr natürlich anschließen und darauf achten, daß die Ziele der Konvention verfolgt würden.

Ingrid Ronne-Björkqvist war positiver gestimmt. »Dies ist ein großer Moment im Reichstag heute abend«, sagte sie. »Es ist eine Ehre, dabei zu sein und dieses ein wenig revolutionäre Dokument unterzeichnen zu dürfen.« Sie meinte, daß der Beschluß, »wenn wir ihn gut verwalten, ein Beschluß sein wird, der für die Menschen mehr bedeuten wird als alle Fragen, die wir bisher hier im Reichstag behandelt haben«.

Wo waren die männlichen Abgeordneten des Reichstags, als diese wichtige Debatte geführt wurde?

Wahrscheinlich saßen sie vorm Fernseher und sahen die Fußball-Weltmeisterschaft. An diesem Abend gewann nämlich völlig überraschend Ägypten gegen Holland – ein Ereignis, dem auch in den Zeitungen am nächsten Tag große Aufmerksamkeit gewidmet wurde.

Man muß unwillkürlich an die radikalen Frauen aus England und Schweden denken, die 1924 mit der ersten Deklaration über die Rechte der Kinder zum Völkerbund in Genf reisten. Man ließ sie anfänglich nicht hinein, da ihr Anliegen als zu unwesentlich angesehen wurde.

Die neue Konvention der Vereinten Nationen ist wirklich sehr wichtig. Die Kinder haben nun ein eigenes internationales Recht, das ihnen ihre eigenen Grundrechte garantiert. In einer Zeit, in der bei uns und in aller Welt so viele Übergriffe gegen Kinder geschehen, wo Kinder auf brutale und skrupellose Weise für die Zwecke der Erwachsenen ausgenutzt werden, brauchen sie allen Schutz, den man in die Gesetzgebung einbringen kann.

Die Konvention enthält Regeln, um die Grundbedürfnisse des Kindes zu sichern: Kinder haben das Recht auf einen Namen und eine Nationalität, auf Gesundheit, Ausbildung, Wohnung und Essen. Sie enthält auch Artikel zum Schutz des Kindes gegen Mißhandlung, gegen sexuelle Übergriffe, Kriegshandlungen und Ausbeutung. Flüchtlingskinder werden unter den besonderen Schutz der Vereinten Nationen gestellt.

Am wichtigsten sind aber wohl die grundlegenden Prinzipien, die die Konvention prägen. Das »Wohl des Kindes« soll die Richtschnur sein, wenn es um Beschlüsse geht, die Kinder betreffen, wenn um das Sorgerecht gestritten wird, wenn das Kind verletzt wird, und auch in der Gesellschaft als ganzer. Alle Kinder sollen die gleichen Rechte haben. Kinder sollen das gleiche Recht haben, sich zu äußern, wie Erwachsene, und keine Entscheidung soll über ein Kind getroffen werden, ohne daß es selbst sagen darf, was es darüber denkt. Wenn wir alles das ernst nehmen, dann ist wohl die Bezeichnung »ein wenig revolutionär« fast untertrieben. Richtig wirksam aber wird die Konvention erst, wenn Kinder und Jugendliche sie in die eigenen Hände nehmen. Aber damit sie das können, müssen erst wir anderen, die wir mit Kindern und Jugendlichen arbeiten, sie wirklich gut kennen. Genauso wie alle Politiker natürlich – weibliche und männliche.

Das, was Ellen Key »das Jahrhundert des Kindes« genannt hat, ist bald vorbei. Man kann sich denken, daß Ellen Key wohl sehr betrübt wäre, wenn sie heute noch lebte. Wie wenige ihrer Visionen sind verwirklicht worden!

Ellen Key war eine Frau, die zu manchen Zeiten ihres Lebens alles sehr schwarz sah. Aber sie war gleichzeitig Realistin und wurde es immer mehr gegen Ende ihres Lebens. Sie fand den Glauben an den Frieden wieder, den sie am Ende des Ersten Weltkrieges verloren hatte. Die verbitterte Prophetin im Exil gab in ihren letzten Büchern dem Optimismus starken Ausdruck. Deshalb glaube ich, daß sie noch zu ihren Lebzeiten durchaus bemerkt hat – und daß sie froh darüber war –, was im 20. Jahrhundert geschehen ist: daß sich die Verhältnisse für viele Kinder von Grund auf verändert haben. Das Jahrhundert des Kindes hat wenigstens im übertragenen Sinne schon begonnen. Warum fällt es uns so schwer, das zu akzeptieren?

Ich bin keineswegs blind und weiß, daß es auch heute noch viele Bedrohungen für die Kinder und ihre Rechte gibt. Einige davon sind sogar gewachsen. Ich bin beunruhigt über die tiefen Gräben zwischen verschiedenen Kindern, sowohl international gesehen als auch in unserem Land. Säuglingssterblichkeit und Analphabetismus breiten sich als Folge der Schuldenkrise und der lokalen kriegerischen Konflikte aufs neue über die ärmsten Länder der Erde aus. Für alles dies tragen die reichen, waffenexportierenden Länder die Verantwortung. In Europa scheint die Unterdrückung der Minoritäten immer stärker zu werden. Und ich bin auch beunruhigt über die immer brutaler werdende Gewalt gegenüber Kindern. Der Kampf für die Rechte der Kinder ist also noch keineswegs gewonnen.

Aber zugleich sind doch viele wichtige Dinge geschehen, mit denen auch Ellen Key zufrieden wäre. Die wachsende Kenntnis von den Bedürfnissen des Kindes, die Auffassung vom Kind als einem selbständigen und kreativen Mitglied unserer Gesellschaft und die Achtung seiner Menschenwürde und seiner Grundrechte – alles dies hat auch seine Bedeutung. Es ist der Grundstein gelegt für eine Zeit, in der Kinder endlich beachtet und akzeptiert werden. Ein Jahrhundert – eine allzu kurze Zeit. Es dauert viele Menschenalter, ein derart umwälzendes Programm zu verwirklichen, wie Ellen Key es vorlegte. Man darf nur nicht den Enthusiasmus verlieren, bloß weil dieses erste Jahrhundert zur Neige geht.

Literatur

Elliott, Michele – So schütze ich mein Kind vor sexuellem Mißbrauch, Gewalt und Drogen. Kreuz Verlag; Stuttgart, 1991.

Gibran, Kahlil – Der Prophet. Walter Verlag; Olten/Freiburg, 1972.

Key, Ellen – Das Jahrhundert des Kindes. Beltz Verlag; Weinheim, 1991.

Korczak, Janusz – Das Recht des Kindes auf Achtung. Vandenhoeck & Ruprecht; Göttingen, 1988.

ders. – Wie man ein Kind lieben soll. Vandenhoeck & Ruprecht; Göttingen, 1967.

Krishnamurti, Ziddu – Frei Sein! Verlag Humata, Bern, 1988.

Miller, Alice – Am Anfang war Erziehung. Suhrkamp Verlag; Frankfurt/Main, 1980.

Neumann, Ursula – Vom ersten Schrei zur ersten Liebe. Ein Aufklärungsbuch für aufgeklärte Eltern. Kreuz Verlag; Stuttgart, 1993.

Rosenblatt, Roger – Kinder des Krieges. Ernst Kabel Verlag; Hamburg, 1984.

van den Broek, Jos – Verschwiegene Not: Sexueller Mißbrauch an Jungen. Kreuz Verlag; Zürich, 1993.

Wirtz, Ursula – Seelenmord. Inzest und Therapie. Kreuz Verlag; Zürich, 1989.